KB059206

특급 길드에 어서 오세요!

~사랑받는 마스코트 엘프는
모두의 마음을 지유한다~

7

지은이 **아이 리이아**
일러스트 **니모시**

리히토

마왕성에서 살며 수행하는 일본인 차원이
동자. 인간이기 때문에 주변 사람들보다
성장이 빠르다. 주위를 잘 살피며 목표를
향해 똑바로 전진하는 성격.

로나우드

통칭 로니. 오르투스 소속이 되어 매일 열심히
단련하고 있다. 언젠가 전세계를 자신의 다리로
여행하는 게 꿈.

룬

애뉼러스 헤드의 딸. 밝고 씩씩한 성격이
며 향상심이 넘친다. 붙임성이 좋다. 금방
메구와 친구가 되었다. 구트와는 쌍둥이.

구트

애뉼러스 헤드의 아들. 기가 약한 부분이 있긴
하지만 지는 걸 싫어한다. 메구에게 첫눈에 반
한다. 룬과는 쌍둥이.

울바노

거인족 소년. 내성적이라서 다른 사람과
오래 대화할 수 없다.

특급 길드의 수장들

애뉼러스의 헤드: 디에가
스텔라의 치프: 세자리오
슈톨의 리더: 마르티넬시라

메구

정신을 차리자 어린 엘프의 몸에 빙의해 있었다. 원래는 20대 후반의 일본인 여성. 사축. 긍정적인 성격과 사랑스러운 외모로 주위를 치유해준다. 노력가.

기르난디오

특급 길드 오르투스 내에서도 1, 2위를 다투는 실력자이자 그림자독수리 아인. 과묵하고 무표정. 임무 도중에 메구를 발견해서 보호했다. 팔불출 부모.

슈리엘레치노

온화하고 성실한 엘프 남성. 속이 시커먼 일면도 메구에게 자연 마법을 가르쳐주는 스승. 그 미소로 수많은 사람을 매료시킨다.

사우라디테

오르투스의 총괄을 담당하는 털털한 소인족 여성. 존재감이 대단하다. 흉악한 함정 개발이 특기.

유진

오르투스의 두목. 동료를 가족처럼 생각하며 길드를 집이라고 부르는 괴짜. 도량이 넓은 장년 남성.

자하리아슈

마대륙에서 실질 최강이라 불리는 마왕. 마치 조각상처럼 아름다우며 위압감도 대단하지만, 지나치게 솔직한 성격이다 보니 얼굴값을 못하는 일면도 있다.

캐릭터 소개

목차

Welcome to
the Special Guild

일러스트: 니모시 Nimoshi   디자인: 베이아 Veia

제1장 ◆ 마스코트 걸 메구의 업무

1 메구의 일상

——꿈이다. 이것은 예지몽.

　그곳이 어디인지는 알 수 없지만 나는 걱정스러운 얼굴로 서 있는 **나**를 외부에서 바라보고 있었다.
『반드시 쓰러트리겠어!』
『……와라.』
　이 자리에 있는 건 세 명. 꿈속의 나에게서 조금 거리가 떨어진 곳에서 서로를 노려보는, 내가 사랑하는 두 사람이 있었다. 저건 리히토와 기르 씨……? 어? 어? 왜? 어째서 이 두 사람이 서로를 노려보는 거야? 내가 당황하는 사이에 마침내 두 사람이 움직였다. 눈에 보이지도 않을 만큼 빠른 속도였지만 지금의 나는 그들의 움직임을 쫓아갈 수는 있었다. 리히토가 든 장검에서 희푸른 빛이 돌았고, 그걸 휘두르자 빛이 어마어마한 기세로 기르 씨를 향해 날아갔다. 마치 번개 같다. 전기 공격도 날릴 수 있구나…… 하고 태평한 생각을 하고 있을 때가 아니지!
　당연히 그런 공격은 검을 한 번 휘두르는 것만으로도 어렵지 않게 튕겨낸 기르 씨. 그대로 자신을 향해 돌격한 리히토를 검으로 받아냈다.
『그 정도인가.』
『준비 운동이거든!』

기르 씨가 도발하듯 말하자 리히토도 가볍게 쏘아주고는 일단 거리를 벌렸다. 그리고는 마력을 엮는데……? 큰 공격 마법을 발동하는 것 같다. 자, 잠깐, 그렇게 대규모 마법을 썼다간 상처 없이 끝나지 않을 텐데……?!

꿈속의 내가 무어라 소리치며 달려가자 두 사람이 놀란 듯 눈을 동그랗게 뜨고 나를 보더니…….

『메구!!』

두 사람이 동시에 나를 불렀다. 그리고——.

눈을 떴다. 머리가 몽롱한 이 느낌을 보니 틀림없이 지금까지 꿈을 꿨던 모양이다. 그것도 예지몽. 상반신을 일으켜 팔짱을 꼈다. 끙끙 신음하며 고개를 숙였다가, 들었다가.

"틀렸어. 기억 안 나!"

나는 떠올리는 걸 포기했다. 이럴 때는 아무리 버텨봤자 떠올리지 못한다는 걸 경험상 알기 때문이다. 중요한 꿈이라면 분명 나중에 떠오를 테고, 여태까지도 어떻게든 됐으니까 이번에도 어떻게든 되겠지! 응! 낙관적인 사고방식은 몇 살이 되도 변함이 없는 특급 길드 '오르투스' 소속 마스코트 걸 메구, 70살입니다! ……처참하다. 70살이라니 인간이었다면 할머니라고. 걸이 아니라 그랜마잖아. 하지만 나에겐 성장이 느린 하이 엘프의 피가 흐른다. 즉 외모는 아직 인간으로 따졌을 때 7살 정도. 아무리 긴 세월이 지났어도 정신은 몸의 나이에 영향을 받는 게 조금 아쉬운 부분이지만……. 더 어릴 때와 비교하면 상당히 고통스러울 일도 줄어들었으니 다행인 걸로 치고 싶다. 원래 하세가와 메구로서 살던 약 30년의 기억도 지금은 아득한 과거처럼 느껴진다. 가끔 떠올리기도 하고, 그 시절의 사축 근성 같은 게 지금도 간헐적으로 튀어나오지만. 내 안에서는 이미 전생(前生)이다. 전생에서 살던 기억이 남은 채 지금 메구로서 산다는 감각이다.

"머리카락 많이 자랐네."

거울 앞에서 빗질하며 중얼거렸다. 가슴께까지 자란 내 솜사탕 같은 머리는 변함없이 핑크 골드로 반짝거리고 눈동자는 커다란 감색. 솔직히 거울에 비친 나는 상당한 미소녀다. ……자뻑이라고? 하하, 민망한 생각이라는 자각은 있다. 하지만 그게 아니라고! 변명하게 해주라. 거울에 비친 내 모습이 아주아주 귀엽다고 생각할 뿐, 그게 내 모습으로 연결되지 않는다. 즉 내가 아주 귀엽다는 자각은 별로 없다. 정말, 이것만큼은 아무리 시간이 지나도 익숙해지지 않는다. 조금은 자각도 생겼거든? 다들 매일 귀엽다, 귀엽다 해주니까. 그러니 아마 나는 내 외모에 그리 관심이 없는 것 같다. 예쁜 옷이나 액세서리는 좋아하지만. 나를 꾸미기보다는 구경하고 싶고, 장신구보다는 맛있는 밥에 관심이 많다. 다행히 오르투스에 있으면 미남미녀와 맛있는 밥이 풍족하므로 대단히 호화로운 나날을 보내고 있습니다. 감사해라.

"좋아, 됐다!"

내가 직접 머리카락을 정리할 때는 항상 포니테일이나 반묶음이다. 참고로 오늘은 반묶음. 간단한 데다 조금 귀여운 머리 고무줄이나 리본을 달면 그럴싸해 보이거든. 사실은 풀어놓고 있어도 괜찮지만, 주변에서 핀이라도 꽂자면서 참견하고, 게다가 그걸 내버려 두면 한동안 붙잡혀서 인형 놀이를 당해줘야 하는 터라⋯⋯. 타협안으로 이 헤어스타일에 정착했다. 관심을 가져주는 건 기쁘지만 다들 일도 해야 하는데 걱정되는걸! 참고로 헤어스타일이 양자택일인 건 내 손재주가 별로이기 때문이다. 전생을 포함해 머리카락을 이리저리 만져댄 적이 없거든. 팔 아프잖아. 머리카락을 자른다는 방법도 있긴 한데⋯⋯. 보호자들이 입을 모아 반대하는 데다 슬퍼하는 표정을 짓기 때문에 지금은 포기했다.

머리 정돈을 마친 나는 자리에서 일어났다. 거울로 복장 체크. 잠이 덜 깨서 잠옷 차림으로 밖에 나간 적이 몇 번 있으므로 이렇게 확인하는 습관을 들였다. 그때는 쪽팔렸다. 아직도 다들 놀려먹는다. 잊어줘⋯⋯! 참고로 오늘의 의상은 활동성 중시! 일이 있는 날은 활동성을 의식해서 고른다. 엉덩이를 가릴 정도로 긴 튜닉에 신축성이 좋아서 움직이기 좋은 분홍색 바지. 란의 가게 라그랑 키라링 테라 숍의 상품으로, 사우라 씨가 주문 제작을 넣었기 때문인지 군데군데 자수가 들어가서 심플하면서도 귀여운 디자인이다. 처음에는 옷을 선물받는 것도 사양했었지만 나에게 다양한 옷을 입히는 게 삶의 기쁨이라고 여러 사람이 애원하는 통에 이것도 이미 포기했다. 물론 감사하고 기쁘긴 하지만, 옷장과 수납 마도구가 옷으로 꽉 차버릴 정도라서 나는 매일 다른 옷을 입는다. 귀족 아가씨냐고.

"음, 괜찮네."

빙글 한 바퀴 돌아서 확인한 나는 주먹을 쥐고 기합을 넣은 뒤에 방에서 나왔다. 목적지는 식당! 먼저 아침밥부터!

"좋은 아침입니다!"

이 시간의 식당은 빈자리는 있지만 상당히 북적거린다. 이미 다 먹고 나가려는 사람이나 지금 막 먹는 사람들로 성황이다. 뭐, 항상 이런 느낌이지. 모처럼 많은 사람이 있으니 나는 매일 아침 여기에서 활기차게 인사하고 있다. 인사를 받고 기분이 나빠지는 사람은 잘 없을 테니까.

"좋은 아침, 메구! 오늘도 기운이 넘치는구나."

"메구 안녕!"

"오늘도 귀여움이 가득하네."

봐봐. 이렇게 다들 반드시 대답해 주니까 좋다. 무심코 싱글벙글 웃었다.

"메구."

"기르 씨!"

내가 입구에서 생글거리고 있었더니 뒤에서 목소리가 들렸다. 목소리만 듣고 바로 누구인지 알아차린 나는 홱 돌아보았다. 당장에라도 뛰어들고 싶은 충동을 누르며 제대로 허리를 꾸벅.

"기르난디오 씨, 좋은 아침입니다!"

"그래, 좋은 아침."

흐하하하하하!! 봤냐! 이 성장을! 고통받은 40년……. 나는 마침내 기르 씨의 이름을 버벅거리지 않고 부를 수 있게 되었다! 길었다, 정말 길었어! 조바심이 나면 여전히 혀가 꼬일 때도 있지만, 침착하게 말할 때는 이제 괜찮다. 매일 이렇게 제대로 인사하는 습관을 들인 보람이 있다고나 할까. 처음 완벽하게 불렀을 때는 나도 모르게 와락 끌어안았지. 어째서인지 주변 어른들도 눈물을 흘리며 박수갈채를 보냈고.

"아침 받으러 가자."

"네!"

인사를 마친 뒤에는 항상 기르 씨가 머리를 쓰다듬어 준다. 그후 같이 음식을 받으러 가서 같이 먹고, 같이 길드 홀에 간다는게 루틴이 되어가고 있다. 아침에 여기서 기르 씨와 만났을 때한정이지만. 기르 씨는 바쁘니까 그렇게 못하는 날이 더 많다. 그럴 때는 혼자서 먹거나 다른 사람과 같이 먹거나 한다. 하지만 기본적으로 누군가가 옆이나 앞에 앉아준다. 다들 상냥하다니까! 식사할 때 누군가가 있다는 건 정말 행복한 일이다.

"나도, 같이 먹어도 돼?"

기르 씨와 음식을 받고 자리에 앉자 옆에서 그런 목소리가 들렸다. 익히 들은 다정한 목소리다.

"로니! 아니지, 로나우드, 좋은 아침. 물론 같이 먹자!"

"응. 기르 씨, 메구, 좋은 아침, 입니다. 고마워. 옆에 앉을게."

로니는 이미 성인이다. 어느 날을 경계로 키가 쑥쑥 자랐다. 자리에 앉는 로니를 확인한 뒤 우리는 식사를 시작했다. 대화내용은 대체로 오늘 일정이다.

"나는 오늘, 케이 씨와, 의뢰를 받으러 가. 마법만, 써야 한다는, 제약을 걸고."

"로니는 마법을 어려워하니까, 좋은 수행이 되겠네. 하지만 조심해."

마법을 어려워하는 로니를 위한 특별 메뉴인 듯했다. 케이 씨는 상당히 가차 없이 지도하는 모양이니까. 물론 케이 씨도 로니가 할 수 있다고 생각하기 때문에 엄하게 가르친다는 건 안다. 평소에는 생글거리지만 무서운 사람.

"실천은 무엇보다 효과적이지. 케이가 따라간다면 걱정할 것도 없다. 잘하고 와."

"네. 열심히, 하겠습니다."

기르 씨도 로니에게 격려를 건넸다. 로니도 점점 앞서가 버리는구나. 나는 아직 실전 경험이 없으니까 조금 부럽다. 연습이나 훈련으로 오르투스 길드원과 싸운 적은 있지만 실제로 마물과 싸운 적은 없다. 견학만 해봤지. 좋겠다…… 로니는 목소리도 조금이지만 낮아졌고, 길쭉하고 탄탄해져서 멋있어졌단 말이지. 왠지 나를 두고 가버린 듯한 기분이라 조금 섭섭하다. 나는 특히 성장이 느리니까 괜히 더 그런 생각이 드는 건지도 모른다.

"메구도 조만간 마물 상대로 훈련할 거야."

"어, 정말? 기르 씨!"

그런 생각을 하는 게 얼굴에 드러난 건지 기르 씨가 좋은 소식을 알려주었다. 나도 모르게 번쩍 올려다보자 쓴웃음을 지은 기르 씨가 살짝 고개를 끄덕였다.

"그래. 두목이 그렇게 말하는 걸 들었다."

"아빠가? 그럼 확실하겠네! 와, 드디어……."

어쩐지 기뻐서 씩씩하게 대답하자 기르 씨도 로니도 웃으면서 어딘가 복잡한 표정을 지었다. 여느 때처럼 걱정하는 거겠지. 나도 나름 성장했는데 진짜 과보호한다니까. 나도 모르게 뺨을 뿌우 부풀렸다.

"나도 조금은 강해졌다고."

"그건 알지만……."

"메구의 마법이, 오르투스에서도, 상위에 든다는 건, 알아."

그것과 이건 별개라는 거지? 뭐, 걱정해 주는 건 기쁜 일이니까 여기서는 물러나 줘야지. 게다가 칭찬받았고. 그렇다. 사실 나는 이래 봬도 마법 실력이 꽤 좋아졌다! 자연 마법을 쓸 때 필요한 계약 정령도 늘었고, 여태까지 계약한 아이들과도 상당히 강한 위력이면서도 효율적인 마법을 사용할 수 있게 되었다. 그리고 뭐니 뭐니 해도 마력량이 늘었지. 최근에 와서 마왕과 하이 엘프의 혈통답다고 실감했다. 처음에는 정말 조금밖에 없어서 정령들에게 빚진 마력을 장래에 잘 갚을 수 있을지 걱정될 정도였지만 어느새 변제도 끝났고, 오히려 남아돌 만큼 많아졌다. 덕분에 마법 실력이 향상되었으나 다들 걱정이 과해서 실전에서 사용할 기회는 거의 없다. 이래서야 정말로 강해졌는지 알 수 없단 말이지. 솔직히 말해서 자신이 없다. 다들 순전히 날 기쁘게 해주려고 칭찬해 주는 거 아니냐는 생각마저 든다. 그러니 실전 훈련이 가능해진다고 듣고 기뻐하지 않을 리가 없다. 내 실력을 알 좋은 기회니까 공부해야지!

"잘 먹었습니다! 매번 기다리게 해서 미안……."

딴생각을 하면서도 열심히 먹었는데 여전히 내 식사 속도가 느린 탓에 두 사람을 기다리게 하고 말았다. 항상 그렇지만! 분명 저 둘이 빨리 먹는 거야. 신경 쓰지 말라는 기르 씨와 로니의 말을 들으며 우리는 식기를 반납하고 함께 길드 홀로 향했다.

길드 홀에 도착하면 그곳에서 기르 씨, 로니와는 바이바이다. 각자 오늘 가야 하는 장소로 향하기 때문이다. 길드 밖으로 나가서 일하는 사람들과는 밤까지 만나지 못하는 날이 많으므로 조금 섭섭하다. 하지만 울진 않아! 이제 그런 이유만으로 울먹이는 나이가 아니다.

"좋은 아침입니다!"

두 사람을 배웅한 뒤엔 바로 접수처로 가서 인사하는 게 일과다. 접수처에서 이미 일하고 있는 사람들이 웃는 얼굴로 인사해주는 게 기쁘다. 그때 에메랄드색의 포니테일을 날리며 활발한 모습으로 등장한 우리의 총괄, 사우라 씨. 언제 봐도 귀여우면서 끝내주는 몸매다.

"좋은 아침, 메구! 오늘도 귀여워!"

그런 사우라 씨에게서 귀엽다는 말을 들으니 쑥스럽단 말이지! 에헤헤 하면서 웃자 사우라 씨는 손바닥을 자기 머리 위에 올리고 미끄러트렸다. 이것도 아침마다 하는 일이지만 심정은 좀 복잡하다.

"으음. 아직, 역전된 건, 아니지……?"

"비, 비슷한 느낌?"

그렇다. 키 비교다. 사우라 씨는 소인족이므로 여기서 더 키가 자라진 않는다. 한편 나는 이래 봬도 성장기. 앞으로 키가 더 자랄 예정이다. 언젠가는 역전하는 걸 피할 수 없다. 지금은 아직 아슬아슬하게 비슷하지만 내가 더 커졌을 때 사우라 씨의 반응이 벌써 무섭다.

"하아, 막을 수 없다는 건 알지만. 메구, 여기서 더 커지지 말아줘! 모처럼 껴안기 좋은 사이즈인데!"

'으아앙!' 하면서 껴안는 사우라 씨가 너무 귀엽다. 마주 껴안고 즐기는 아침의 허그 타임. 주변 사람들이 싱글벙글 이쪽을 보고 있지만 신경 쓰지 않는다. 부럽지? 하지만 이 포지션은 양보 못 해.

"키가 더 커지면 와락 안 해줄 거예요?"

몸이 커지면 허그 타임도 사라지는 걸까 생각하자 아주 슬프다. 쓸쓸하다. 어리광을 받아주는 생활에 너무 익숙해져서 응석받이가 된 건지도. 사우라 씨에게 물어보자 눈이 휘둥그레져서 잠시 나를 쳐다보는 사우라 씨. 어? 응? 뭐지? 이상한 소리 했나? 조마조마해하고 있었더니 사우라 씨가 나를 다시 꽈아악 끌어안았다.

"그럴 리 없잖아아아아아아아! 몇 살이 되어도 얼마나 커져도 메구의 귀여움은 변하지 않는걸! 나야말로 메구가 와락해 주지 않을지도 모른다고 조금 쓸쓸했던 것뿐이야!"

뭣이라? 사우라 씨 너무 귀엽잖아! 무심코 내 팔에도 힘이 꽈아악 들어갔다. 옆에서 보면 뭐 하는 거냐고 생각할지도 모르지만 뭐 어때. 애정은 표현해야 하는 법! 경솔한 스킨십 권장!

―――문득 전신에 오한이 들었다.

무심코 부르르 떨자 그걸 알아차린 사우라 씨가 의아하다는 듯 몸을 놓고 내 얼굴을 살폈다. 어딘가 걱정하는 표정이다.

"왜 그래? 지금 떤 것 같은데……."

그게 나도 모르겠다. 내가 제일 놀랐을 거다. 한순간이었고 지금은 아무렇지도 않으니까 착각인가? 아무튼 걱정 끼치지 않도록 대답했다.

"으음, 모르겠어. 잠깐이었고, 이제 아무렇지도 않으니까……. 아, 사우라 씨와 와락해서 기뻐서 그랬나?"

방긋 웃으면서 얼버무려보았다. 정말로 원인을 알 수 없으니까. 몸도 나른하지 않고, 덥지도 춥지도 않으니까 열이 나는 건 아닐 것이다.

"기쁜 소릴 들어서 고맙지만, 정말이야? 괜찮아? 어디 아픈 거 아니야?"

하지만 사우라 씨는 넘어가 주지 않는 모양이었다. 그렇겠죠. 예상했어! 기본적으로 오르투스 사람들은 걱정이 많다. 이런 반응을 할 줄 알았다. 따라서 정말로 문제없다는 걸 보여주기 위해 두 팔을 들고 보디빌더 포즈!

"진짜예요! 아침밥도 다 먹었고 기운이 펄펄! 응?"

사우라 씨는 '으음……' 하고 고민하며 나를 다양한 각도에서 뜯어보기 시작했다. 포즈가 포즈다보니 조금 민망하지만, 그 자세 그대로 가만히 견뎠다. 사우라 씨는 마무리로 내 얼굴을 찹찹 더듬더니 생긋 웃으면서 '응' 하고 고개를 끄덕여 주었다. 휴.

"정말 괜찮은 것 같네. 하지만 어디 이상한 것 같으면 무리하지 마."

"네! 알겠습니다!"

허락이 떨어졌으니 힘차게 손을 척 들고 인사. 그 후 다녀오라는 인사를 받으며 나는 마이 접수 데스크로 향했다. 다녀오고 뭐고, 몇 미터 앞이지만! 거기서부터는 여느 때처럼 마스코트로서 일하는 시간. 그때그때 부탁받은 일을 하거나 난감해하는 사람을 안내해 주거나 하면서 의외로 바쁘거든? 내 자리에 앉아 홀 안을 스윽 둘러보았다. 오늘도 오르투스는 떠들썩하다. 의뢰를 찾으러 오는 길드원이나 의뢰하러 오는 일반손님, 업자, 카페 이용객. 의료팀에서 진찰받는 사람도 있고 약을 납품하러 오는 사람도 있고……. 여기에는 많은 사람이 온다. 익숙한 얼굴들이니 이름을 외운 사람이 대부분. 물론 전부 다는 아니지만, 얼굴은 본 적이 있는 사람들이라 인사도 가벼웠다. 다들 대체로 오늘도 귀엽다고 칭찬해 주니까 생글생글 대답하면서, 귀여워해 주다니 정말 고맙다며 행복을 곱씹었다.

"안녕하세요! 신간 가져왔습니다!"

오르투스에 배달 온 책을 나르기 위해 나는 도서관에 왔다. 오르투스의 안뜰을 지나간 곳에 있는 작은 별관이다. 다른 건물과 마찬가지로 마법을 걸어놔서 내부는 겉으로 보는 것보다 훨씬 넓지만. 오르투스 외부인도 대출할 수 있기 때문에 마을 도서관 같은 장소이기도 하다. 하지만 솔직히 사람은 잘 오지 않는다. 소설을 읽는 습관이 없기도 하고, 일상생활에서 무언가를 조사하려는 사람은 잘 없기 때문이다. 소설 재미있는데. 물론 책을 좋아하고 소설을 많이 읽는 사람도 있지만 압도적으로 소수다. 예를 들어 이곳의 관리를 맡은 요정족의 모니카 씨나 책을 가져다준 오빠가 그렇다. 그 외엔 케이 씨나 슈리에 씨가 무언가를 읽는 걸 본 적도 있다. 다만 그게 취미인 건지 일할 때 필요한 조사인 건지는 모르지만.

"으음, 없나보네?"

『그러게! 없는 것 같아!』

주위를 두리번두리번 둘러보면서 사서인 모니카 씨를 찾았다. 그녀는 극도로 낯을 가리기 때문에 남들 앞에 모습을 거의 드러내지 않는다. 아니, 모습을 본 적이 있는 사람이 더 적을 정도다. 종족 특성상 기본적으로 남의 눈을 피해서 지내니까. 그래서 매번 이렇게 기척을 찾아야 하는데, 오늘은 어디에도 없는 것 같다. 쇼도 그렇게 말하니까 틀림없다. 외출했나? 그건 그거대로 별일이다.

『주인님, 이거 어디에 둘까?』

"아, 미안해. 우선 카운터에 놔 줄래?"

바람의 자연 마법으로 나르는 중이라 책을 후우에게 계속 맡겨놓고 있었다! 서둘러 지시를 내리자 익숙한 일이라 후우는 알았다고 룰루랄라 일을 수행했다. 책은 귀중품이라는 인식을 주입해놨으니 부드러운 바람 마법으로 살포시 내려놓았다. 장해라!

"고마워, 후우!"

『우후후, 천만에!』

고마운 마음을 담아 검지를 뻗자 후우가 그 손가락에서 나온 마력을 쪼아먹었다. 먹이를 주는 기분이라 아주 귀엽다. 저장 마력은 넘치도록 주고 있지만 이건 소소한 마음이다. 간단한 간식 같은 것이다. 그렇게 할 수 있는 것도 마력이 왕창 늘어난 덕분이지. 쓸 일이 너무 없어서 정령들에게 주는 저장 마력은 쌓이기만 하고 있다. 주변에서 옷이며 과자를 넘치도록 받는 나와 비슷한 상황이다. 참고로 슈리에 씨 왈, 나처럼 마력을 빈번히 주는 사람은 잘 없다고 한다. 필요할 때 곤란하지 않을 정도로 건네는 게 일반적이고, 그래도 부족한 양은 그때그때 준다나. 하지만 나는 이 먹이주기 스타일이 마음에 드니까 바꿀 마음은 없다. 기뻐하며 마력을 받아 가는 이 아이들이 너무 귀여운걸! 이렇게 하면 사용자의 마력이 아까울 정도라고 해도, 그런 거라면 문제도 없으니까 괜찮다. 절약해야 했던 그 시절과는 다르단 말씀……! 아니, 어릴 때 상당히 도움을 받았으니까 은혜를 갚는 거라고 생각하고 있다.

"어쩔 수 없으니까 메모를 남겨놔야겠다. 마음대로 건드릴 수는 없고."

정리하는 장소는 알고 있지만 관리자가 없는데 마음대로 여기 저기 손을 대는 건 내키지 않는다. 신간이니까 사전에 해야 하는 작업도 있을 것 같은데 그쪽은 모르거든. 그런고로 나는 쌓아놓은 책 옆에 메모를 남기기로 했다. 으음, 글씨도 제법 잘 쓰게 되었다니까! 이쪽 세계의 글자에도 상당히 익숙해졌구나. 읽을 수는 있지만 쓰는 건 잘 못하던 그 시절이 추억이다.

메모를 남기자 도서관에서 해야 하는 업무는 무사히 완료. 이제 다시 홀로 돌아가 마스코트 업무를 재개하면 된다. 하지만 이 시간은 사람이 거의 오지 않는 한가한 시간대라 반쯤 휴식 시간 같은 것이다. 모처럼이니 도서관에서 빌린 책이라도 읽으며 일거리를 기다릴까. 그렇게 결심한 나는 내 자리로 돌아가 의자에 앉아서 책을 펼쳤다.

"……혼자서 뭘 그렇게 히죽대는 거야?"

잠시 이야기에 몰두해있었더니 머리 위에서 빈정거리는 목소리가 날아왔다. 이 목소리는! 나는 시선만 위로 굴려서 그 인물의 얼굴을 보았다.

"역시 레키다! 히죽거린 적 없어!"

책을 탁 덮고 항의하자 '흥' 하고 코웃음이 돌아왔다. 요즘 한층 어른스러워진 레키는 어딘가 페로몬 같은 게 감돌기 시작해서 남을 무시하는 미소를 짓고 있는데도 그림이 되는 게 어째 분하다. 이래서 미남은!

"히죽거렸으니까 말한 거야. 아니면 굳이 말 걸지도 않아."

끄으응, 그건 그럴지도 모르지만. ……그렇게 히죽거렸나? 그럴 생각은 없었는데.

"딱히 아무 말 없이 넘어갈 수도 있었긴 해. 네가 히죽거리는 걸 보고 여기저기서 웃고 끝이니까."

"윽, 그건!"

창피해! 그거만은 싫어! 이미 나는 오르투스 안에서 개그맨 같은 포지션이 된 경향이 있으니까 이제 그만 그 포지션에서 탈출하고 싶다. 나는 나대로 평범하게 지내는 것뿐인데, 아무래도 다들 뜨뜻미지근하게 웃으면서 이쪽을 쳐다보고 있는 때가 많단 말이지……. 그렇게 이상한 짓은 안 했다고 보는데. 끄으응.

"그, 그런 건 됐고! 레키, 오전 업무는 이미 끝났어?"

이럴 때는 화제를 바꾸는 게 최고다. 계속해서 놀림 받을 수는 없잖아! 레키를 올려다보며 질문하자 그 이상 놀릴 마음은 없었는지 평범하게 대답해주었다.

"그래. 조금 일찍 끝났으니까 미리 점심 먹으려고."

레키는 그렇게 말하며 백의를 벗었다. 의료팀 사람들은 백의가 전투복 대신이라고 들은 적이 있다. 그래서 밖으로 나가 싸울 때는 다들 백의를 걸치는 카오스한 광경이 된다고 한다. 조금 보고 싶은 마음도 들지만, 싸워야만 하는 상황을 겪고 싶지는 않으니 상상만 하고 참겠습니다. 길드에 있는 동안에는 다른 전투원도 많이 있고, 입으려고 마음만 먹으면 순식간에 입을 수 있으니 일할 때 말고는 벗는다고 했다. 백의를 입을 때는 더 어른스럽게 보이는데. 페로몬이 느껴지게 되었다고는 하지만 레키는 그, 동안이니까 더.

하여간 역시 상당히 성숙해졌단 말이지. 처음 만났을 때는 어딜 봐도 소년이었는걸. 그때 이미 성인이 되었다고 했지만. 키도 자랐고 몸도 살짝 근육이 붙었나? 하지만 아직 소년이라고 불러도 지장이 없을 것 같다. 중학생에서 고등학생이 되었다는 느낌일까. 어쨌거나 잘생겼다는 건 변함이 없지만. 오르투스의 미형 비율이 점점 올라간다…….

"그럼 나도 같이 먹을래!"

"어? 나와 먹으려고?"

내가 힘차게 주장하자 레키가 당황한 듯 눈썹을 찡그렸다. 시, 싫은가? 충격적이다.

"안 돼……?"

"……안 된다고는 안 했어."

쭈뼛쭈뼛 물어보자 고개를 홱 돌리며 그런 대답이 돌아왔다. 흐흥, 그런 식으로 말해봤자 나름대로 오래 알고 지낸 사이라 알아볼 수 있거든. 레키의 '안 된다고는 안 했다'는 '좋아'라는 뜻이다. 즉 같이 점심 먹기 확정! 나는 흡족해하며 카운터에서 나와 레키의 손을 잡았다.

"좋아, 그럼 빨리 가자!"

"앗, 야, 당기지 마."

하지만 서두르지 않으면 레키의 마음이 바뀌어 버릴지도 모르잖아. 이래저래 불평을 늘어놓지만 손을 뿌리치지도 않고 내 보폭에 맞춰서 걷는 레키는 사실은 아주 착한 아이다! 자 그럼, 오늘의 메뉴는 뭘까?

식당에 도착하자 아주 맛있는 냄새가 났다. 킁킁. 이 냄새는 튀김 같은데. 닭 또는 돼지 또는 소고기 카츠인가? 그런 상상을 하고 있었더니 배에서 꼬르륵 소리가 났다. 아으, 들렸을까.

"아주 우렁차네."

네, 들렸습니다. 그럴 줄 알았어! 레키는 늑대니까. 귀가 좋을 것이다. 추욱. 어쩔 수 없으니 뻔뻔해지겠습니다.

"오후에는 훈련이 있으니까 든든하게 먹어야 한다고!"

"오전에는 평소와 같았잖아? 비축하기 위해 눈치 좋게 빠져주는 거냐. 편하네."

곁눈질로 내려다보며 또다시 코웃음을 치는 레키. 화, 확실히 배가 꼬르륵거린 거랑 오후 일정은 상관이 없었다! 으으, 나는 몇 살이 되어도 레키에게 놀림당하는 운명인 건지도 모른다. 아니, 언젠가. 어른이 되면 갚아주겠어. 하지만 나는 언제 어른이 되는 걸까? 이 몸은 정말로 성장이 느리니까 자칫 레키가 할아버지가 되었을 때라거나……? 안 돼, 생각하니까 쓸쓸해졌다. 나는 고개를 붕붕 젓고 억지로 생각을 끊었다. 밥이다, 밥!

"고생했어, 메구랑 레키. 오늘은 고로케 정식이야!"

"고로케! 카츠인가 했는데 틀렸어!"

점심 메뉴는 고로케였습니다. 이것도 아빠가 도입한 메뉴로, 요리 이름도 아빠가 정했기 때문에 익숙한 고로케 그대로다. 이런 점은 편하다니까. 깜빡 잘못 말하지 않을 수 있으니까.

"카츠 먹고 싶었어? 미안해, 다음에 해줄게."

"아니야, 고로케 좋아! 그냥 예상이 틀렸구나 한 것뿐이야. 치오 언니의 고로케은 아주 맛있는걸! 다른 것도 다 맛있지만!"

"후후, 당연하지! 내가 누군데. 자, 식기 전에 먹어. 레키는 조금 많이 올렸어."

"고, 고마워."

치오 언니와 가볍게 대화한 뒤 쟁반을 받았다. 치오 언니도 이제 식당의 리더로서 관록이 생겼구나. 안쪽에서 제자들이 열심히 일하는 게 보였다. 10년쯤 전에 한 명, 3년쯤 전에 한 명 새 멤버가 들어왔다. 수행 중이라면서 그리 대화해 본 적은 없지만 둘 다 열심히 하는 사람이라는 인상이다. 오르투스의 맛있는 밥을 지키기 위해서도 부디 실력을 갈고닦아주세요!

"잘 먹겠습니다!"

"너는 진짜 항상 기운이 넘치는구나. ……잘 먹겠습니다."

그후 우리는 비어있는 자리에 나란히 앉아서 드디어 런치 타임. 고로케의 적절한 기름과 소스가 어우러져 대단히 맛있습니다. 다진 고기와 감자와 양파가 절묘한 밸런스를 이루고 바삭바삭한 튀김옷이 아주 그냥. 뜨거운 고로케을 즐긴 뒤에는 상큼한 레몬 드레싱을 뿌린 양배추 샐러드가 입 안을 개운하게 씻어준다. 신선한 토마토는 달달하고, 된장국은 안정적으로 맛있고. 오늘의 건더기는 두부였는데 최고였습니다.

"맛있게 먹는구나."

"진짜 맛있으니까!"

"그건 그렇지만. 입 주변에 소스 묻었어."

"으억?!"

정신없이 고로케 정식을 먹는 바람에 입 주변을 더럽히고 만 모양이었다. 큭, 이제 그런 짓을 저지를 나이가 아닌데! 다른 사람들 왈 아직 어리다고 하지만! 허둥지둥 입을 닦는 내 옆에서 레키는 묵묵히 고로케을 먹었다. 치오 언니는 조금이라고 했지만 레키의 점심은 고로케도 밥도 양배추도 산더미다. 그걸 태연하게 먹어 치우는 레키는 보고 있으면 기분이 좋을 정도다. 언제까지 성장기인 거지? 아니면 성장기와 상관없이 대식가인가? 참고로 나는 여전히 위가 작아서 일반적인 1인분보다 조금 줄여도 배가 꽉 차버리기 때문에 조금 부럽다. 마음 같아선 더 많이 먹고 싶은데! 이게 성장이 느린 원인인 걸까. 하지만 정말로 더 먹을 수가 없는걸. 훌쩍. 하지만 옛날에 비하면 상당히 많이 먹을 수 있게 되었다. 나도 성장한 셈이다. 주변이 너무 대단하니까 눈치채지 못할 뿐! 정기적으로 그렇게 생각하지 않으면 내가 너무 굼뜬 것 같아서 부정적인 사고에 빠져버리거든. 좋아. 나나름대로 성장하기 위해서도 오후 훈련도 화이팅이다!

2 뜻밖의 원정

훈련장에 도착했습니다! 처음 여기에 왔을 때는 긴장했었지. 슈리에 씨가 데려와서 슈크림을 먹었던 추억. ……간식만 먹은 거 아니거든? 정령이 보이게 되는 중요한 의식도 했으니까! 지금도 기억한다. 세상이 반짝반짝 빛나 보이던 순간의 그 감동. 그날 이후 정령이 가까운 존재가 되었고 슈리에 씨는 내 스승님이 되었다. 아빠, 기르 씨, 케이 씨, 쥬마 오빠, 그 외에도 많은 사람이 나에게 많은 것을 가르쳐 주었지만 스승님이라고 부르는 유대관계를 맺은 건 슈리에 씨뿐이다. 역시 동족이라는 것도 크겠지. 난 정확하게는 하이 엘프지만, 자세한 건 넘어가자.

"오, 메구! 왔구나!"

"쥬마 오빠! 잘 부탁드립니다!"

"그래, 오늘도 각오해!"

자, 오늘의 선생님은 쥬마 오빠다. 나를 지도해 주는 선생님은 매일 달라진다. 아아, 처음에는 쥬마 오빠가 선생님이라니 아주 불안했었는데. 힘 조절도 못 하고, 봐주는 게 봐주는 게 아니고, 가차 없는 지시를 날리고. 어린아이가 할 법한 훈련이 아니라며 여러 사람에게 혼난 결과 쥬마 오빠는 일시적으로 선생님에서 해고당했다. 하지만 나는 빨리 쥬마 오빠에게 배우고 싶었다. 확실히 불안하긴 했거든? 실제로 가혹한 훈련이었고. 하지만 다른 사람은 반대로 너무 물렁하단 말이지. 나에게 잘해

주는 건 고맙지만 힘든 일은 절대 안 시키고, 툭하면 쉽게 하려고 들고, 솔직히 별로 훈련이 되지 않는다. 즉 부족함을 느꼈다. 그래서 나는 필사적으로 체력을 키우고 훈련을 거듭하여 최근에 간신히 쥬마 오빠를 선생님으로 돌려놓는 데 성공했다. 내가 말을 꺼냈을 때는 다들 제정신이냐고 의심했지만, 진지하게 호소하자 어떻게든 이해해 줬다. 여전히 힘들긴 하지만. 그래도 열심히 하겠다고 정한 건 나니까 끝까지 해내겠어! 쥬마 오빠도 기뻐하면서 가르쳐 주니까 고마운 일이다.

참고로 가장 균형 잡힌 지도를 해주는 선생님은 아빠다. 하지만 아빠는 일단 오르투스의 두목. 바쁜 사람이라 매일 훈련을 봐 달라고 할 수 없다. 이것만큼은 어쩔 수 없지. 떼를 쓸 수도 없는 노릇이고. 하지만 요즘은 훈련이고 뭐고 얼굴도 보지 못해서 딸은 조금 섭섭합니다. 안 울지만!

"그럼 먼저 준비 운동부터 할까."

"넵!"

드디어 훈련 개시입니다. 쥬마 오빠와 할 때는 그리 봐주지 않는 하드한 훈련이므로 가장 다치기 쉬우니까 간이 떨린다. 다치는 게 무서운 게 아니다. 아주 살짝 까지기만 해도 쥬마 오빠가 혹독하게 혼나기 때문이다. 쥬마 오빠 잘못이 아닌데. 그게 어쩐지 불쌍하고 면목이 없어서 최대한 다치지 않도록 신경 쓰기 때문에 조심스러워진다.

"작은 상처 정도는 오히려 생기는 게 나은데 말이야. 상처는 훈장이잖아?"

"작은 상처 정도는 딱히 상관없지만, 훈장은 아니지."

다만 쥬마 오빠 본인이 아무리 혼나도 전혀 바뀌지 않는 타입이므로 내가 신경 써봤자 소용없을지도 모른다는 생각도 든다!

점심을 먹은 뒤이니 꼼꼼히, 세심하게 준비 운동을 했다. 체감상 30분 정도 휴식 시간이 있었으니 괜찮을 테지만 쥬마 오빠의 훈련은 빡세니까. 여기서 몸을 제대로 풀어놓지 않으면 나중에 힘들어진다. 그러나! 쥬마 오빠의 훈련은 그 준비 운동부터 하드하다.

"뭐야, 더 할 수 있잖아. 앞으로 열 번!"

"으헉, 이거 이미 준비 운동 수준을 넘어선 거 아니야?!"

나도 모르는 사이에 훈련으로 넘어간 거 아닐까. 이상하네, 방금 전가지 스트레칭하고 있었는데 왜 벌써 윗몸 일으키기인 거지? 그리고 아무리 체력을 키웠다지만 어차피 어린아이라 열심히 해 봐도 20번이 한계거든요. 뇌가 근육으로 만들어졌나!

"진짜야? 아직 팔굽혀펴기 다섯 번밖에 안 했는데?"

"팔 떨려……!"

팔굽혀펴기는 10번 성공하면 컨디션이 좋은 날이다. 매일 훈련해도 이런 상태이니 나는 정말로 마법 특화형이다. 아무리 발버둥 쳐도 육체파는 못 될 것 같습니다. 훌쩍.

"좋아, 그럼 훈련 시작하자! 어……. 잠깐 쉬었다가 할까?"

"그, 그렇게, 부탁해……."

뭐 이런 식이라서 쥬마 오빠 왈 '소소한 준비운동' 단계만으로 녹초가 되어버린다. 누워서 다리를 들었다가 쭉 펴서 내리고,

바닥에 닿기 전에 다시 들어 올리는 그 악마 같은 운동이 상당히 타격이 컸어……. 쥬마 오빠는 나를 뭘로 만들고 싶은 걸까. 머릿속으로는 그렇게 불만을 늘어놓았지만, 입 밖에는 내지 않았다. 왜냐하면 쥬마 오빠의 가혹한 훈련을 받고 싶다고 부탁한 건 다름 아닌 나니까. 항의하는 건 부당하다. 하지만! 아주 조금만 더 내 운동능력을 고려해줘! 항상 이 단계에서 움직이지 못하게 되잖아! 그런 고로 이래서야 훈련이 되지 않으니 시즈쿠에게 도움을 요청하겠습니다.

"시즈쿠우우……."

『주인이여, 오늘은 하드 모드인 날이구나. 항상 하던 그것 말이지? 맡겨다오.』

그렇다. 쥬마 오빠가 선생님인 날은 항상 이렇다. 시즈쿠의 체력 회복약을 아주 살짝 뿌려주면 간신히 움직일 수 있게 되니까. 살짝만 뿌리는 건 전부 회복했다간 훈련이 되지 않기 때문이다. 커다란 하늘색 늑대인 시즈쿠가 허공에서 빙글 공중제비를 넘자 약 안개가 내 몸을 덮으며 체력을 살짝 회복해 주었다. 후우, 이제 다시 움직일 수 있겠다.

"시즈쿠, 고마워!"

『음, 열심히 해라. 주인.』

벌떡 일어난 나는 시즈쿠에게 인사한 뒤 다시 쥬마 오빠를 향해 '잘 부탁합니다!' 하고 머리를 숙였다.

"오, 이제 괜찮아? 그럼 시작한다!"

부탁하기는 했지만……. 희희낙락 물총을 겨누고 히죽 웃는 쥬마 오빠를 보고 부르르 떨었다. 흐, 흥분해서 떨린 거거든!

그로부터 몇 시간 후, 훈련장의 어드벤처 공간에서 물에 빠진 생쥐 꼴로 힘이 다해 쓰러진 내가 있었다. 아, 항상 이런 식이니까 신경 쓰지 마시길. 참고로 어떤 훈련을 하고 있었냐면, 대단한 건 아니다. 어드벤처 기구에서 내려가지 않는다는 제약을 걸고 쥬마 오빠의 물총 공격을 계속 피하는 훈련이다. 맞지 않으면 젖지 않는다는 소리다. 그리고 현재 나의 이 축축함. 답이 보이지?

"그럼 오늘의 훈련은 이걸로 끝! 많이 좋아졌어, 메구! 오늘은 초반엔 거의 안 맞았으니까."

"그, 그래? ……그럼, 다행……."

그리고 힘이 다하는 나. 풀썩. 더는 무리다. 고개를 들고 말하는 것조차 못하겠다. 의식까지 잃어 버리진 않았지만 움직일 수 없다. 쥬마 오빠는 우하하 웃으며 나를 안아 들었다. 옆구리에 덜렁 들려가던 처음과 비교하면 공주님 안기로 안아주는 것만으로도 상당한 진전이다. 쥬마 오빠도 학습한다는 걸 알았다.

"얼마 전까진 낮잠이 필요할 정도였으니까. 그걸 생각하면 대단하지. 진짜야."

그런가? 그렇게 말해주면 자신감이 생긴다. 솔직히 항상 참패하니까 이게 의미가 있는 훈련인 건지 불안해지기 시작했었거든. 너무 피곤해서 눈을 뜨진 못했지만 기뻐서 살짝 히죽거렸다.

"너는 마법 말고는 꽝이잖아? 다른 공격 수단도 방어 수단도 없으니까. 여차할 때 몸이 알아서 반응해서 공격을 피할 수 있도록 하는 거야. 공격만 맞지 않으면 어떻게든 되잖아?"

나를 안고 훈련장을 나가면서 쥬마 오빠가 설명했다. 아하. 이 훈련에는 그런 의도가 있었구나. 나를 저격하는 쥬마 오빠가 하도 열심히 하길래 놀이의 연장인지 의심했던 저를 용서해 주세요.

"바꿔 말하자면 한 번이라도 공격을 받으면 당한다는 거지. 다양한 결계 마도구도 있으니까 그리 쉽게 목숨이 위험해지진 않을 테지만, 거기에 너무 의존하면 안 돼. 장소나 상대에 따라서는 마도구도 정상적으로 반응하지 않기도 하거든."

거기까지 생각했던 거냐며 순수하게 놀랐다. 아니, 진짜로 미안해. 괴롭히는 거라고 생각하면서 훈련받아서 미안해! 너무 지당한 말씀이라 반론의 여지가 없습니다! 나도 20년 정도 전에 인간 대륙에 소환당한 사건을 잊은 건 아니다. 그때는 아주 분하고 답답했었지. 더 힘이 있었다면. 그런 생각을 얼마나 했는지.

"지금의 메구라면 어지간히 강한 상대가 아닌 한 공격을 피할 수 있을 거야. 체력과 근력은 없지만 민첩함은 상당하거든. 그러니까 자신감 가져!"

쥬마 오빠는 웃으면서 말했지만 영 믿어지지 않았다. 왜냐하면 매번 처참하게 패배하니까. 쥬마 오빠를 상대하는 거니 당연하지만, 내가 어느 정도 싸울 수 있게 되었는지는 실전이라도 겪지 않는 한 알 수 없다. 아, 맞아. 아빠가 허락했다고 그랬지. 언제 실전이 와도 괜찮도록 방심의 끈을 놓지 말아야겠어! 쥬마 오빠의 품 안에서 아주 조금 회복한 나는 두 주먹을 꼭 쥐었다.

"쥬마, 또 메구를 이대로 데려오다니……."

"하지만 나는 마법을 못 쓰는걸."

"수건으로 감싼다거나, 방법은 얼마든지 있잖아요?"

길드 홀에 도착하자 나는 쥬마 오빠에게서 슈리에 씨의 품으로 넘어갔다. 쥬마 오빠는 절대영도를 연상하게 하는 슈리에 씨의 낮은 목소리에도 굴하지 않고 천연덕스럽게 웃었다. 항상 그렇지만 굉장한 강심장이라니까. 슈리에 씨의 품에 안긴 순간 부드럽고 따뜻한 바람이 나를 감쌌다. 덕분에 속옷까지 축축했던 게 순식간에 뽀송해졌다. 포근한 햇살 아래에서 광합성을 한 것 같은 좋은 느낌. 역시 슈리에 씨다. 바람의 계약 정령 네프리와 열의 정령 혹은 불의 정령을 조합한 마법이겠지.

"슈리에 씨, 고마워요……."

"이 정도는 아무렇지도 않습니다, 메구. 하지만 제대로 목욕은 하세요. 몸속까지는 데울 수 없으니까요."

"네……."

따뜻한 손길로 부드럽게 나를 감싸주는 덕분에 목욕하기 전에 잠들어 버릴 것 같다. 대답과 함께 나오는 하품을 참을 수 없어 흐아암 하고 입을 크게 벌리고 말았다. 매너가 아니죠. 죄송합니다.

"저런. 이 상태로는 오늘도 메어리라와 함께 목욕하게 되겠네요. 부탁해놓겠습니다."

쿡쿡 웃는 슈리에 씨. 메어리라 씨가 같이 목욕하면서 씻겨 주는 것도 쥬마 오빠가 선생님인 날의 고정 루트가 되고 말았다.

어쩐지 면목이 없지만, 메어리라 씨 본인은 아주 기뻐하면서 이 날은 같이 목욕하는 날이라고 수첩에 적어놓을 정도라고 하니 순순히 어리광을 부리고 있습니다.

"잘, 부탁, 합니다……."

"후후, 쉬운 일이죠. 항상 사랑스럽지만, 녹초가 된 메구는 어릴 때로 돌아간 것 같아서 귀엽네요."

그치만 혀에 힘이 안 들어간다고. 분명 오늘은 꿈도 안 꾸고 잠들 것이다. 저녁을 먹지 못할 것 같다는 게 아쉽지만. 공복보다 수마에 버틸 수 없다. 이것도 항상 겪는 일이다.

이대로 비몽사몽 메어리라 씨와 같이 목욕하고 정성스러운 돌봄을 받은 뒤 어느새 침대에 누워 푹 잠들었다. 나의 하루는 이렇게 순식간에 흘러갔다.

으음, 오늘도 날씨가 좋다. 창문에서 밝은 빛이 들어오고 있으니까! 깜빡 늦잠을 자버리지 않도록 항상 커튼을 닫지 않고 일부 레이스 커튼만 남겨놓았다. 딱 일어나야 하는 시간에 얼굴에 빛이 쏟아져서 자명종 대신으로 쓰고 있다.

"아으, 몸이 뻐근해!"

본래대로라면 두 팔을 쭉 뻗으면서 상쾌한 아침을 맞았어야 했지만, 오늘은 무리다. 어제 쥬마 오빠와 훈련했으니까. 쥬마 오빠의 훈련을 한두 번 받는 것도 아닌데 아직도 다음 날 오전에는 근육통에 시달린다. 이상하네. 슬슬 몸이 적응해줄 때가 됐는데. 하지만 손가락 하나 까딱할 수 없었던 첫날에 비하면 진보했다고 할 수 있다. 그리고 움직이지 못하는 걸 미리 고려한 건지 쥬마 오빠에게 훈련받은 다음 날은 휴일이다. 사우라 씨의 조치다. 잘 이해하고 계시는군요……. 하지만 휴일이라고 해서 계속 누워있는 건 아깝지! 어제는 저녁을 먹지 않고 죽은 듯이 잠들었으니까 배도 고프고! 꼬륵. 봐봐, 울잖아.

느릿느릿 침대에서 내려온 나는 옷장으로 가서 간편하게 입을 수 있는 원피스를 선택해 후딱 갈아입었다. 오늘의 원피스는 감색으로, 조금 어른스러운 디자인이다. 우후후, 언니 같지? 빨리 어른이 되고 싶은 나이대다! 옷을 갈아입은 내가 방에서 나가려고 하자 문을 똑똑똑 노크하는 소리가 들렸다. 대충 누가 왔는지는 알고 있었지만 '네' 하고 대답했다.

"메구. 움직여도 괜찮겠어?"

문 건너편에서 들리는 건 걱정이 묻어나는 기르 씨의 목소리. 아, 역시. 예상 적중이다. 쥬마 오빠 훈련 다음 날은 움직이지 못하는 걸 아니까 이렇게 와 준다. 과보호지만 기쁘다. 나는 살며시 문을 열고 기르 씨를 올려다보며 생긋 대답했다.

"에헤헤. 여기저기가 좀 아프지만 괜찮아!"

"……그렇군."

제대로 내 힘을 움직일 수 있고 걸을 수 있었으니까! 눈매가 부드러워진 기르 씨를 향해 기르난디오 씨라고 부르며 아침 인사를 하자 여느 때처럼 머리를 쓰다듬으며 인사를 돌려줬습니다! 후후. 성장은 했지만 이 손의 온기에는 아직 더 어리광 부리고 싶단 말이죠! 오늘도 기르 씨와 함께 식당으로 향하자 레어

한 사람을 발견해서 나도 모르게 달려갔다. 백의를 걸친 나이스 미들, 루드 의사 선생님이다!

"루드비크 선생님, 좋은 아침입니다!"

"응? 메구구나. 좋은 아침. 똑바로 불러줘서 기뻐."

에헤헤. 이제 유창하거든! 이 세계 사람들은 이름이 복잡하잖아? 게다가 길이도 긴 사람이 꽤 많다. 계속 멋있다고 생각했다. 애칭으로 부르게 해주는 것도 당연히 기쁘지만, 전부터 제대로 이름을 부를 기회도 만들고 싶었다. 딱히 버벅거리지 않게 되었다고 신나서 자랑하는 건 아니다. 응.

"밤을 샌 건가."

"뭐 그렇지. 하지만 오늘하고 내일, 이틀 휴가를 받았어."

기르 씨가 묻자 뜻밖의 대답이 돌아왔다. 루드 선생님이 연휴라니 별일이다. 하루씩 끊어가면서 받는 인상이었거든. 내가 모를 뿐 그렇게 쉬었던 건지도 모르지만. 오르투스는 제대로 휴가를 받으라는 방침이니까. 사축은 존재하지 않는다……!

"벌써 그런 시기인가."

"……그래. 오랜만에 푹 쉬고 올게."

어라? 기르 씨는 무언가를 아는 듯한 말투다. 그리고 어딘가 걱정하는 표정으로 보였다. 뭘까? 혹시 매년 하는 무언가가 있는 건가? ……그러고 보면 매년 이맘때쯤 루드 선생님이 어딘가에 가는 듯한 느낌이 든다. 그리고 다음 날에 돌아오면 다들 성대하게 맞아준다. 조금 신기했었다.

"이 시기에 뭐가 있나요?"

지금이 물어볼 기회인 건지도 모른다. 고개를 갸우뚱 기울이며 물어보았다. 하지만 나는 바로 후회했다. 루드 선생님의 얼굴에 아주 조금 그림자가 드리웠기 때문이다. 그러나 루드 선생님은 숨기지 않고 알려주었다. 내 머리를 쓰다듬으면서, 어딘가 애틋한 눈빛으로.

"그래. 오늘은 내 반려의 기일이거든."

……충격적인 고백을 듣고 말았다. 반려……. 반려라면 부부 같은 존재라고 인식하면 되는 걸까? 단어를 들어본 적은 있지만 누군가에게 자세히 물어본 적은 없었단 말이지. 하지만 아주 소중한 사람이라는 건 알 수 있었다. 그리고 기일이라면 루드 선생님의 소중한 사람은 이미……. 그런 생각에 무심코 눈썹도 추욱 팔자로 내려갔다.

"그런 표정 짓지 않아도 돼. 벌서 200년도 더 지난 일이고."

"하, 하지만……! 시간은 상관없어요! 슬픔은, 쓸쓸함은 아무리 시간이 지나도 사라지지 않으니까!"

아빠도 혼자 이 세계에 온 뒤로 나와 재회할 때까지 계속 쓸쓸했다고 했다. 정말로 괴로웠다고. 그것도 200년 정도는 지났는 걸. 시간이 흐른다고 해도 쓸쓸한 건 쓸쓸하다. 어른이 되었다고 참아야만 하는 일은 아니라고 본다.

"……그래. 메구는 다정하구나. 물론 아직 슬프지. 하지만 메구까지 같이 슬퍼하지 않아도 돼. 오히려 웃어줄래?"

그건 맞는 말이다. 나까지 침울해지면 안 되지! 그렇게 생각하며 웃어봤지만 아마 잘 웃지 못했을 것이다. 이상한 표정이 되었다는 게 느껴졌다. 어쩔 수 없잖아! 나는 온갖 일에 감정이입하는 타입이니까.

"나는 이 마음을 잊지 않도록 매년 반드시 성묘하러 가. 그녀가 좋아했던 꽃을 들고."

하지만 루드 선생님은 그런 나에게 다정하게 미소 지으며 가르쳐 주었다. 그렇구나. 매년 성묘하러 가기 위해 휴가를 받는 거였어. 200년이 넘도록, 계속해서. 루드 선생님의 소중한 사람이라. 어떤 사람일까.

"나도 가 보고 싶다……."

"어?"

아차! 깜빡 입 밖으로 나와버렸나 봐! 나도 참, 무슨 소릴 해버린 걸까. 죽은 사람이라고는 해도 두 사람의 소중한 시간을 방해하게 되는데. 아무리 나라고 해도 그 정도 눈치는 있다고!

"죄, 죄송합니다! 그런 게 아니라! 루드 선생님의 반려가 어떤 사람일까 하는 생각에 그만……."

그래서 바로 사과했다. 진심으로 따라가고 싶다는 게 아니라, 아니, 가 보고 싶기는 하지만, 방해할 마음은 없다. 슬슬 입을 다물면 될 것을 횡설수설 변명 같은 말을 주절주절 주워섬기는 이 방정맞은 입이여.

"후후, 괜찮아. 같이 갈래?"

"당연히 길드에서 얌전히 기다리…… 응?"

"시에라에게 널 소개하는 것도 좋은 생각인 것 같아. 메구만 괜찮다면 같이 가자."

전개는 생각지도 못한 방향으로! 어, 어? 지금 같이 가자고 한 거야? 살짝 혼란에 빠진 나는 무심코 기르 씨를 향해 고개를 돌렸다. 기르 씨도 상당히 놀란 얼굴이었다. 이것도 별일이네…….

"루드가 같이 간다면 괜찮겠지. 메구가 가고 싶다면 사우라에게도 교섭해 놓을게."

하지만 아주 잠깐 고민을 거친 루드 씨는 바로 답을 내렸다. 보호자 우두머리에게서 의외로 선뜻 오케이가 나왔네. 루드 선생님을 깊게 신뢰한다는 게 잘 느껴졌다. 그 기르 씨가 루드 선생님이라면 괜찮다고 하다니. 정말로 괜찮은 거겠지. 하지만 지, 진짜 가도 되나?

"어, 그, 진짜로 괜찮은 거예요……?"

"물론이지. 그녀도 귀여운 우리 마스코트를 만나고 싶어 할 테니까."

"그, 그럼 같이 가고 싶어요!"

루드 선생님의 반려라면 좋은 사람이 틀림없다. 루드 선생님에게는 무척 많이 신세 졌고, 나도 인사하고 싶었다. 호의적으로 권유해 주는 것 같으니 여기서는 솔직하게 주장하기로 했다.

"좋아. 그렇게 정해졌으면 준비해야겠다. 짐은…… 뭐, 메구의 수납 마도구라면 뭐든 들어있으니까 괜찮겠지. 아침 먹은 뒤에 사우라에게 말하러 가자."

"네!"

갑자기 정해진 외출 예정이지만 말씀하신 대로 짐 걱정은 전혀 필요 없으니 괜찮습니다. 전이 사건 이후 그 전보다 더 온갖 것들이 들어가게 되었으니까⋯⋯. 지금이라면 설령 혼자 정글에 떨어져도 몇 달은 버틸 수 있을 것이다. 오히려 쾌적한 공간을 만들어 낼 수 있을 정도다. 아무튼, 이러고 있을 때가 아니지. 빨리 아침을 먹자!

식사를 마치고 셋이 함께 곧장 사우라 씨를 찾아갔다. 접수처에 가자 바로 사우라 씨를 만날 수 있었다. 그곳에서 기르 씨와 루드 선생님이 조금 전 이야기를 술술 설명해 주었다. 익숙하다는 듯이 설명하는 게 역시 대단하다.

"루드와 같이? ⋯⋯그렇구나, 좋아. 음, 잘 됐어, 다녀와. 메구는 내일 출근일이지만 알아서 조율해 놓을게!"

사우라 씨의 대답은 시원스러웠다. 역시 루드 선생님의 신뢰가 대단하구나. 뭐, 초기 멤버라고 하니까 실력도 충분하다는 건 알고 있었지만. 그래도 전투직이 아니니까 누군가를 붙여준다고는 할지도 모른다고 생각했는데.

"가, 감사합니다. 돌아오면 열심히 일할게요!"

아무튼 덕분에 내일은 예정에 없던 휴가를 받게 되었으니 제대로 인사해 놓았다. ⋯⋯솔직히 내가 일을 하든 말든 전혀 지장이 없지만! 아, 내가 말해 놓고도 슬퍼졌다.

"후후. 메구의 그런 점이 참 좋아! 항상 열심히 하고 성실하고. 쉴 만큼 열심히 하려고 하다니 장해라!"

사우라 씨는 그렇게 칭찬해 주었지만 아마 사축 시절의 습관이 남아있는 것뿐이다. 정말로 나만 휴가를 받는다는 게 너무 장벽이라니까! 민망하고, 그만큼 돌아오면 빡세게 일할 거지? 하는 무언의 압력……. 아아, 무서워라. 느슨한 생활에 완전히 익숙해진 지금은 다시 그때처럼 생활할 수 있을 것 같지 않다.

"무슨 일 있으면 내가 바로 달려갈게."

내 머리 위에 툭 손을 올린 기르 씨의 든든한 말. 아니, 실제로 바로 달려오니까. 이건 좀 위험하다 싶을 때는 반드시. 어째서인지 내가 부르기도 전에. 대체 어떤 시스템인 건지 사실 신기하다.

"메구가 정말로 든든해졌으니까 나와 둘이서만 나갈 수 있는 거야."

"어? 그, 그런, 가?"

"그럼! 지금 메구의 실력과 루드라는 든든한 도우미가 함께 있으니까 나도 바로 허락해 줄 수 있었지."

고개를 갸웃거렸지만 듣기 좋은 말이 연속으로 쏟아져서 내 의문도 바로 날아가 버렸다. 에헤헤, 내 성장을 인정해 주고 있구나. 기뻐라! 그래, 긍정적으로 생각하는 게 좋지. 축 처져있는 것보다 살짝 흥분한 게 움직임도 원활해진다고 하니까.

자 그럼! 쉽게 허락도 받았으니 바로 출발이다! 짐 꾸리기 단계를 건너뛰어도 된다는 건 편하다. 몸 하나 덜렁 갈 수 있다는 건 역시 좋다니까.

"부탁한다, 루드. 무슨 일이 생기면……."

"괜찮아. 아니면 그림자새를 붙이겠어? 기르 너도 참 걱정이 팔자라니까."

그리고 역시라고 해야 할지, 출발하기 전에 기르 씨의 과보호가 발동했습니다. 루드 선생님도 쓴웃음을 지었다. 기쁘긴 하지만! 그래도 걱정하는 마음도 아주 조금 이해한다. 지금부터 루드 선생님과 같이 가는 곳은 조금 멀리 떨어진, 남쪽에 있는 난레이라는 나라. 오르투스는 마대륙의 동쪽 끝에 있으므로 이동에 꽤 시간이 걸린다. 즉 하룻밤 자고 와야만 한다. 콩닥콩닥 외박! 나도 방금 전에 안 사실이다.

"아니, 믿고 있어. 게다가 무슨 일이 생기면 알 수 있으니까. 좋은 경험이 되겠지. 메구, 루드의 말을 잘 듣고 루드에게서 떨어지지 마."

"넵! 괜찮아, 기르 씨!"

아무래도 그림자새는 안 붙이는 모양이다. 오오, 진보했다. 기르 씨가 자녀에게서 독립(?)하는 첫걸음을 뗀 것 같아서 나도 감동적이다. 그건 그거대로 조금 섭섭한 느낌도 들지만.

"……조심해서 다녀와."

"응! ……기르 씨."

나가기 전에 기르 씨의 허리에 꼬옥 매달렸다. 내가 껴안기 쉽도록 살짝 몸을 숙여주는 기르 씨, 센스 있어! 안 그러면 기르 씨의 다리에 매달리게 된다. 키가 자랐다고는 해도 나는 아직 꼬맹이니까. 훌쩍. 하지만 마주 안아주는 기르 씨의 온기는 정말로 마음이 안정된다. 하아.

"그럼 갈까."

"응! 다녀오겠습니다!"

기운이 솟아난 나와 루드 선생님은 드디어 길드를 뒤로했다. 딱히 벌써 쓸쓸하다거나 하진 않거든! 인간 대륙을 여행할 때 정신력이 상당히 단련되었으니까! 자 그럼, 처음 향한 곳은 수차(獸車) 정거장이다. 수차가 뭐냐고? 대충 마차의 마대륙판이다. 오르투스가 있는 릴트레이의 서쪽은 수차를 대여하는 지점이 있으니 그곳으로 향하는 중이다. 마차와는 다양한 차이점이 있지만, 가장 큰 차이는 차를 끄는 짐승의 종류가 풍부하다는 점일까. 물론 말도 있지만 하늘을 나는 동물이나 수륙양용 동물, 아무튼 빨리 달릴 수 있는 동물, 힘이 세고 지구력이 좋은 동물 등 다양하게 고를 수 있다. 하지만 지점이니까 그때 어떤 동물이 있는지는 알 수 없다. 다들 중간에 바꿔타면서 이동하거든. 나는 이번이 첫 이용이다. 이용하는 사람을 본 적은 많이 있지만. 사실 벌써 기대돼서 가슴이 두근거렸다.

"안녕하세요."

"네! 어서 오세여!"

마을에서 나와 걷기를 약 30분. 수차 지점에 도착해 루드 선생님이 인사하자 건물 안쪽에서 어린 여자아이가 타다닷 달려와 인사해주었다. 오오! 나보다 어린아이다! 혀짧은 발음이 이렇게 귀여운 거구나!

"후후, 메구. 기억 안 나?"

내가 아이에게 헤롱거리고 있었더니 루드 선생님이 흐뭇하게 웃으며 물어보았다. 기, 기억……? 혹시 어딘가에서 만난 적이 있는 건가. 그렇게 생각하며 아이를 관찰해 보았다. 머리에는 동그란 귀가 달렸고 커다란 꼬리를 보들보들. 아마 라쿤디 아인. ……아!

"미이나?!"

"어라? 언니는 나를 아라?"

내가 이름을 부르자 아이는 깜짝 놀란 듯 눈을 동그랗게 떴다. 그때 입에서는 펑 하고 작은 불을 뿜었다. 응, 틀림없어! 미이나다. 대충 20년 전이었던가, 일일 언니가 되어서 미이나를 돌본 적이 있었지. 메어리라 씨와 같이 야단법석을 떨면서 달랬던 게 지금도 기억난다.

"어머나, 어서 와. 이거 오랜만이네! 메구. 후후, 아주 많이 자랐는걸?"

그리고 안쪽에서 나온 사람이 폭클 아인인 미이나의 엄마. 그래, 기억나! 반가워라.

"같은 나라에 살지만 마을이 다르니까 좀처럼 만날 기회가 없었지. 특히 메구는 마을 밖에는 거의 안 나가니까."

윽, 틀어박혀 있어서 죄송합니다. 하지만 그건 과보호하는 보호자들 때문이기도 하거든! 그것도 내가 위험하기 때문이겠지만. 크흑.

"나는 장 보러 갈 때 가끔 봤어."

"정말이에요? 몰랐어요…….."

"괜찮아. 나도 말을 걸지 않았으니까. 하지만 이렇게 다시 만나서 기뻐."

너그럽게 웃는 지점장님은 미이나에게 우리에 대해 설명하기 시작했다. 아기일 때 신세 졌다고. 그걸 들은 미이나는 뺨이 빨개져서 기쁘다는 듯 웃었다. 귀, 귀여워! 덩달아 나도 웃었다.

"오늘은 어딘가로 외출하는 거야? 여기에 왔다는 건 이용하려는 거 맞지?"

"그래. 잠깐 난레이에. 하늘을 나는 동물은 있어?"

"난레이……. 그래, 벌써 그런 시기구나. 이번에는 메구도 같이? ……응, 좋은 생각이야. 메구라면."

내가 미이나와 놀고 있는 사이에 루드 선생님은 지점장님과 여기 온 목적을 이야기했다. 놀기만 해서 죄송합니다. 하지만 귀여운걸. 정말 힐링이다. 다들 나를 어화둥둥하는 이유를 잘 알겠다. 우쭈쭈 해주고 싶어지네. 응.

"미안해, 정말로 흔치 않은 일이지만 하필 지금은 하늘을 나는 동물이 없어. 그러니 일단 센트레이에서 갈아탈래? 특급 길드 '애뉼러스' 근처 본점에서 하늘을 나는 동물로 갈아타거나, 특급 길드 '스텔라' 근처 지점에서 바다를 건너는 동물로 갈아타면 될 거야."

아무래도 하늘을 나는 동물은 지금 없어서 환승해야 하는 모양이다. 난레이에 가려면 바다를 조금 건너야만 하니까.

"알았어. 그럼 지금 있는 녀석들 중에 가장 빠른 동물로 부탁할게."

"그럼 체트겠네. 바로 데려올게."

체트란 치타를 말한다. 어디까지나 치타와 흡사할 뿐 실제로는 다른 느낌도 들지만. 지점장님이 데려온 그 체트는 아주 아름답고 유연한 육체미를 보여주었다. 그나저나 치타라. 조금 무서운 느낌도 들지만, 수차를 끄는 동물은 다들 제대로 훈련받았고 마법으로 계약도 맺었으니 폭주하지 않아서 안심이다. 일본에서는 상상할 수 없는 치타와의 스킨십. 이 세계에서도 이런 체험은 흔치 않으니까 이때다 하고 마구 쓰다듬었다. 오오, 반들반들한 털결과 근육질의 감촉이 최고입니다!

"이 아이로 갈 거라면 애뉼러스에서 갈아탔으면 해. 발은 제법 빠르지만 내구력은 별로 없거든. 애뉼러스까지라면 문제없이 달릴 수 있어."

"알았어. 그럼 그렇게 할게. 요금은 이거면 돼?"

"그래, 잘 받았어. 뭔가 문제가 있으면 목에 달린 통신 마도구를 써. 가장 가까운 지점으로 이어질 거야."

오오, 수차는 그런 시스템이구나. 목걸이엔 발신기 같은 것도 달려있겠지. 마음대로 데리고 돌아가지 못하게 하는 느낌으로. 그 왜, 어디에든 나쁜 생각을 하는 사람이 있잖아.

"자, 메구. 가자. 수차에 타. 나는 조종석에 앉을 테니까."

루드 선생님은 가벼운 몸놀림으로 체트의 등에 훌쩍 올라탔다. 백의가 휘날리는 모습은 어째 멋있구나. 참고로 백의는 전투복이니까 밖에서도 여전히 입고 있다. 잘 어울리니까 괜찮지만, 외출할 때도 시야에 넣어서 다른 디자인을 생각하거나 하지는 않은 걸까. 뭐 상관없지. 당연히 나는 아직 동물의 등에 탈 수 없으니 순순히 체트와 연결해 놓은 지붕 달린 차량에 탔다. 소형 차량이라 힘이 그리 강하지 않은 체트라고 해도 부담없이 끌 수 있다고 한다. 이 세계는 동물들도 내가 전생에 알던 상식보다 훨씬 신체 능력이 뛰어나니까 정말로 걱정하지 않아도 되는 모양이다.

"조시매서 가! 또 와!"

우리가 탄 걸 확인한 미이나가 이쪽을 올려다보며 그렇게 말했다. 심장이 쿵 울렸다. 이 언니 심장 터질 뻔했어! 나는 얼굴을 삐죽 내밀고 웃으며 대답했다.

"응, 고마워 미이나! 또 만나자!"

내가 그렇게 말하자 미이나는 얼굴이 환해져서 손을 크게 흔들었다. 아아, 너무 귀여워!

"메구도 다른 사람들에겐 항상 그런 식으로 보이는 거야."

달리기 시작한 수차를 조종하며 루드 선생님이 한 말은 설득력이 넘쳐났습니다. 하지만 슬슬 나도 나이를 먹었는데? 그런 생각을 하는 사이에 수차의 속도가 쭉쭉 올라갔다. 이거 되게 빠르지 않아? 아무리 수차 전용도로를 달리고 있다고 하지만 이렇게 밟아도 괜찮은지 걱정될 만큼 빠르다. 이건 조종자도 상당한 기술이 필요하지 않을까? 그렇게 생각하며 루드 선생님을 보자 아무렇지도 않다는 듯 평온한 얼굴로 고삐를 쥐고 있다. 루드 선생님은 항상 다정하고 아주 온화한 사람이라 잊어버리곤 하지만 기르 씨나 사우라 씨에게도 신뢰받는 오르투스의 중진이었지. 그 대단한 실력을 이런 곳에서 엿보게 될 줄이야. 어쩐지 신선하다.

쌩쌩 바람을 가르며 달리고 있는데도 내가 탄 차량은 거의 흔들리지 않았고 바람도 느껴지지 않았다. 목걸이에 그런 마법도 걸려있는 모양이다. 정말 편리하네. 그게 없었다면 지금쯤 나는 이 안에서 이리저리 굴러다녔겠지. 계속해서 흘러가는 풍경을 보며 신칸센을 떠올렸다. 어느 쪽이 더 빠를까? 그런 태평한 생각도 든다.

"점심 먹기 전에는 다음 수차 가게에 도착할 거야. 도착하면 점심 먹자."

"네!"

확실히 이 속도라면 순식간에 도착할 것 같다. 센트레이에서 점심이라. 뭔가 특산물 같은 게 있을까? 완전히 여행 기분에 잠긴 나는 생글생글 들뜬 기분으로 바깥 풍경을 즐겼다.

3 루드 선생님의 과거

【루드비크】

『그렇게 말해줘서 기뻐. 하지만 괜찮겠어? 내가 당신을 배웅하지 않아도.』

메구와 이동하는 도중 시에라를 떠올렸다. 그녀의 무덤을 찾아갈 때는 아무래도 과거를 떠올리게 된다. 그것도 매년 익숙한 일이다. 그리고 항상 그녀의 그 말이 가장 먼저 떠오른다. 그 질문에 나는 주저 없이 이렇게 대답했다.

『물론이지. 네가 없는 세상은 견딜 수 없지만, 그런 고통을 네게 느끼게 하는 건 더 싫으니까.』

나와 시에라가 반려가 되었을 때, 나는 시에라에게 '네 마지막은 내가 지켜보고 싶어'라고 했다. 아아, 그 시절이 그립구나. 벌써 400년도 더 된 일이다. 지금의 평화가, 세상이 혼란스러워지기 전의 평화로운 세상과 닮았기 때문인지도 모른다. 앞으로도 계속 긴 인생을 시에라와 함께 살아가리라 믿어 의심치 않았다. 그것이 고작 200년 만에 끝날 줄은 그 시절의 나는 생각지도 못했다. 물론 시에라조차 예상하지 못했을 것이다.

세상이 혼란스러워지기 시작하며 각지에서 마물이 난동을 부리게 되었다. 마왕의 힘이 각성하여 마물들의 기질이 난폭해졌다는 건 알고 있었기 때문에 당시에는 마왕을 증오하기도 했다.

하지만 커다란 마력을 억제하지 못하는 고통은 공감할 수 있었다. 나도 비슷한 일로 나름 고생했기 때문에 그런 건지도 모른다. 마왕을 미워하는 게 화풀이임을 머리로는 이해하고 있었다. 하지만 밀려드는 마물 무리와 밤낮없이 싸워야만 하는 나날에, 대체 왜라는 의문을 품지 않을 수 없었다.

『명심해, 시에라. 절대 이 대피소 밖으로 나오면 안 돼.』

『알아. 나는 약한걸. 굳이 위험한 장소로 나가지 않아. 그보다도 루드비크, 당신이야말로 조심해.』

『물론이지. 말했잖아? 나는 네 죽음을 지켜보는 그 날까지 절대 죽지 않아.』

반려가 된 두 사람은 천수를 누리고 이 세상을 떠날 때 누가 누구의 죽음을 지켜볼지 정할 수 있다. 그건 아인의 특성으로 우리도 예외는 아니었다. 영혼과 영혼을 결합함으로써 설령 원래 내 수명이 그녀보다 짧았어도 그녀가 수명을 다하고 죽을 때까지 내가 먼저 죽는 일은 없다. 그 특성은 수명이 긴 우리 아인을 위한 선물이라고도 불렸고, 출생률이 너무 낮아서 발생한 조치라고도 불리지만 아직 뚜렷하게 해명된 건 없다. 다만 그건 자연사에만 유효해서, 서로 사건이나 사고, 혹은 병으로 죽을 때는 적용되지 않는다. 물론 나는 그녀와 그 약속을 깰 마음은 조금도 없었으니까 오직 그녀의 안전만이 걱정이었다. 시에라는 나비 아인으로, 금색 날개가 무척 아름다운 여성이다. 특히 불에 약하기 때문에 불을 쓰는 요리를 시키고 싶지 않아서 항상 내가 요리했을 정도다. 그러니 지상은 그녀에게 위험하기 짝이 없는 장소. 나는 일 때문에 마물을 쓰러트려야만 하므로 그녀를 지하 대피소로 옮겨놓았다.

『하지만 당신도 거미 아인이라 불에 약하잖아? 의사의 본직은 싸우는 것도 아니니까 걱정이야.』

그녀는 내가 밖에 나가 싸우는 걸 몹시 걱정했었다. 그때 뺨에 닿았던 손의 온기는 지금도 기억한다.

『그래. 그럼 극도로 조심하면서 가기로 할게. 만약 위험이 닥치면 우리는 서로 알 수 있잖아? 아무 일도 일어나지 않아. 또 바로 만날 수 있어.』

『그래, 그렇지. 응, 믿을게.』

그렇게 말하며 서로를 끌어안은 우리는 그곳에서 헤어졌다. 그때 그녀에게서 떨어지지 않았다면……!

"으응…….."

"! 메구. ……잠들었어? 후후, 오랜만에 낮에 자는 메구를 보는구나."

처음에는 눈을 반짝반짝 빛내며 밖을 구경하던 메구였지만 중간에 질린 건지 어느새 잠들어 버린 모양이었다. 탈것을 타고 가면 졸음이 온다고도 하지. 오늘은 계속 이동만 하니까 이대로 자게 두자. 깜빡 차량에서 떨어지지 않도록 내 실로 메구와 차량을 고정했다. 좋아, 이제 괜찮다. 생각의 소용돌이에 푹 잠겨 있었군. 메구 덕분에 우울해지지 않을 수 있었다. 하지만 그때의 후회는 지금도 여전히 나를 괴롭힌다. 나의 사랑하는 시에

라. 왜 그날 그녀는 밖에 나가버린 걸까. 그게 그녀의 입에서 들은 마지막 말이 되다니.

마물을 쓰러트리고 또 쓰러트리면서 대체 얼마나 시간이 지났는지 알 수 없어졌다. 그러는 사이에 나는 다친 동료들을 치료하는 쪽으로 담당이 옮겨갔다. 끝이 없다. 다들 그렇게 생각했을 때였다. 별안간 내 가슴이 꽉 조여들더니 뇌 내에서 경종이 울렸다. 피로도 쌓여있었기 때문에 심상치 않다고, 무언가가 이상하다고 깨닫기까지 몇 초가 필요했다.

『루드. 괜찮아?』

내가 가슴을 누르며 신음하는 걸 본 동료가 말을 걸었다. 괜찮다고 대답하려 한 순간 누군가가 소리쳤다.

『크, 큰일이야! 마을이! 우리 마을에서 불이 났어!!』

마을? 우리 마을? 무슨 말을 하는 건지 이해할 수 없었다. 애초에 우리는 마을에 마물이 들어오지 못하도록 구제하고 있지 않았나. 소리친 동료가 가리키는 곳으로 시선을 돌리자 확실히 마을 방향에서 연기가 올라갔다. 여기서 봐도 알 수 있을 만큼 붉은 화염으로 뒤덮여 있었다.

————루드비크……————.

그 순간 머리에 직접 그녀의 목소리가 울렸다. 그건 무척이나 가냘픈……. 가슴에서 느껴지던 통증의 정체를 안 나는 곧장 마을을 향해 달려갔다.

『자, 잠깐 루드비크! 위험해!』

『불이 꺼진 다음에 가야지! 괜찮아, 모두들 지하로 대피했으니까……!』

그건 알고 있었다. 내가 그녀를 지하에 직접 데려갔으니까. 하지만 이 가슴의 술렁거림은 당장 가야 한다고 나를 몰아세웠다. 지금 당장 그녀에게 가야 한다고. 나는 말리는 동료들을 뿌리치고 곧장 마을로 향했다.

『빠, 빨라……! 루드! 루드!!』

동료의 목소리가 들린 건 거기까지였다. 나는 필사적으로 마을로 향했다. 짙은 연기가 피어올라 숨을 쉬는 것도 힘들었다. 지글지글한 열기가 나를 덮쳐서 그 열만으로도 몸 여기저기에 화상을 입은 걸 알았지만 발을 멈출 수는 없었다. 그렇게 도착한 마을은 예상대로 전부 불바다에 삼켜져 있었다. 하지만 그런 건 아무래도 상관없다. 나는 영혼의 부름을 따라 주저 없이 발을 움직였다. 그렇게 조금만 더 가면 강에 도착하는 장소에서 그녀를 발견했다. 아름다운 금색 날개가 타버리고 힘없이 엎드려 쓰러진 그녀를.

『시, 시에라!!』

나는 바로 달려가서 그녀를 안아 들었다. 이미 의식은 없었지만, 가까스로 아직 숨을 쉬고 있었다. 이대로 여기에 있으면 안 된다. 나는 그녀를 안고 바로 강변을 따라 피난했다. 필사적으로 달려서 화마가 닿지 않는 트인 장소에 도착한 뒤 간신히 그녀를 바닥에 살며시 눕혔다. 의사란 고통스러운 직업이다. ……인정하고 싶지 않은데도 그녀가 이미 늦어버렸다는 걸 알아버리니까. 품에 안았을 때부터 그녀의 배가 크게 후벼 파여있다는 걸 눈치채고 있었다. 하지만 그녀는 아직 숨을 쉬고 있다. 의식은 없었지만 분명히 살아있다. 그리고 나는 그녀와의 약속을 지켜야만 했다.

『시에라. 안심해……. 나는 제대로, 여기에 있어.』

그녀의 마지막을 지켜보는 것. 이것만큼은 반드시 지켜야만 하는 약속이었다. 하지만 늦지 않아서 다행이라는 말은 입이 찢어져도 할 수 없다. 생각하고 싶지도 않았다. 동시에 늦었다고 생각하고 싶지도 않았다. 이 얼마나 모순적인지. 시에라의 손을 꽉 붙잡고 그녀에게 계속 말을 걸었다. 마을을 지키려고 했지만 지키지 못해서 미안하다고, 어째서 밖에 나온 거냐고.

사랑한다고.

————고마워. 나는 행복해. 사랑해, 루드비크————.

머릿속에 직접 흘러들어온 그녀의 생각. 마지막, 영혼의 말. 그것을 끝으로 시에라는 가 버렸다. 나를 남겨놓고. 인정하고 싶지 않다. 이렇게 일찍 헤어지다니. 내 수명은 아직 한참 남아 있는데, 앞으로 그녀 없이 계속 살아야만 한다는 허무함. 차라리 나도 죽어버리고 싶다는 강한 충동. 하지만 그건 의사인 내가 허락하지 않았다. 왜 나는 의사가 된 걸까. 눈물도 흘리지 못하고 그저 멍하니 그녀의 손을 잡은 채 계속 그 자리에서 움직이지 못했다. 적어도 꼬박 하루는 그러고 있었을 것이다. 어떤 인물이 마을의 화재가 진압되었다고 말을 걸어서 그 사실을 처음으로 알아차렸다.

『……잠들게 해줘야 하지 않겠어? 그녀를.』

그것 말고는 아무 말도 듣지 않은 게 얼마나 구원이었는지. 분명 이 사람도 소중한 사람을 잃은 경험이 있으리라는 걸 막연하게 알아차렸다. 그는 그대로 당연하다는 듯 나를 도와 시에라의 망해를 다정한 불로 태우고 함께 매장해주었다.

『미안해……. 열에 내내 고통받았을 텐데, 또 태워버려서. 하지만 이 불은 죽은 자를 이끌어주는 성스러운 불이야. 푹 쉬어.』

불을 피울 때 그가 시에라에게 말을 거는 목소리가 너무나도 자애로 가득해서……. 나는 그제야 간신히 소리 내어 울었다. 그는 말없이 내 어깨에 손을 올리고 계속 옆에 있어 주었다.

그게 두목과의 만남이었다. 생각해 보면 오래 알고 지냈구나. 도저히 처음 만난 것 같지 않을 만큼 옆에 있는 게 자연스러운 인물이었다. 마을이 불에 삼켜져 지하 대피소에도 열기에 침식되는 바람에 다 함께 도망친 것 같다는 이야기도 두목에게 들었다. 시에라가 사람들에게 지시를 내리고 수많은 동료를 구해준 것 같다는 이야기도. 네 반려는 너와 마찬가지로 많은 사람을 구했다는 말을 들은 바람에 나는 의사를 그만둘 수 없었다. 지금 와서는 두목의 말에 홀랑 넘어가 버렸다는 생각이 든다.

"으으, 잠들었나……? 루드 선생님, 죄송해요!"

차량에서 당황한 듯한 메구의 목소리가 들렸다. 아무래도 눈을 뜬 모양이었다. 사과할 필요는 없는데. 정말 이 아이의 이런 점은 변함이 없다.

"괜찮아, 메구. 잘 잤어? 곧 도착할 거야."

"아, 알겠습니다! 이제 안 자요."

뺨에 잠자는 동안 눌린 자국이 남아서 조금 빨갛다. 그 모습에 조금 삭막해졌던 마음이 치유되는 걸 느꼈다. ……아아, 메구가 같이 와 줘서 다행인 건지도 모른다. 여느 때라면 이 기억에 끌려가서 더없이 무뚝뚝해졌을 테니까.

"후후, 메구. 뺨 눌렸어."

"흐어억?!"

그러니 아주 조금만 놀리는 걸 용서해줘. 당황하며 새빨개진 메구는 역시나 무척 사랑스럽다. 허둥대는 메구를 보며 나는 마음이 한층 치유되는 걸 느꼈다.

【메구】

이동 중에 깜빡 자버렸어! 생각해보면 전생에도 출퇴근할 때 전철에서 자주 자곤 했었지. 흘러가는 풍경이 그때의 기억과 겹쳐져서 그만 잠들어 버린 모양이다. 그 시절에는 선 채로도 잠들었던 걸 떠올리고는 먼산을 쳐다보았다. 지금은 하라고 해도 무리다.

"슬슬 마을에 들어갈 거야. 여기서부터는 천천히 걸어갈 건데. 메구는 계속 타고 있어도 돼."

체트가 서서히 감속하여 달리는 대신 걷기 시작했을 때 루드 선생님이 고삐를 잡은 채로 훌쩍 내려서 말했다. 이제부터는 마을 안을 걷는 거지? 그런 와중에 혼자 태평하게 타 있는 건 어쩐지 민망하다. 나는 같이 걷겠다고 하고 차량에서 내려가기로 했다.

"후우."

『네! 맡겨주시라!』

폴짝 뛰어내리며 후우에게 말을 걸자 알고 있었다는 양 후우의 바람이 나를 감쌌다. 그 힘을 이용해 넘어지는 일 없이 바닥에 사뿐 내려섰다.

"역시 마법 쓰는 게 아주 능숙해졌어. 직접 들어서 내려주던 때가 그리울 정도야."

루드 선생님은 칭찬해 주었지만 어딘가 아쉬워 보였다. 루드 선생님만이 아니라 요즘은 다들 내 성장을 보면 항상 이렇다니까. 나도 조금 쓸쓸하지만 그게 성장인 법이다. 서로에게서 자립하기 화이팅……. 바닥에 내려섰으니 이젠 루드 선생님 옆으로 이동해 나란히 걸었다. 계속 수차를 탔기 때문에 바닥이 푹푹 꺼지는 것 같다. 그 탓에 이따금 비틀거리는 건 애교로 쳐주시라. 역시 나는 운동신경이 없다는 게 실감이 간다니까. 그래도 노력한 덕분에 상당히 민첩해지긴 했지만! 다만 센스가 없다. 나도 안다. 노력으로도 메울 수 없는 벽이다.

"괜찮아? 조금 비틀거리는데."

그리고 들켰어! 응, 예상했다. 루드 선생님은 기본적으로 뭐든 다 간파하니까. 나는 히히 얼버무리면서 괜찮다고 대답했다. 하지만 루드 선생님이 고삐를 쥐지 않은 쪽 손을 내밀었기에 얌전히 그 손을 붙잡았다. 솔직히 살았습니다. 죄송합니다.

"체트를 반납하고 나면 점심 먹자. 그때 좀 쉴 수 있을 거야."

그렇게 말하며 미소 짓는 루드 선생님을 보고 나는 간신히 안도했다. 확실하진 않지만 체트를 타는 동안 루드 선생님이 어딘가 기운이 없어 보였기 때문이다. 성묘하러 가는 거니까. 따뜻했던 기억이나 슬픔에 잠기고 싶은 때도 있기 마련이다. 사실은 혼자 있고 싶었던 건지도 모른다. 하지만 이번에 루드 선생님은 나를 데리고 와 주었다. 아무리 나에게 무르다고 해도 정말 안 될 때는 완곡하게 거절할 테니까. 제대로 고려한 결과 나를 데려가도 괜찮겠다고 판단한 거겠지. 조금 걱정되고 마음에 걸리긴 하지만, 모처럼 데려와 줬으니까 내가 할 수 있는 일을 할 수밖에 없다.

"에헤헤, 배고프다!"

여느 때처럼 낙천적으로 생글거릴 것. 그리고 최대한 폐를 끼치지 말 것! 이게 포인트다. 아마 이럴 때는 평소처럼 행동하는 사람이 옆에 있는 게 가장 좋을 테니까. 봐봐, 루드 선생님도 내 말에 평소와 같은 미소를 지었다. 그럴 때마다 재차 안도했다. 그대로 둘이 나란히 걸어 마을에 들어가 수차 본점에 체트를 반납했다. 마을을 걷고 있으려니 어린 내가 눈에 띄는 건지 여기저기서 시선을 느꼈지만 어쩔 수 없지! 처음 온 장소니까 연신 두리번거리고 있기도 하고. 본점에서는 오후에 빌릴 예정인 하늘을 나는 동물도 예약해 놓는다고 한다.

"본점이라면 지금 없어도 바로 원하는 능력을 지닌 동물을 데려와 주거든."

즉 여기서 선택하면 당장 그 장소에 없어도 잠시 기다리면 어떤 동물이든 빌릴 수 있다는 소리다. 우리는 지금부터 점심도 먹을 거니까 지금 없어도 돌아왔을 때 빌릴 수 있다는 소리구나. 지점에선 원하는 동물이 없으면 포기할 수밖에 없으니 본점에서만 맛볼 수 있는 이득인 셈이다.

"모처럼 왔으니 특급 길드 애뉼러스에서 점심을 먹을까? 메구는 가본 적 없지?"

"! 없어요!"

특급 길드는 지금 오르투스를 포함해 셋밖에 없다. 네모가 그왜, 나를 노린 그 사건 후에 사라졌거든. 그런 세 길드 중 하나인 애뉼러스가 상업 길드라는 건 들었다. 오르투스도 자주 신세 지고 있으며, 애뉼러스에서 손님, 배달, 업무 관련으로 오는 사람도 많이 있다. 하지만 그 본거지에 오는 건 처음이다. 애초에 다른 길드에 가는 일 자체가 여태까지 없었으니까 가슴이 두근거렸다.

"애뉼러스는 특성상 식량도 좋은 품질을 갖추고 있어. 그러니 점심도 기대해."

"와아! 신난다!"

나도 모르게 폴짝폴짝 뛰면서 기뻐하고 말았다. 나도 참 단순해라……. 하지만 먹는 건 중요하잖아? 그냥 먹보라고도 할 수 있지만! 그런 식으로 룰루랄라 걸어가다가 목적지인 애뉼러스 앞에서 뭔가 말다툼을 하는 2인조를 발견. 원래대로라면 그냥 무시하고 먼저 가버렸을 테지만 도저히 모르는 척할 수 없었다. 몸이 멋대로 그 두 사람을 향했다.

"저기, 왜 그래?"

그리고 그대로 말을 걸었다. 그러자 싸우던 두 사람이 동시에 목을 휙 움직여 이쪽으로 고개를 돌렸다. 아, 역시!

""얘가 나빠!!""

쏙 닮은 얼굴과 같은 색의 머리카락과 눈동자, 그리고 깔끔하게 겹치는 대답. 짝짝짝! 아마, 아니, 틀림없이 쌍둥이다! 나도 모르게 감탄하고 말았다.

"이런 곳에서 싸우면 다른 사람에게 방해되잖아."

감탄하는 내 옆에서 루드 선생님이 두 사람의 키에 맞춰 몸을 숙이고 지적했다. 두 사람은 아주 비슷하게 생겼지만, 한쪽은 남자고 한쪽은 여자인 모양이었다. 심지어 나와 겉으로 보이는 나이가 크게 다르지 않은 아이들. 나도 모르게 달려간 이유가 이거다. 오르투스 근처에는 나와 나이가 비슷한 애가 없는걸. 한참 어린 애들이라면 있지만.

"죄, 죄송합니다. 하지만 구트가…… 어? 구트? 야, 구트. 왜 그래? 멍하니."

루드 선생님의 말에 바로 반응한 건 여자아이 쪽이었다. 제대로 사과할 줄 알다니 착하구나. 야무지다는 인상이다. 그리고 다른 한 명은……. 확실히 멍했다. 아까까지 그렇게 둘이서 버럭버럭 싸우고 있었는데 그 기세는 어딘가로 가버린 모양이었다. ……응? 아니, 날 보고 있나? 뭐지. 얼굴에 뭐라도 묻었나?

민망해져서 나도 모르게 남자아이에게 물어보았다.

"저기, 왜 그래? 뭐 이상해?"

어쩌지. 아까 잘 때 눌린 흔적이 아직 남아있나? 뺨에 손을 가져가서 문질러 봤다. 그러자 재부팅이 끝난 건지 남자아이가 당황하며 자세를 고쳤다.

"아, 아아아아무것도 아니야! 전혀 안 이상해! 이, 이렇게 귀여…… 아니, 그게, 아무튼 아무것도 아니야!"

그리고 당황하기 시작했다. 뭐, 뭔데. 굳어버렸다가 이번에는 허둥지둥 손을 붕붕 휘젓질 않나. 그 움직임에 맞춰 머리카락과 같은 크림색 귀와 꼬리가 뿅 튀어나왔다. 복실복실한 꼬리가 붕붕 흔들린다. ……귀여워라.

"아항. 구트 너……."

"아무것도 아냐! 아니라고! 룬, 쓸데없는 소리 하지 마!"

"흐흥. 뭐 그래. 근데 귀랑 꼬리 나왔다?"

"헉!"

여자아이의 지적에 남자아이는 허둥지둥 귀와 꼬리를 넣었다. 아앗! 복실이가!

"벌써 귀와 꼬리를 수납할 수 있나 보구나? 아직 어린데 대단하네."

"어리다고 해도 우리는 벌써 50살이 넘었거든!"

자랑스럽게 가슴을 펴고 말하는 남자아이. 하지만 미안해, 나는 아직 마대륙의 아인이 어떤 속도로 성장하는지 이해하지 못했거든. 나이를 말해 봤자 썩 와닿지 않는다. 실제로 내가 연상

이지만 두 사람이 더 연상처럼 보이는걸. 그러니 겉으로 보이는 나이로 판단하고 있다. 다만 기본적으로 가장 좋은 상태일 때 몸의 성장이 한 번 멈춘다고 하니 겉보기 나이조차 믿을 수 없을 때도 많지만. 아인은 난해해.

"아니, 그런 거라면 더 대단하지. 성인이 되기 전에 가능한 아이들은 거의 없거든. 나도 성인이 된 뒤에야 수납할 수 있게 되었고."

루드 선생님이 그렇게 말하는 걸 보면 역시 이 두 사람은 어린아이인 모양이다. 겉모습과 상관없이 아인은 100살부터 성인으로 간주한댔던가. 즉 나도 아무리 초등학생 정도의 외모라고 해도 앞으로 30년이 지나면 성인이 된다는 소리다. 엘프에게도 적용되는 건지는 모르지만. 적어도 100살까지는 고등학생, 아니, 중학생이어도 괜찮으니까 그 정도의 외모로 자라줬으면 좋겠다.

"그야 그렇겠지. 우리는 성인이 되면 바로 애뉼러스에서 일하고 싶으니까."

"이 정도는 할 수 있어야 해!"

쌍둥이는 나란히 허리에 손을 올리고 가슴을 폈다. 아주 귀엽다. 귀와 꼬리가 없는 게 조금 아쉽지만, 당연히 말하진 않았다.

"하지만 너도 아직 어린대 할 줄 알잖아!"

여자아이가 나에게 얼굴을 바싹 들이밀어서 반사적으로 몸을 뒤로 제쳤다. 오오, 이 느낌 오랜만인데. 적극적으로 다가오는 동성 친구가 있었거든. 아주 착한 애였지만 그 기세에 나는 항상 압도당했었다.

"아, 아니, 오해야. 나는 엘프니까 원래 꼬리는 없고 귀는 이렇게 생겼어!"

대단하다는 부분은 정정해 놔야지. 엘프는 아인과 다르게 짐승 형태가 없고 관련한 특징도 없다. 인간과 마찬가지로 태어났을 때부터 이 모습 고정이다. 따라서 그걸 알려주기 위해 귀 뒤에 손을 가져가서 엘프의 특징인 뾰족한 귀를 보여주었다.

"엘프?! 어쩐지 귀엽, 아니, 그게, 예쁜 머리카락이구나! 반짝거려!"

남자아이가 살짝 뺨을 붉히며 칭찬해 주었다. 그 감상은 동의한다. 엘프는 반짝이는 머리카락이 특징이라 아주 예쁘단 말이지. 나도 처음 슈리에 씨를 만났을 때는 넋을 놓았는걸. 그걸 순수하게 칭찬해 준 게 기뻐서 활짝 웃으며 고맙다고 말하자 남자아이는 다시 굳어 버렸다. 어라? 이상한 소리 했나?

"그런데 두 사람은 왜 싸우고 있었던 거니?"

루드 선생님이 묻자 잊고 있던 걸 떠올렸다는 듯 여자아이가 손뼉을 치고 말하기 시작했다.

"우리는 엄마랑 아빠가 애뉼러스에서 일해. 오늘은 집에 두고 간 걸 가져다주러 왔는데, 구트가 집에서 나오기 전에 현관에 두고 왔다고 해서……."

"뭐야, 룬이 가져간다고 했잖아? 잊은 건 룬이라고!"

"무슨 소리야! 집에서 나올 때 말했잖아! 여기에 두겠다고!"

"그런 걸 어떻게 알아들으라고!"

흠, 그렇구나. 즉 부모님이 두고 간 물건을 가져다주러 왔는데 정작 그 물건을 집에 두고 왔다? 그걸 서로 너 때문이라고 하고 있는 거고. 하지만 현관에서 잊어 버리는 건 이해가 간다. 나도 자주 저질렀거든……. 지금은 전부 수납 팔찌에 들어갔으니 그럴 일이 없지만. 너무 편해서 내가 나태해지는 게 아닌지 걱정된다.

"그래, 사정은 알았어. 하지만 여기서 싸우면 안 돼. 잊어버린 물건은 가지러 가면 되는 거잖아? 아니면 우선은 한 번 길드에 들어갈 거야?"

우리도 마침 애뉼러스에서 점심을 먹으려던 참이라며 루드 선생님이 두 사람을 달랬다. 뭐라고 해야 하지. 역시 루드 선생님? 분위기가 부드러우니까 분노를 자극하지 않고 완곡하게 앞으로 해야 할 일을 지시해준다. 그것도 결정권은 두 사람에게 맡겨서. 이러면 이래라저래라하는 것보다 훨씬 수긍하기 쉽다. 말은 하기 나름. 한 수 배웠습니다!

"그러게요. 죄송합니다……. 좋아, 분담하자! 구트, 네가 집에 다녀와! 나는 이 사람들에게 애뉼러스를 안내할 테니까!"

"왜, 왜! 내가 안내할 테니까 룬이 가지러 가!"

아차, 이 흐름은 또 싸움인가?! 어떡하나 당황하고 있었더니 뜻밖에 여자아이 쪽에서 '그래도 되는데'라고 대답했다. 오? 양보하는 건가?

"하지만 할 수 있겠어? 저 애 보면서."

"어……. 아, 으……!"

그렇게 말하며 여자아이는 남자아이의 머리를 잡고 휙 옆으로 돌렸다. 그에 따라 남자아이와 눈이 마주쳤다. 조건반사로 웃자 또다시 굳어 버렸다. 어라? 혹시 내 외모가 화려해서 쑥스러운 가. 나도 슈리에 씨를 보고 처음에는 그런 느낌이었지. 어쩐지 추억이구나. 하지만 괜찮다. 미모는 익숙해진다. ……앗, 안 익숙해질지도. 그 사람들은 항상 아름다우니까.

"거 봐. 그러면서 어떻게 안내한다고 그래! 꼴사나운 모습 보여주기 싫다면 냉큼 다녀와! 게다가 구트가 더 빠르잖아."

여자아이의 말에 설득력이 있었던 건지 남자아이는 분하다는 듯 받아들이고 애뉼러스와는 반대 방향으로 터덜터덜 걷기 시작했다. 애수가 감도는구나. 어쩐지 불쌍해져서 나도 모르게 말을 걸었다.

"저, 저기, 구트? 기다릴 테니까 같이 점심 먹지 않을래? 어어, 룬? 도 같이……. 너희가 괜찮다면."

두 사람이 똑같은 얼굴로 눈을 동그랗게 뜨는 걸 보자 점점 위축되었다. 뭘까, 불편했을까. 하지만 또래 아이랑 친해지고 싶었다고!

"그, 그ㄱㄱㄱㄱ그래도 돼?!"

"물론이지. 두 사람이랑 친해지고 싶어. 나는 비슷한 나이의 친구가 없어서……."

있어도 내 성장이 느리니까 점점 앞질러 가더라! 그렇기 때문에 이런 만남은 소중했다.

"……나 순식간에 다녀올게."

그 말을 끝으로 구트가 바로 달렸다. 크림색 강아지 같은 마물형이 되어서. 그 모습이 보인 것도 한순간이라 다음 순간에는 이미 눈앞에서 사라졌다. 빠르잖아?! 내가 멍하니 쳐다보자 루드 선생님과 룬이 웃음을 터트렸다. 어? 왜? 나는 웃음 포인트를 모르겠어!

"으음. 그래서 같이 점심 먹는다고 생각해도 돼?"

잘 몰라서 룬에게 물어보자 룬은 흔쾌히 '응!' 하고 대답해 주었다. 휴, 다행이다!

"나도 너랑 친해지고 싶었어! 그래서 기뻐!"

크림색 트윈 테일을 살랑거리며 웃는 룬은 아주 귀여워서 가슴이 찌르르했다. 나도 기뻐! 인사하기 위해 나는 손을 내밀고 자기소개했다.

"나는 메구야. 잘 부탁해."

"메구구나. 잘 부탁해! 그리고 나도 구트도 편하게 불러도 돼."

우리는 서로를 보며 후후 웃고 악수한 손을 위아래로 붕붕 흔들었다. 윽, 힘이 좀 세구나!

"저쪽이 길드 레스토랑이야. 밤에는 바가 되지."

룬은 바로 내 손을 잡고 애뉼러스 건물 안으로 데리고 갔다. 루드 선생님은 뒤에서 자상한 미소를 지으며 따라와 주었다. 완전히 보호자의 얼굴이다. 보호자 맞지만!

"오, 룬. 그 미라클 큐티 걸은 누구야?"

"구트는 없어?"

그렇게 걸어가자 애뉼러스에 있는 사람들이 저마다 말을 걸었다. 룬과 구트는 이곳의 유명인이구나. 오르투스에서 길드원들이 나에게 말을 걸 때와 같은 분위기다. 다들 친근하고 다정한 아우라가 감돌았다. 따뜻하고 좋구나!

"그, 오르투스의 메구입니다! 안녕하세요."

주목받은 참에 큰맘 먹고 자기소개하자 한층 주목이 쏟아지는 결과가 되고 말았다. 이름을 밝힌 순간 길드 안에 술렁거림이 퍼져나갔기 때문이다. 놀라서 무심코 루드 선생님의 백의에 덥석 매달렸다. 루드 선생님은 괜찮다고 달래듯 내 머리를 쓰다듬어 주었다. 후우, 조금 안심된다.

"얘가 소문으로 듣던 그 엘프 어린이구나! 마왕의 딸!"

"우와, 진짜 귀여워!! 예상을 아득하게 초월하는 귀여움이야!!"

그리고 터져 나오는 환호성. 뭐, 뭔데?! 한층 세게 매달리며 올려다보자 그 시선을 알아차린 루드 선생님이 쓴웃음을 지으며 설명해주었다.

"마왕의 아이가 오르투스에 있다는 건 이 마대륙에서는 모르는 사람이 없을 정도로 유명하거든. 보통 어린아이는 길드에 소속하지 않으니까 메구가 오르투스의 메구라고 밝힌 시점에서 다들 바로 알아본 거지."

"어? 말하면 안 되는 거였나……?"

곧이곧대로 말해 버렸는데, 내가 마왕의 딸이라는 게 들키면 이래저래 폐를 끼친다거나? 그런 생각에 당황했지만 루드 선생님은 웃으며 고개를 저었다.

"그렇지 않아. 제대로 이름을 밝히는 건 잘한 일이고, 오르투스의 이름을 꺼내면 견제도 되거든."

그렇게 말해준 덕에 안심했다. 실수했나 하고 초조해졌지 뭐야. 간신히 어깨에서 힘을 빼고 루드 선생님의 백의에서 손을 놓았다.

"메구는 그렇게 대단한 애였어……?"

오직 한 명, 룬은 진심으로 놀랐다는 양 눈을 동그랗게 뜨고 있었다. 아니, 대단한 건 부모이지 내가 아니거든! 확실히 핏줄은 서러브레드지만 알맹이는 빈약하니까. 여러모로.

"아, 하지만 이상한 사람이 접근하거나 그러진 않아?! 이렇게 사람이 많은 곳에선 조심해야 해! 애뉼러스는 계산적인 사람이 많이 있거든. 메구는 아직 어린아이잖아!"

그러더니 퍼뜩 정신을 차린 듯 작은 목소리로 충고해 주었다. 화, 확실히 위기감은 없었던 건지도 모른다. 으으, 반성해야지. 추욱 풀이 죽어 있었더니 루드 선생님의 입에서 뜻밖의 발언이 튀어나왔다.

"마왕의 아이니까 특별히 오르투스에 있는 게 아니야. 처음에는 확실히 보호하기 위해서였지만. 지금 메구는 오르투스의 일원으로서 실력도 충분해."

"어? 시, 실력……?! 그 오르투스에 인정받다니 대단하잖아!"

그 말에 주변에서도 술렁거렸지만 가장 놀란 건 나다. 마법 실력은 향상되었긴 하지만 실전 경험도 없고 오르투스의 일원으로서 아직 한참 부족하다고! 따라서 루드 선생님의 바지를 꾹꾹 잡아당겨 과장이라고 주장했다.

"거짓말 같으면 메구에게 공격해 봐. 뭐, 메구가 대처하기 전에 내가 처리할 거지만."

"의미 없잖아!"

생글거리면서 하는 말에 룬이 바로 태클을 걸었다. 아니, 진짜 그러게. 아, 하지만 그렇구나. 보호자가 지켜준다는 든든한 방패를 넣는다면 확실히 나는 최강일지도 모른다. 다만 그걸 실력이라고 부르는 건 복잡한 기분.

"다, 다녀왔습니다……. 헉, 헉."

그때 구트가 돌아왔다. 숨을 헐떡이는 걸 보니 상당히 급하게 온 모양이다. 그, 그렇게 서두를 필요 없었는데!

"대단하잖아, 구트. 최고 기록 아냐? 하면 되네!"

"시끄러, 헉, 이 정도는, 허억, 아무것도 아냐."

최고 기록? 평소보다 더 빨랐던 모양이다. 그런데도 허세를 부리는 모습은 어쩐지 귀엽다. 남자아이니까 귀엽다는 말은 칭찬으로 받아들이지 않을 것 같아서 가만히 있었지만.

"오, 소식 듣고 와 봤더니 구트와 룬도 같이 있었을 줄이야."

"" 아빠!""

그때 애뉼러스의 접수처 안쪽에서 키가 크고 체격이 좋은 남성이 다가와 그렇게 말했다. 아하, 이 사람이 아빠구나. 인간형이니까 무슨 아인인지는 모르지만, 크림색 머리카락이 똑같았다. 얼굴은 별로 안 닮은 걸 보면 외탁인가? 쌍둥이가 귀여운 얼굴인 반면 음, 그게, 분위기가 달라서 머리카락 색이 달랐다면 혈연관계를 의심했을 정도다. 즉 무슨 소리냐면! 눈매가 무지막지 날카롭고 무서운 인상이에요! 박력이 굉장해!

4 특급 길드 애뉼러스

"오랜만이야, 디에가. 잠시 만나지 않은 사이에 아이가 생겼다니. 섭섭하네."

"루드비크, 오랜만이다. 아니, 이래저래 정신이 없었거든. 보고하는 걸 완전히 깜빡했어."

어라? 루드 선생님과는 아는 사이인 모양이다. 상당히 친해 보이네. 잠시 만나지 않은 사이라고는 했지만, 쌍둥이가 이 나이가 될 때까지 안 만났다는 뜻이니까 꽤 오래 안 만난 거 아니야? 뭐, 아인의 감각으로는 그렇다는 거겠지. 이것도 아직 익숙해지지 않는다. 오랜만에 재회한 건지 두 사람은 악수하며 기뻐하는 얼굴로 대화했다.

"마왕의 딸이 왔다고 들었거든. 그 애야?"

"그래. 메구라고 해. 점심을 먹고 인사하러 가려고 했는데. 먼저 왔으니 잘됐지. 메구, 소개할게."

대화 내용이 내 이야기가 되었다. 나는 인사하기 위해 긴장하면서도 한 걸음 앞으로 나왔다.

"이 험상궂은 사람은 디에가야. 이 사람은······."

"잠깐, 자기소개 정도는 하게 해 줘야지, 루드비크. 안녕. 애뉼러스의 헤드인 디에가다. 만나서 영광이야. 마왕의 딸, 메구."

"어, 어?! 헤드라면 애뉼러스의 톱이라는 뜻?!"

그 인사를 듣고 대단히 실례지만 대답하기 전에 성대히 놀라고 말았다. 가까스로 악수는 했지만 너무 민망해라! 그래도 설마 처음부터 톱을 만날 수 있을 줄은 몰랐단 말이야! 곁눈질로 힐끗 본 룬이 장난을 성공한 악동처럼 웃고 있는 걸 보고 어쩐지 분한 기분이 들었다. 으그극.

"아까는 내가 놀랐으니까! 메구에게도 서프라이즈가 성공해서 좀 기뻐!"

그렇게 말하며 웃는 룬은 어딘가 뿌듯해 보이기도 해서 자랑스러운 아빠라는 걸 알 수 있었다. 그 모습에 가슴이 따뜻해졌다. 물론 내 부친즈도 자랑스러운 사람들이지! 마왕인 아버지도, 아빠도, 기르 씨도!

"나, 나도 놀랐어……. 너, 너는, 마왕의 딸이었구나……."

"구트, 굼뜨기. 그 이야기는 아까 끝났다고."

"어쩔 수 없잖아! 나는 집에 다녀왔으니까! 아, 맞아. 아빠, 이거. 두고 갔었지?"

아, 그렇구나. 구트는 아직 내 출신을 몰랐던가. 내가 디에가 씨의 정체에 놀랄 때 같이 내 정체에 놀랐던 모양이다. 어쩌재미있다.

"오오, 가져와 주었구나! 완전히 깜빡했어. 고맙다. 덕분에 살았어."

디에가 씨는 그렇게 말하며 두 아이의 머리를 순서대로 쓰다듬었다. 그 얼굴이 완전히 파파라서 보고 있으니 다시 가슴이 훈훈. 두 사람도 쓰다듬을 받고 기뻐 보였다. 나도 기르 씨가 머리를 쓰다듬어 줄 때를 떠올리고 히죽거렸다.

"모처럼 만났으니 다 함께 점심 어때? 루드비크. 내가 살게."

"경비로?"

"큭, 깐깐한 녀석……. 당연히 사비로."

"그럼 감사히 얻어먹지."

두 사람의 대화가 또 재미있다. 정말로 오르투스와 애뉼러스는 양호한 관계를 구축하고 있구나. 그걸 실감한 것만으로도 여기에 오길 잘했다는 생각이 든다.

그렇게 우리는 감사히 디에가 씨의 돈으로 점심을 먹게 되었다. 애뉼러스 길드 안에 있는 레스토랑은 런치 타임이라는 시간대이기도 해서 조금 북적거렸다. 시끌시끌 떠들썩하니 활기가 넘쳐서 왠지 좋다. 조금 고급스러운 카페 같은 분위기인 오르투스와는 다르게 대중식당 같은 친근함이 있다. 여기저기에서 맛있는 냄새도 풍기니까 배가 꼬르륵 울 것 같다.

"아, 저기 비었다! 나는 자리 잡아놓을 테니까 주문하고 와."

내가 맛있는 냄새에 정신이 팔린 사이에 룬은 자리를 확보했다. 다른 사람에게 빼앗기지 않으려고 스스슥 이동하는 움직임은 무척 익숙하면서도 신속했다. 멍 때려서 죄송합니다.

"룬은 추천 세트면 되지?"

"응, 그걸로!"

아무래도 쌍둥이인 구트가 룬의 몫을 가져가는 모양이다. 싸우기도 하지만 역시 사이가 좋구나. 사실 형제에 동경이 있다. 나는 전에도 외동이었으니까. 이 세계에서는 애초에 출생률이 낮으니까 쌍둥이가 아닌 한 형제가 있는 사람은 잘 없으니 외동이 많다. 쌍둥이보다 나이 차이가 나는 형제가 훨씬 드물다는 신비함. 세상의 상식이 다르다.

"음, 메구, 는……. 메뉴 정했어? 그게, 그냥 앉아서 기다려도 괜찮아."

그런 두 사람을 빤히 쳐다보고 있었기 때문인지 구트가 머뭇거리면서 물어보았다. 쳐다봐서 미안.

"그래도 돼?"

"으, 응. 여기는 사람이 많으니까, 위험, 하고……."

오오, 신사잖아! 이 나이에 그런 배려를 할 줄 알다니. 구트, 제법인데. 장래에 인기남으로 성장할 게 틀림없다. 확실히 너무 많은 인원이 우르르 움직이는 것도 위험하고 나는 덜렁거리니까 그 제안은 솔직하게 고마웠다. 여기서는 호의를 받아들여서 룬과 함께 얌전히 기다리기로 했다.

"고마워. 친절하구나!"

"친절…… 아, 아니, 괘, 괘괘괜찮아!"

그래서 제대로 인사했는데 구트는 내 메뉴도 듣지 않고 얼굴이 빨개져서는 부리나케 가 버렸다. 칭찬을 듣고 쑥스러워졌나? 상대하기 어려운 나이대로구나. 어쩔 수 없으니 루드 선생님에게 나도 추천 세트를 먹고 싶다고 부탁했다. 루드 선생님은 흔쾌히 고개를 끄덕인 뒤 디에가 씨와 담소하며 구트의 뒤를 따라갔다. 뭐가 재미있는 걸까. 어른들의 생각도 잘 모르겠다.

"메구는 대단하구나."

심지어 룬도 감탄했다. 왜?! 다른 사람들은 그렇게 쉽게 칭찬하거나 하지 않는 건가? 칭찬은 좋은 일이잖아! 칭찬받으면 기쁘니까. 그러니 저는 앞으로도 적극적으로 남을 칭찬할 겁니다!

룬과 잡담하며 기다리고 있었더니 다른 사람들이 금방 쟁반을 들고 돌아왔다. 매일 바뀐다는 추천 세트는 고로케 같은 것이 메인이었다. 모양은 둥글고, 빵가루를 뿌려서 튀긴 것 같다. 샐러드와 미네스트로네 수프도 따라와서 볼륨 만점! 다 먹을 수 있을까 걱정하며 보고 있었더니 루드 선생님이 내 앞에 조금 양이 적은 쟁반을 놓았다.

"메구는 이 정도면 되지?"

"와, 다행이다. 다 못 먹을까봐 걱정했는데."

"후후, 그럴 것 같았어."

역시 루드 선생님이다. 내 식사량도 고려해 준 모양이었다. 고마워라.

"메구는 적게 먹는구나?"

"어? 룬은 다 먹을 수 있어?"

"가뿐하지! 구트는 부족하다면서 항상 가득 받아오는걸."

"와, 대단해라."

나도 먹을 수 있다면 잔뜩 먹고 싶긴 하지만, 이 몸뚱이의 위장은 허용량이 참 적다. 흐읍. 그나저나 그 나이에 어른만큼 먹을 수 있다니 대단하다. 구트는 뭐, 남자아이니까 그럴 만도 하지만. 아무튼 드디어 점심이다. 바로 고로케 같은 것을 나이프로 잘라보자 안에는 쌀이 들어있었다. 아니, 쌀보다는 현미나 뭐 그런 쪽? 라이스 고로케과도 조금 다른데. 야채와 고기도 들어가서 카츠에 가까운 느낌도 든다.

"이 빵에 끼워서 먹는 거야. 카냐 처음 먹어?"

고로케 비슷한 것을 관찰하고 있었더니 룬이 먹는 법을 가르쳐주었다. 카냐라고 하는구나. 처음 들은 것 같다. 나는 고개를 끄덕끄덕 끄덕였다. 그 후 룬이 가르쳐 준 대로 반달 모양의 납작한 하얀 빵에 카냐를 끼웠다. 피타 브레드 샌드위치 같은 느낌이다. 룬이 하는 것처럼 손으로 잡고서 한 입 크게 깨물었다.

"! 마시써!"

"그렇지? 애뉼러스의 인기 메뉴야!"

나도 모르게 입에 남아있는 상태로 말해 버렸다. 하지만 맛있었단 말이야. 카냐에는 간이 잘 되어있는데 어딘가 매콤했다. 하지만 너무 매운 건 아니라서 나라도 태연하게 먹을 수 있었다. 진한 맛이라서 빵과 궁합이 좋았다.

"역시 애뉼러스야. 재료가 다른 곳과는 다르네."

"그야 그렇지. 그게 우리 장점이니까."

상업으로 성장한 특급 길드의 명성은 거저 얻은 게 아니라는 거구나! 처음부터 얕잡아본 적은 없었지만 그 실력을 엿본 기분이다.

"그런데, 두 사람은 일 때문에 이쪽에 온 거야?"

디에가 씨가 루드 선생님에게 물었다. 우리 아이들 셋은 음식에 더 관심이 많아서 얌전히 대화를 들으며 손과 입을 움직이는 중입니다.

"아니, 개인적인 볼일이야."

"응? ……아, 그렇구나. 그런 시기였군. 이 애도 같이?"

"그래. 한 번 소개하려고. 오르투스의 딸은 내 딸이나 마찬가지니까."

아무래도 디에가 씨도 성묘를 알아차린 모양이었다. 사정을 알고 있을 만큼 친한 사이인 거구나. 그나저나 오르투스의 딸이라니. 어쩐지 간지럽네. 그리고 기쁘다.

"최근 수십 년은 계속 오르투스에서 일직선으로 날아갔으니까 애뉼러스에 들르는 것도 오랜만이야."

"그러게 말이다, 루드비크. 앞으로는 들렀다 가. 그러니까 애들을 소개하는 게 이렇게나 늦어졌잖아."

"하하, 자꾸 간단하게 갈 수 있는 방식을 택하게 된단 말이지. 하지만 확실히 디에가의 말대로야. 앞으로는 애뉼러스를 경유해서 느긋하게 가는 것도 좋을지도 모르겠네."

흠흠. 이번에는 우연히 하늘을 나는 동물을 빌리지 못해서 여기에 들른 거지만 결과적으로 새로운 만남이 있었으니까 어느 의미로는 행운이었구나.

"돌아갈 때는 들렀다 갈 거냐?"

"휴가가 내일까지라서. 메구도 피곤할 테니까 돌아갈 때는 날아서 바로 돌아가고 싶어."

"아…… 아쉽지만 어쩔 수 없지. 서로 바쁜 몸이기도 하고, 아가씨가 피곤해지는 것도 안 좋고."

내 컨디션까지 고려하고 있었다니 어쩐지 미안하다. 하지만 돌아가는 길에도 들른다면 확실히 오르투스에 도착하는 게 밤이 되어버릴 것이다. 그러고 보면 루드 선생님은 출발 전에 밤을 새웠다고 들었고, 모레부터는 다시 일해야 하니까 쉴 수 있을 때 푹 쉬는 게 좋지! 뭐, 루드 선생님쯤 되면 사나흘은 자지 않아도 거뜬할 테지만. 심정적인 문제로 역시 쉬었으면 한다.

"뭐야, 그럼 메구와는 벌써 헤어지는 거야……?"

"어……?!"

그때 여태까지 가만히 있던 룬과 구트가 끼어들었다. 윽, 그렇게 슬픈 표정 짓지 마. 나도 슬퍼지잖아……! 모처럼 만났는데 바로 헤어져야 한다니.

"그런 표정 짓지 마. 슬퍼하기보다는 만남에 고마워해야지. 앞으로 평생 못 만나는 것도 아닌데. 다음에 만난다는 즐거움이 생겼다고 생각하는 게 해피하잖아?"

세 아이들의 눈이 글썽글썽해지자 디에가 씨가 쌍둥이의 머리를 양손으로 쓰다듬으며 달래주었다. 이렇게 험상궂은 얼굴로 웃으니까 괜히 더 박력이 넘쳐났지만. 그래도 말이나 태도는 긍정적이고 다정해서 기운이 났다.

"메구! 우리 아까 만난 사이지만 친구인 거지?!"

맞은편에 앉은 룬이 테이블을 사이에 두고 상반신을 내밀며 촉촉한 눈으로 그렇게 말했다. 당연하잖아!

"물론이야! 룬도 구트도 이미 친구야!"

"나, 나도……?!"

"당연하지!"

주먹을 꽉 쥐고 힘차게 대답하자 구트가 눈이 휘둥그레져서 물었다. 오히려 왜 구트만 빼놓는다고 생각하는 거야! 모처럼 만난 또래. 싫다고 해도 친구라고 부르고 싶을 정도다. 하지만 순식간에 헤어져야 하는 게 쓸쓸하다는 건 변함이 없다. 따라서 우리는 서로 길드에 편지를 보내기로 약속했다. 또래 친구와 펜 팔이라니 두근거리는데! 돌아가면 귀여운 편지지 세트를 사러 가야겠다.

점심을 다 먹은 우리는 출발하기 위해 애뉼러스 밖으로 나왔다. 이후 예정도 있으니 그렇게 느긋하게 시간을 보낼 수도 없었기 때문이다. 아쉽지만.

"약속했어, 메구!"

"응! 돌아가면 바로 편지 쓸게."

룬과 구트, 그리고 디에가 씨도 입구까지 배웅하러 와 주었기에 나와 룬은 꽈악 악수하며 작별 인사를 나눴다.

"구트도. 편지 쓸게."

"어, 나, 나도?"

"당연하지. 친해지고 싶은걸."

그리고 결국 끝까지 어색해하던 구트에게도. 스윽 손을 내밀어 악수를 요구하면서 웃는 얼굴로 말했다. 구트는 순식간에 얼굴이 새빨개졌다. 역시 민감한 나이인가? 여자아이와 편하게 스킨십하기에는 민망한 건지도 모른다. 그런 생각에 손을 거둘까 고민하려던 찰나 구트가 덥석 손을 잡았다.

"나, 나나나나도! 메구와, 치, 친해지고, 싶어!"

그렇게 새빨개지면서도 그렇게 말해 주었다. 에이, 뭐야! 귀엽잖아! 기쁨이 차올라서 나도 반대쪽 손을 구트의 손 위에 올렸다.

"응! 기뻐!"

"윽……!"

구트는 그 이상 아무 말도 하지 않았지만 강하게 맞잡은 손으로 잘 전해졌다. 만세! 활발하고 귀여운 여자아이랑 쑥스러움 많은 남자아이 친구를 얻었어!

"점심 잘 먹었어. 다음에는 더 일찍 올게."

"말은 그렇게 해놓고 또 몇십 년 뒤인 거 아니야? 뭐, 기대하지 않고 기다리마. ……그리고."

"그리고?"

"어…… 아니. 아무것도 아니야. 조심해서 가."

"그래, 고마워. 그럼."

어른들도 인사가 끝난 모양이다. 발걸음을 돌리는 루드 선생님의 손을 잡은 채 나는 반대쪽 손을 계속 붕붕 흔들었다.

언제까지고 손을 흔들었다간 뒤로 걸어야 해서 넘어지기 때문에 아쉬움을 달래며 앞을 보고 루드 선생님과 발을 맞췄다. 아, 안 울 거다 뭐.

"좋은 친구가 생겨서 다행이구나. 애뉼러스에 들른 보람이 있었어."

"응, 너무 기뻐요! 돌아가면 기르 씨에게도 알려줘야지!"

"기르에게? 으음, 뭐 괜찮겠지. 아마."

돌아간 뒤에 이야기할 게 기대돼서 들떠 있었더니 루드 선생님이 쓴웃음을 지었다. 왜 그러지? 의문이 얼굴에 드러났던 건지 루드 선생님은 신경 쓰지 말라며 내 머리를 가볍게 쓰다듬었다. 아니, 신경 쓰이거든? 하지만 이 얼굴은 이 이상 말할 생각이 없는 얼굴이다. 입을 열게 하지 못할 것이다. *끄응*, 어쩔 수 없지만 포기해야지.

"자, 수차 본점에 도착했어. 예약한 동물을 빌려올 테니까 여기서 잠시 기다려."

"넵!"

가게에 도착한 우리. 여기서부터는 다시 수차를 타고 이동한다. 다음엔 하늘을 나는 동물로 목적지까지 슝 날아간다나. 돌아가는 길에도 같은 동물을 쓴다고 했다. 요금은 좀 들지만 계속 빌리고 있는 게 편하긴 하지. 참고로 동물은 디에가 씨가 체력이 좋은 아이를 준비해 주었다고 한다. 구석구석 신세 졌구나. 대체 무슨 동물일까. 역시 새? 그런 생각을 하며 기다리고 있었더니 루드 선생님이 금방 돌아왔다.

"기다렸지? 자, 가자."

"아, 네……?!"

그렇게 본 동물은 내 예상을 초월한 모습이었다. 나도 모르게 말문이 막혀서 굳어버렸다. 하지만 그렇잖아? 코끼리다. 코끼리가 눈앞에 있어……! 하지만 내가 아는 코끼리보다 작은, 가? 아기코끼리 사이즈? 하지만 하얀색인 데다 체형도 어쩐지 둥글다.

"벌루퍼는 처음 보나?"

"벌루퍼……? 처, 처음 봤어요."

이 동물은 벌루퍼라고 하는 모양이다. 색도 체형도 조금씩 다르지만 전체적인 실루엣이나 귀의 크기나 코의 길이를 보면 역시 코끼리란 말이지. 어? 하늘을 나는 동물이잖아? 옛날에 하늘을 나는 코끼리 영화를 본 적이 있는데, 그런 느낌으로 나는 걸까.

"아주 얌전하고 똑똑한 동물이야. 속도는 그리 빠르지 않지만, 안정성이 탁월하지."

그렇게 말하며 루드 선생님은 바구니를 한쪽 팔로 들고 있었다. 커다란 사각형 바구니인데, 혹시…….

"자, 여기 타."

역시나! 기르 씨와 이동할 때 같은 황새 스타일인 걸까.

"어, 어떻게 나는 거야……?"

"타 보면 알아."

장난꾸러기처럼 웃는 루드 선생님. 시, 신경 쓰여……! 뭐, 이제부터 이걸 타고 이동하는 거니까 답은 바로 알 수 있다. 나는 시키는 대로 바구니에 탔다. 입구 같은 게 없으니까 또다시 후우의 도움을 받아서 둥실둥실.

"좋아, 준비 끝났다. 간다?"

벌루퍼와 바구니를 연결한 뒤 훌쩍 올라탄 루드 선생님은 들고 있던 짧은 채찍 같은 것으로 벌루퍼의 뒷다리를 가볍게 세 번 때렸다. 그러자 세상에나! 벌루퍼가 갑자기 부풀어 오르기 시작했다!

"어? 어? 벌루퍼, 터진다?!"

점점 부풀어 오르는 벌루퍼를 보며 나는 간이 콩알만 해졌다. 원래도 둥글둥글하던 실루엣이 한층 둥글어지고 커졌단 말이야. 이미 어른 코끼리만큼 커진 거 아닐까? 어, 언제까지 커지는 건데? 풍선을 부는 것처럼 터지는 게 아닌지 조마조마했다.

"우와, 떴어!"

더욱 놀랍게도 벌루퍼가 둥실 허공에 떴다! 점점 위로 올라가자 우리가 탄 바구니까지 같이 하늘로 올라갔다. 이, 이건 설마 기구?!

"하하하, 메구는 반응이 참 좋다니까. 터지거나 하진 않아. 벌루퍼는 원래 이렇게 하늘을 날면서 긴 여행을 하는 생물이거든. 추운 계절에는 따뜻한 장소로 이동하지. 벌루퍼의 대이동이라고 하면 날이 추워지는 계절의 대표 현상이라고도 할 수 있어. 오르투스 부근에서는 못 보지만."

철새가 아닌 철코끼리라는 건가요……! 확실히 이렇게 크고 둥근 코끼리가 무리 지어 하늘을 날아 이동했다면 눈치챘을 것이다. 압도적인 광경이겠지. 언젠가 보고 싶어!

"이 채찍으로 부드럽게 때리면 진행 방향을 지시할 수 있어. 오른쪽으로 가고 싶다면 오른쪽 다리를 두 번, 고도를 올리는 건 세 번, 내릴 때는 쓰다듬기 같은 식이지. 그 외엔 벌루퍼가 알아서 장애물을 피하거나 위험한 장소를 돌아가거나 하니까."

"벌루퍼 대다내."

발음이 헛나오고 말았다. 즈, 즉 그만큼 놀랐단 소리야! 평소

에는 이제 잘 발음하거든! 그나저나 이 세계에 와서 상당히 지났는데도 나는 아직 이 세계에 대해 모르는 게 많다는 걸 실감했다. 분명 아직 본 적이 없는 생물이나 식물, 현상도 많이 있겠지. 하지만 조바심은 없다. 내 인생은 아주아주 기니까. 조금씩 다양한 것을 알아가고 싶다. 어른이 되어 더 강해졌을 때는 세상을 돌아보고 싶다. 지금 아빠처럼. ……아빠는 일하느라 여기저기 돌아다니는 거지만.

살랑살랑 둥실둥실 하늘 여행이 이어진다. 기르 씨의 황새 택배로 가는 것과는 또 다른 아늑함이다. 바람이나 기온 변화에 대응하는 마도구가 달린 건 똑같지만 흔들림이 다르다. 이 벌루퍼는 마치 요람을 탄 것 같다. 아, 어쩐지 졸려…….

"자도 돼. 잘 자, 메구."

졸음을 부추기는 루드 선생님의 다정한 목소리와 머리 쓰담쓰담 공격이 더해지자……! 패배 확정. 안녕히 주무세요…….

"슬슬 도착한다, 메구."

"흐어…….

다음으로 내가 눈을 뜨자 이미 해가 저물기 시작하고 있었다. 어느새 덮고 있던 담요를 개며 바깥 풍경을 보기 위해 일어났다. 발돋움하면 아슬아슬하게 보이니까.

"와, 아……!"

그러자 그곳에 펼쳐져 있던 건 오션 뷰였다! 어느새 바다 위를 날고 있었던 모양이다. 그리고 조금 앞쪽에 대륙이 보였다. 아마 저게 남쪽 나라 난레이겠지? 이번 여행의 목적지다.

"저기 등대가 있는 게 보여? 저 근처에 묘소가 있어."

루드 선생님이 가리킨 곳에는 확실히 등대가 있었고, 거기서 조금 더 간 곳에 하얀 꽃밭 같은 게 펼쳐져 있는 게 보였다. 그 안쪽에 묘비 같은 돌이 여럿 세워져 있다. 저기에 루드 선생님의 반려분이 잠들어 있는 거구나…….

"등대 아래에 동물을 맡길 수 있는 건물이 있어. 거기에 맡긴 뒤에 그대로 무덤에 가자. 괜찮지?"

"알겠습니다."

어쩐지 목소리 톤이 조용했기에 평소에는 씩씩한 내 대답도 조금 얌전해졌다. '인사나 대답은 씩씩하게'가 모토이긴 하지만, 나는 제대로 때와 장소와 상황에 맞출 수 있는 사람이다. 벌루 퍼의 고도가 서서히 내려갔다. 순식간에 등대가 가까워져서 곧 착륙이다. 수차 훈련을 받은 벌루퍼이기 때문에 우리가 탄 바구니가 살며시 지면에 안착하도록 절묘하게 조절하며 내려주었다. 그리고는 벌루퍼도 부드럽게 착륙하더니 푸슉 소리를 내며 쪼그라들었다. 어쩐지 재밌다.

"자, 도착했어. 가자."

"……네."

루드 선생님에 이어 나도 바구니에서 내리자 살며시 손을 내밀어 주었기에 그 손을 잡았다. 루드 선생님은 반대쪽 손으로 벌루퍼를 끌고 건물에 맡겼다. 건물 안에서 바로 사람이 나와 익숙하게 넘겨받았다. 여기는 수차 주차장이나 뭐 그런 장소인 건지도 모른다. 담당자에게 동물을 넘길 때 카드도 넘기자 마력으로 스캔하더니 다시 돌려주었다. 이러면 내일도 같은 동물을 빌릴 수 있다고 한다. 루드 선생님은 그 카드를 다시 수납 마도구에 넣은 후 그대로 묘소로 걸어가기 시작했다. 천천히. 한 걸음, 한 걸음 길을 다지듯이. 힐끔 훔쳐본 루드 선생님의 옆얼굴은 조금 쓸쓸하면서도 무척 부드러운 눈을 하고 있었다.

루드 선생님과 손을 잡고 묘비가 늘어선 길을 천천히 걸었다. 하얀 돌바닥으로 포장된 길은 어딘가 엄숙한 분위기가 감돌았다. 길가에는 하얗고 작은 꽃이 심겨 있는데, 바람이 불 때마다 살랑살랑 흔들렸다. 잘 왔다고 반겨주는 것 같다. 그리고 이건 자연 마법을 사용하는 사람에게만 보일 테지만, 여기저기에 정령이 둥실둥실 날아다녔다. 하얀 빛은 이 장소에서 사는 정령으로, 드문드문 보이는 다른 색의 정령은…… 고인을 따르던 정령이라는 걸 바로 알 수 있었다. 어딘가 쓸쓸하면서도 부드러운 분위기가 전해졌기 때문이다. 그걸 루드 선생님에게 말하자 정령이 지켜주고 있다면 여기는 안전하겠다며 조용히 웃었다. 역시 어딘가 쓸쓸해 보인다.

"……여기야."

도착한 장소는 새하얀 묘비 앞. 이 세계의 묘비는 기본적으로 하얀색이지만, 이 돌은 다른 돌보다 특히 더 하얘보였다. 생전에 얼마나 마음이 아름다웠는지 드러나는 구조라나. 처음 들었을 때는 참 무서운 구조라고, 내 묘비는 새카마면 어떡하나 걱정했었다. 즉 다른 돌보다 하얗다는 건 루드 선생님의 반려분은 정말로 마음이 아름다운 사람이었다는 소리다. 생각해보면 내 어머니인 옌나리에아르의 묘비도 눈이 부실 정도로 하얀색이었지.

"엄청, 예쁘다……."

"그래? 고마워. 나도 언젠가는 이 밑에서 잠들고 싶지만, 내가 들어가면 이 아름다움이 조금 탁해질지도 모른다고 생각하니 그건 그거대로 아쉽더라고."

묘비를 앞에 두고 무심코 중얼거리자 루드 선생님이 자조적인 미소를 흘리며 그렇게 말했다.

"그럴 리 없어요! 루드 선생님은 아주 멋진 사람이니까! 돌도 여전히 깨끗할 거예요!"

"그렇게 말해주는 건 기쁘지만 말이야. 직업상 사람들의 추한 면도 많이 봤으니까."

윽, 일리 있어! 하지만 그렇게 따지면 새하얀 묘비는 아주 희귀해지지 않나? 이 묘소만 봐도 대부분 하얀 돌이니까 그 정도로 마음의 아름다움이 탁해지진 않을 것이다.

"추한 면을 아는 것과 마음의 아름다움은 상관없어요. 루드 선생님은 반드시 괜찮아요! 왜냐하면…… 소중한 사람을 잃었는데 아버지를 미워하지 않았으니까……."

출발하기 전, 기르 씨에게 아주 조금 들었다. 루드 선생님의 반려는 그 암흑기에 일어난 마물 폭주로 목숨을 잃었다고. 그건 즉 마왕인 아버지의 마력 폭주 시기라는 거잖아? 그런데도 루드 선생님은 한 번도 아버지를 원망하는 말을 하지 않았다고 한다. 그런 사람의 마음이 더러울 리 없다. 그래서 나도 모르게 그렇게 말해버렸지만, 어쩌면 그때까지 루드 선생님 안에 갈등이 있었을지도 모르고 사실은 미워했던 건지도 모른다. 진의는 알 수 없지만 적어도 겉으로 드러내지 않았다는 건 아버지를 비난해선 안 된다고 생각했던 거라고 보니까. 참아준, 걸 테니까…….

"……고마워, 메구. 조금 자신이 생겼어."

하지만 괜한 말을 한 건지도 모른다고 고개를 떨구자 내 머리에 살며시 손을 올린 루드 선생님이 그렇게 말해주었다. 뭐야. 이래서는 누가 위로하는 건지 알 수 없잖아. 나는 아직 어린아이구나.

자 그럼! 정신 차리고, 먼저 묘비 청소다. 이건 나도 도왔다. 시즈쿠와 후우의 도움을 받아 묘비를 깨끗하게 씻었다. 수건을 써서 수동 청소. 물론 마법을 쓰면 순식간에 끝나지만 이런 장소의 청소는 자기 손으로 마음을 담아 하는 것에 의미가 있다고 한다. 그야 그렇지. 일본으로 따지자면 자동 세탁기로 묘비를 씻는 것이나 마찬가지이니 그런 천벌 받을 짓을 어떻게 하겠어. 게다가 이렇게 직접 씻으면서 마음속으로 죽은 상대와 대화하기도 한댔다. 차분하게 마주 보면서 마음으로 대화한다는 건 어쩐지 멋지다. 깨끗해진 뒤에는 꽃을 장식했다. 루드 선생님은 수납 마도구에서 오렌지색 꽃다발을 꺼내 묘비 앞에 놓았다. 꽃의 종류는 정해진 바가 없다. 추모용 꽃처럼 정해진 게 있나 했는데, 거기에 해당하는 건 주변에 피어있는 작고 하얀 꽃이라고 한다. 그래서 성묘하러 온 사람이 묘비 앞을 장식하는 건 고인이 좋아하던 꽃이나 자기가 좋아하는 꽃이면 된다나.

"저기, 저도 꽃, 올려도 돼요……?"

"가져와 준 거야? ……기쁘지. 꼭 올려줘."

그래서 나도 수납 팔지에서 작은 자작 꽃다발을 꺼냈다. 사실 이건 전에 피크닉하러 갔을 때 꺾은 꽃이다. 상당히 옛날에 한 번 데려가 준 뒤로 종종 놀러 가는 장소인데, 아무튼 꽃이 예뻐서 항상 작은 꽃다발을 만들어 온다. 그리고 레오 할아버지의 무덤에 자주 가져가는 꽃다발이기도 하다.

"급하게 정해진 거라 이것밖에 준비하지 못했지만요……."

워낙 갑작스러운 성묘라 처음부터 추모의 마음으로 만든 꽃다발을 마련하지 못한 게 아쉬웠다. 그곳의 꽃은 다 예쁘고 개인적으로도 아주 마음에 들었던 거니까 괜찮을 테지만, 모처럼이니까 반려분의 이미지에 맞춘 맞춤 꽃을 고르고 싶었다.

"천만에. 이건 메구에게는 추억의 꽃다발이잖아? 그렇게 소중한 것을 선물해 주다니, 시에라는 행복할 거야."

시에라 씨. 그게 반려분의 이름. 나도 불러도 괜찮냐고 묻자 당연하다는 대답이 돌아왔다. 어쩐지 조금 쑥스럽지만 기왕 허락도 받았으니 불러봤다.

"시에라 씨, 안녕하세요. 메구입니다. 으음, 루드 선생님에게는 많이 신세 지고 있습니다."

그리고, 그리고……. 머릿속에서 어떻게든 말을 쥐어 짜냈다. 하고 싶은 말이나 마음이 넘쳐서 제대로 정리하지 못하는 건 어떻게 안 되는 걸까.

"시에라 씨와도 만나고 싶었는데……."

그렇게 나온 말은 해봤자 소용없는 말이었다. 으으, 왜 나는 이럴까! 그게 아니라, 으음, 으으음.

"그러니까, 또 올게요! 다음에는 시에라 씨를 모티브로 한 꽃다발을 만들게요!"

그래, 이거다. 조금 멀지만 또 누군가에게 데려와 달라고 해도 되고, 더 자란 뒤에 혼자서 올 수 있게 되면 와도 되고. 시간은 많이 있으니까. 시에라 씨의 얼굴을 알 수 있다면 좋아겠지만, 시에라 씨가 죽었을 때는 사진 마도구 같은 게 없었으니까 무리겠지. 하다못해 특징만이라도 알아놔야지.

"시에라, 귀엽지? 게다가 착해. 메구는 오르투스의 소중한 딸이야."

내가 인사를 마치자 이어서 루드 선생님이 나에게 맞춰서 몸을 숙이고는 나를 살며시 껴안고 묘비를 향해 말을 걸었다. 마치 눈앞에 시에라 씨가 있다는 착각이 들 만큼 루드 선생님의 눈은 다정했다.

"분명 너는 또 데려오라고 하겠지. ……메구만 괜찮다면 내년에도 또 같이 오지 않을래?"

"진짜요?! 기뻐라!"

뜻밖에 일찍 재방문이 결정되었다. 모처럼이니 그때는 애뉼러스에 들러서 룬과 구트와도 만나고 싶다는 소소한 어리광도 추가해봤다. 당연하게도 싫은 기색 하나 없이 허락해준 루드 선생님은 정말로 자상하다. 사랑해요!

이렇게 잠시 시에라 씨 앞에서 대화한 우리는 해가 완전히 저물기 전에 묘소를 나섰다. 그대로 수차 앞을 지나가자 수차 가게 사람이 놀란 듯 우리에게 말을 걸었다.

"루드 씨, 오늘은 어디 가는 거야?"

"그래. 차마 이 아이를 데리고 묘소에서 밤을 새울 수는 없으니까."

그 발언에 이번에는 내가 놀라서 눈을 동그랗게 떴다. 설마 평소에는 계속 시에라 씨 앞에 있는 거야? 눈빛으로 질문하자 루드 선생님은 겸연쩍은 듯한 표정으로 대답했다.

"통 돌아가지 못하겠더라. 항상 오르투스에 돌아가는 게 늦어졌지."

그렇구나. 헤어지기 싫은 거야. 하지만 나 때문에……. 미안함을 느끼고 있었더니 가게 사람이 신경 쓰지 말라고 말했다.

"평소에는 세계 멸망을 앞둔 사람 같은 얼굴인데 오늘은 웃잖아. 매년 이대로 루드 씨가 사라지는 게 아닌지 걱정했으니까 아가씨가 있어 줘서 고마울 정도야."

"어? 그 정도로……?"

"부끄럽지만 그래. 좀처럼 가라앉은 기분이 돌아오지 않아서. 오르투스의 동료들에게도 항상 걱정 끼쳤지. 다행이다, 올해도 돌아왔구나, 같은 말을 듣곤 해."

그 말에 생각났다. 듣고 보니 1년에 한 번 루드 선생님이 어딘가에 갔다가 돌아올 때면 다들 성대하게 환영했었지. 태평한 나는 다들 사이가 좋구나, 루드 선생님은 잘 외출하지 않으니까 돌아와서 기쁜가 봐, 정도로만 생각했었는데. 얼마나 생각이 없었는지 알았다. 그래, 내가 루드 선생님과 같이 가기로 했을 때도, 보내줄 때도 다들 묘하게 걱정했었잖아. 그건 나만 걱정한 게 아니라 루드 선생님도 걱정한 거였어.

"이렇게 평온하고 잔잔한 마음으로 성묘한 건 처음이야. 메구 덕분이지."

하지만 그렇게 말하며 웃어주는 게 너무 기뻐서, 나는 나도 모르게 루드 선생님의 팔을 껴안았다. 시에라 씨가 없는 외로움을 메울 수는 없지만 조금이라도 외로움이 누그러들면 좋겠다.

"가능하면 매년 같이 와 줘, 아가씨."

"네! 꼭이요!"

그래서 나는 내년만이 아니라 매년 같이 오기로 마음먹었다. 싫어하는 날이 올지도 모르지만, 그래도. 아무리 발버둥쳐도 내가 더 오래 살 테니까. 살아있는 동안에는 후회하지 않는 선택을 하며 살고 싶으니까.

"든든하네."

"우후후, 맡겨주세요!"

사랑하는 사람들이 웃길 바라니까.

다음 날 저녁, 오르투스에 도착한 우리를 다들 평소보다 일찍 돌아왔다고 놀라면서 성대하게 환영해 주었다. 앞으로는 매년 같이 가겠다는 내 선언에 다들 찬성해 주더라!

"역시 메구구나. 분명 어떻게든 해줄 거라고 믿었어."

그렇게 말하며 머리를 쓰다듬어 준 기르 씨가 안심했다는 듯 말한 게 가장 기뻤던 것 같다. 기르 씨도, 분명 사우라 씨도. 아무 말도 하지 않았지만 나에게 임무를 줬던 것이다. 루드 선생님의 미소를 지키는 임무를. 그리고 그걸 나도 모르는 사이에 달성해서 정말 다행이다! 앞으로도 매년 이 임무를 수행해야지! 이얍!

5 아버지와 딸

루드 선생님과 성묘하고 돌아와서 닷새 정도 지난 날. 해도 저물기 시작해서 슬슬 일을 마치려고 했을 때 오랜만에 아빠가 길드에 돌아왔다.

"다녀오셨어요, 아빠!"

"오오, 메구! 다녀왔어. ……아아, 피로가 녹는다. 딸 최고."

여느 때처럼 마이 카운터에서 일하고 있던 나는 한발 먼저 아빠의 모습을 발견하자 바로 달려가서 점프 다이빙. 아빠는 안전하게 나를 받아내더니 그대로 번쩍 비행기! 이내 그 자리에서 한 바퀴 빙글 돈 다음 나를 와락 끌어안아 준다. 이게 귀가 의식이다. 아니, 딱히 약속으로 정해놓은 건 아니지만 어쩌다 보니 하기 시작했더니 정착해 버리고 말았단 말이지. 나도 솔직하게 어리광 부릴 수 있으니까 좋지만. 언제까지 할 수 있을까? 아직은 부끄럽지 않지만, 나도 언젠가 나이를 먹고 사춘기가 올까. 하세가와 메구일 때는 확실히 부끄러워했었는데 지금은 그 감각을 떠올리기 어려운 게 신기하다.

"이번에는 여기에 얼마나 있을 거야……?"

그리고 이 또한 항상 하는 질문을 입에 담는 나. 아빠는 정말로 바빠서 돌아오자마자 당연하다는 듯 그날 다시 나가기도 하거든. 특히 최근에는 평소보다 더 바빠 보여서 만나도 밥도 같이 못 먹었다. 쓸쓸해 하는 게 얼굴에 드러난 건지도 모른다. 아빠가 난처한 듯 웃었다. 윽, 죄송합니다. 아직 감정 제어가 능숙하지 않은 나이라서요.

"에구구, 그런 표정 짓지 마. 메구."

그것도 포함해서 눈치챘을 아빠는 나를 안고 등을 토닥토닥 두드렸다. 호들갑일지도 모르지만 아빠와 떨어질 때는 항상 이번에야말로 다시는 만나지 못하게 될지도 모른다고 불안해진다. 다시는 그런 기분을 맛보고 싶지 않으니까. 죽었을지도 몰라, 하지만 돌아올지도 몰라, 그런 생각을 하며 계속 기다리는 나날은 더는 싫다. 요즘은 어째서인지 특히 그런 불안에 삼켜지기 쉬워진 느낌이 든다. 이것도 나이 때문일까? 골치 아프다.

"괜찮아. 이번에는 내일 아침까지 여기에 있을 거야. 게다가 말이지."

불안을 지우듯 목에 꼭 매달린 나. 그런 내 등을 다정하게 쓰다듬으면서 말하는 아빠의 목소리는 어딘가 들떠 있었다. 의아해하며 올려다보자 아빠는 희희낙락 웃었다.

"내일부터 마왕성에 갈 거야. 메구, 너도 같이."

"어? 나도 같이?!"

생각지도 못한 일정을 듣고 놀랐지만 동시에 나도 모르게 얼굴이 풀어졌다. 아빠와 외출! 심지어 마왕성! 마왕인 아버지와 리히토와 크론 씨와도 만날 수 있다는 거잖아? 가라앉았던 기분이 단숨에 하늘을 찔렀다. 나도 참 단순하다니까.

"두목, 둘이서 가는 건가?"

그때 등 뒤에서 나타난 기르 씨가 끼어들었다. 언제 돌아온 거지? '다녀오셨어요'라고 말을 걸자 가볍게 웃으며 '다녀왔어'라고 대답하는 기르 씨. 더불어 내 머리를 한 번 스윽 쓰다듬는 멋진 행동이 가슴을 치고 갔습니다. 감사해라.

"이번에는, 글쎄……. 슈리에에게도 물어볼까. 조금 큰 이벤트를 개최할 거니까 그걸 상의하고 싶거든."

"이벤트? 상의?"

일하는 김에 마왕성에 가는 거구나. 어라? 내가 거기에 따라가도 되는 건가? 그런 의문이 얼굴에 드러난 건지 아빠가 피식 웃었다. 큭, 얼굴에 티나는 습관을 어떻게든 하고 싶어……!

"상대가 아슈라면 신경 쓰지 않아도 되는 데다, 메구도 오랜만에 아슈와 리히토를 만나고 싶지? 게다가 내가 한계야. 메구가 부족해."

메구 부족이라니. 뭐, 마음은 이해한다. 아빠나 기르 씨를 너무 못 만나면 나도 부족함을 느끼거든. 주로 기력이 날아가니까 정기적으로 충전해야만 한다. 그나저나 확실히 오랜만이네. 편지는 자주 주고받지만 직접 만나는 건 정말 오랜만이다. 전에 만난 게 5, 6년 전이었던가? 리히토는 인간이니까 성장도 빨라서 그때 이미 어엿한 어른의 모습이라 놀랐다. 하지만 마력이 많아서 평범한 인간보다는 조금 성장이 느리단 말이지. 지금 30대 중반 정도일 텐데, 그때보다 더 성숙미가 늘어났다거나? ……상상이 안 간다. 전에도 오랜만에 한 재회였다. 리히토의 성장에 놀라긴 했지만, 동시에 슬픔도 느꼈다. 내 시간은 느릿느릿 흘러가니까. 내 감각으로는 몇 달 만이라는 느낌이었으니 더욱. 중학생 정도의 외모일 줄 알았더니 20대 초반이 되어 있었단 말이야! 놀랄 만도 하지! 내가 별로 성장하지 않았으니까 괜히 더 그 차이에 충격을 받았다.

아아, 정말 인간의 일생은 순식간이구나. 그런 현실이 들이닥친 느낌이 들어서 한동안 침울해했었다. 어쩌지. 만나는 건 기쁘지만 또 심란해질 것 같아서 조금 걱정이다.

"하여간 이벤트 말인데. 이건 정해지는 대로 알려줄게. 마왕성에서 돌아온 직후쯤? 그렇게 알고 일정을 비워줘."

아빠가 기르 씨에게 지시하는 목소리에 퍼뜩 정신을 차렸다. 어떻게 할 수 없는 일로 걱정해 봤자 소용없다. 지금부터 이 상태여서야 앞날이 뻔하다.

"……항상 그렇지만 갑작스럽군."

"미안해. 하지만 그 정도 조율하는 건 간단하잖아?"

"하아……. 알았어."

돌아오면 바로 오르투스 회의라는 걸까? 확실히 너무 갑작스러워! 다들 저마다 맡은 일로 바쁘니까 더 미리 알려주면 좋을 텐데.

"좀! 그러면 그렇다고 연락 정도는 할 수 있잖아! 다른 사람들에게 폐 끼치면 안 돼, 아빠!"

품에 안긴 채로 버럭버럭 설교하려니 영 폼이 안 난다. 하지만 누군가가 지적하지 않으면 안 된다. 아빠는 옛날부터 즉흥적으로 행동하는 경향이 커서 정말로 난감하다. 자기는 괜찮을지도 모르지만 조금은 주변 사람들을 배려해야지!

"알았어, 그래. 메구는 참 귀엽다니까. 우쭈쭈."

"진짜! 전혀 반성 안 했지?!"

내가 이렇게 화를 내는데 머리를 쓰다듬으면서 히죽거리다니. 옛날부터 화를 내봤자 박력이 없다는 말을 자주 들었지만, 이 모습이면 더 그런 건지도 모른다. 으윽!

"괜찮아, 메구. 두목은 사우라가 혼내주니까."

"윽. 이거 또 긴 잔소리를 듣겠구먼."

아하, 사우라 씨의 설교라. 그럼 박력도 설득력도 나보다 훨씬 넘쳐나겠네. 몸은 쪼끄맣고 그렇게 귀여운데 강한 사우라 씨. 크으으, 멋있어! 혼났을 때를 생각하는 건지 아빠가 고개를 축 떨궜다.

"어라. 누구에게 설교를 듣는다고?"

"컥. 너 이럴 때 기척 죽이는 게 반칙급인 거 아니야?!"

호랑이도 제 말 하면 온다더니. 아빠의 등 뒤에서 사우라 씨의 미소와 낮게 깔린 목소리가 들렸다. 저, 정말로 기척을 못 느꼈는데? 아빠조차 몰랐던 거지? 무, 무서워라.

"자, 자세히 들려줘. 메구, 두목 빌려 갈게."

"앗, 네. 가져가세요."

"잠깐, 메구! 홀랑 팔아버리지 마! 아니, 기르까지!"

너무나도 자연스러운 흐름으로 아빠의 품에서 기르 씨의 품으로 이사한 나. 조금은 반성해 주면 좋겠다고 작게 중얼거린 기르 씨의 목소리에서 무게감이 느껴졌다. 아빠는 포기하고 순순히 반성하시라!

그 후 나는 기르 씨와 함께 식당으로 향했다. 이젠 어릴 때와는 다르니까 내 발로 걸을 수 있는데. 하지만 안겨서 이동하는 빈도도 옛날보다 훨씬 줄어들었으니 가만히 있기로 했다.

"……두목이 돌아오면 같이 먹을래?"

곧 식당에 도착하려던 차에 기르 씨가 그렇게 제안했다. 놀라서 획 올려다 보자 기르 씨는 내 생각을 간파한 듯 웃고 있었다.

"응! 오랜만이니까. 같이 먹고 싶어!"

"그래. 그럼 자리만 잡아놓기로 하자."

대단해라. 배려심 넘치는 남자야. 식당에 가까워질수록 내가 꼬물거리는 걸 놓치지 않은 모양이었다. 정말로 진짜 너무 좋다니까! 고마운 마음도 담아서 가슴에 뺨을 비볐다. 부비부비.

"……이렇게 메구를 안아 드는 것도 오랜만이구나."

기르 씨는 그런 나에게 맞춰서 팔에 아주 조금 힘을 더 주며 말했다. 기르 씨도 나와 마찬가지로 오랜만이라고 느꼈구나. ……그런 거라면 솔직하게 무슨 생각을 했는지 말해 버릴까.

"응. 기르 씨가 안아주는 거 너무 좋으니까, 지금 굉장히 기뻐."

"……그, 래? 그런 거라면 사양할 필요 없었나."

"어? 사양했던 거야?"

의외라서 기르 씨의 얼굴을 쳐다보자 기르 씨는 살짝 시선을 피하며 조금 쑥스러운 듯 가르쳐주었다.

"……음, 뭐. 메구도 슬슬 신경 쓸 나이인 것 같아서."

어리둥절해진 것도 어쩔 수 없다. 그런 생각을 했구나. 의외다. 하긴, 나도 나이를 먹었으니까. 인간의 7살로 따지면 확실히 내면이 훅 성장하는 시기다. 특히 여자아이는 정신적 성장이 빠르다고 하니까. ……어째 내 일인데도 남 일 같은 느낌. 아무래도 내 성장은 몸만이 아니라 정신도 느린 모양이었다. 하지만, 어라? 어쩐지 조금 부끄러워졌는데? 저런 말을 들으니 확실히 부끄러운 것 같기도? 그러나 기르 씨에게는 어리광 부리고 싶은 마음이 더 강하다. 기르 씨만이 아니라 아빠나 다른 사람들에게도.

……뭔가 이 이상 생각하면 안 될 것 같다. 답답하다. 응, 생각하지 말자. 지금은 아직 이대로가 좋다. 내 마음에 솔직해져서 마음껏 응석 부리고 싶다. 언젠가는 부끄러움이 더 커서 못하게 되는 날이 올 테니까. 그때 더 솔직해질 걸 그랬다며 후회하지 않고 싶으니까.

"나는 아직 다른 사람들에게 어리광 부리고 싶어."

그래서 솔직하게 선언하며 기르 씨의 목에 팔을 감고 매달렸다. 응. 역시 이렇게 껴안아도 부끄럽다거나 민망하지 않다. 그야 기르 씨는 그 시절에서 모습이 바뀌지 않았는데 나는 조금 성장했으니까 차마 파파라고는 부르지 못하게 되었지만, 소중한 가족으로 여기는 마음은 변함이 없다.

"알았어. ……솔직히 나도 참고 있었거든."

마주 껴안아 준 기르 씨에게서 어딘가 안도한 듯한 분위기가 전해졌다. 뭐야, 기르 씨도 쓸쓸했던 거구나! 이 하이 스펙 미남은 표정이나 태도로 드러나지 않아서 알아보기 어렵지만, 사실은 외로움을 탄다는 걸 내가 알지!

"하지만 날 생각해 줘서 기뻐! 고마워, 기르 씨."

식당에서 알콩달콩 가족애를 확인하는 우리. 그렇다. 여기는 식당이다. 그것도 저녁 타임. 뜨뜻미지근한 시선이 집중된 걸 깨닫고 살그머니 몸을 떼어놓았다. 아, 아무리 그래도 이건 좀 부끄러워!! 우리는 부리나케 각자 의자에 앉았다. 히익!

"특별 길드 합동 회의?"

식당에서 기다리기를 잠시. 피곤한 얼굴로 돌아온 아빠와 함께 드디어 저녁을 먹기 시작한 우리. 식사하면서 아빠는 마왕성에 가는 이유를 설명해 주었다. 아까 나와 기르 씨의 대화를 들은 건지 어째 기분이 안 좋아 보였다. 질투하는 시선이 푹푹 박히는구나! 아빠도 소중한 가족이라고 생각하는데 그것과 이건 다르다고 한다. 쯧쯔.

"그래. 상급 길드의 의뢰를 받았는데 그러다 아예 행사를 만들자는 흐름이 되었어. 그러면 우리가 독단으로 움직일 수 없으니까 한 번 특급 길드의 수장끼리 모여서 회의를 열기로 한 거지."

"그 정도로 대규모인 건가. 무슨 행사지?"

아빠의 설명은 생략이 많아서 기르 씨처럼 질문을 끼워 넣지 않으면 무슨 소린지 알아들을 수 없다. 기르 씨는 그런 아빠가 익숙한 건지 딱히 타박하지도 않고 자연스럽게 질문을 던졌다. 확실히 어떤 행사인 건지 궁금하네. 그런 생각을 하며 대답을 기다리자 아빠는 입 안의 음식을 삼킨 뒤 어린아이처럼 씩 웃었다.

"무투대회를 열 거다."

""무투대회?""

기르 씨와 내 목소리가 하나로 겹쳐졌다. 무투대회라니, 싸운다는 거야? 으응? 누구랑? 이해하지 못해서 물음표를 띄우는 나. 아빠의 설명이 이어졌다.

"그래. 특급 길드 세 곳과 의뢰한 상급 길드, 여기에 마왕성을 추가한 총 다섯 개의 단체에서 참가자를 선출해 무투대회를 여는 거야. 토너먼트식으로 최강자를 가리는 거지. 마법, 체술, 함정, 뭐든 오케이. 아, 하지만 그렇게 되면 부상자가 속출할 텐데. 무기는 뺄까? 개인전도 좋지만 단체전도 좋고. 아니, 시간이 너무 걸리려나. 아, 경품 같은 것도 걸어야겠지?"

신나서 이야기하는 아빠는 정말로 어린아이 같았다. 아니, 머릿속으로 즐거운 생각만 하는 건지 꼭 정해야 하는 것들을 이것저것 날려 먹은 느낌이 든다. 돌아와!

"특급 길드 세 곳과 마왕성은 그렇다 쳐도, 그중에 상급 길드가 섞여 있는 건 실력상 괜찮은 건가?"

그러자 기르 씨에게서 새로운 질문이. 그래, 실력 차가 너무 많이 나도 난감하잖아? 하지만 아빠는 문제없다며 손을 내저었다. 잔에 담긴 술을 쭉 비워버리더니 즐거워하는 얼굴로 입을 열었다.

"그 상급 길드는 슈톨이니까."

"슈톨……. 아! 마라 씨의 길드? 의뢰인이 마라 씨였어?"

상급 길드 슈톨. 최근 쑥쑥 실력을 키워가는 길드로, 100년

내에 특급 길드가 될 수 있을 거라는 소문이 도는 신생 길드다. 어느 의미 당연한 게, 그 슈톨의 전신은 특급 길드 네모니까. 블랙에 가까운 그레이존에서 활동하던 특급 길드 네모는 길드의 수장이었던 내 할아버지이자 하이 엘프, 셰르멜호른이 은퇴하면서 한 번 괴멸했다. 나 때문이라고도 할 수 있지만 오르투스는 괴멸시킬 기회를 노리고 있었으니 필연이었다고 할 수 있다. 괴멸한 후 실력이 좋은 길드원의 고삐를 놔 버리는 건 위험한 데다 아깝다는 이유로 새 길드를 창설한 사람이 있었다. 그게 셰르멜호른의 누나이자 하이 엘프인 마르티넬시라, 통칭 마라 씨다. 그게 지금의 상급 길드 슈톨이다. 그걸 생각하면 단기간에 초급에서 상급까지 올라온 마라 씨의 길드 운영 수완이 장난이 아니라는 걸 이해할 수 있을 것이다.

"그래서 아슈도 꼬셔보려고 했지. 그 녀석이 이런 재미있는 행사에 자길 부르지 않았다고 삐졌다간 나중에 귀찮거든."

아…… 상상이 너무 잘 된다. 편지에도 항상 일하느라 바빠서 좀처럼 이쪽에 오지 못한다고 구구절절 적혀있었으니까. 확실하게 삐진다. 틀림없다.

"게다가 그 녀석이 데리고 있는 리히토의 성장도 보고 싶어. ……슬슬 때가 됐으니까."

"때가 됐다?"

순간 표정이 날카로워진 것 같았는데 기분 탓인가? 이미 아빠는 평소와 같은 미소를 짓고 있다.

"아니, 별거 아니야. 그래서 합동 회의가 시작하기 전에 자세히 설명해놓을 필요가 있다는 거지."

합동 회의 내용도 무투대회의 세부 사항도 마왕성에서 돌아온 뒤에 중진 멤버를 모아 상의할 예정이라고 설명을 마무리지었다. 그런데 그것도 사우라 씨에게 먼저 보고하는 게 낫지 않을까? 아빠는 마왕성에서 돌아온 뒤에 하면 된다고 하지만, 그때부터 서둘러 준비해야만 하는 다른 사람들은 전혀 고려하지 않는 거지?!

"기르 씨……."

"……안심해. 전부 사우라에게 전달했어."

"아빠가 항상 죄송합니다……."

역시 기르 씨. 유능하다. 무심코 딸로서 사과하고 말았다. 하아, 진짜 지금 들어놔서 다행이야! 어이 없는 기분으로 가슴을 쓸어내린 바로 그때.

──갑자기 현기증을 느꼈다.

눈앞의 풍경이 식당이 아니게 되었다. 기르 씨와 리히토가 싸우네……? 아! 이거 전에 꿈에서 봤던 거다. 틀림없어. 잊고 있던 그 꿈이야. 얼굴이 선명하지 않고 아직 잘 떠올릴 수 없지만, 그때 본 꿈과 같다는 확신이 들었다. 이건 아마 예지몽이다. 이다음에 리히토가 어마어마하게 커다란 마력을 사용해서 위험해지지 않았던가. 아, 혹시……. 이거 무투대회의 광경 아닐까? 그래서 기르 씨와 리히토가 싸우는 건지도 모른다. 어째서 이 두 사람이 싸우는 건지 의문이었는데 그렇게 생각하면 이해가 갔다. 그렇구나, 두 사람 다 출전하는 거였어. 두 사람이 싸우는 이유를 알아서 안심했다. 하지만 마왕성에 가면 리히토에게 경고해야지. 너무 위력이 강한 마법은 사용하면 안 된다고. 꿈에서도 저 마력량은 위험하다는 게 느껴지는걸. 현실에서도 절대로 위험하다. 조심해야 할 부분을 확인하며 홀로 고개를 주억거리고 있었더니 눈앞에 펼쳐졌던 광경이 끊어지며 원래 있던 식당으로 돌아왔다. 변함없이 자리에는 아빠와 기르 씨가 앉아서 대화하고 있었으니 아마 그리 긴 시간은 지나지 않았을 것이다. 안도의 숨을 내쉬자 이번에는 갑자기 전신에 오한이 퍼졌다. 무심코 부르르 몸을 떨었다. 어, 어라? 전에도 이런 한기를 느낀 적이 있었지? 사우라 씨와 같이 있을 때. 그때처럼 오한은 순식간에 지나가서 이미 아무렇지도 않지만……. 몸이 떨릴 정도로 강한 오한을 이렇게 짧은 기간 내에 두 번이나 경험하니 감기라도 걸린 게 아닌지 걱정되었다. 정말로 지금은 아무렇지도 않으니까 괜찮을 테지만.

"왜 그래?"

내가 내 팔을 문지르는 걸 보고 기르 씨가 걱정하는 목소리로 물었다. 아차. 과보호하는 기르 씨에게 보여줬다간 이렇게 될 게 뻔했는데.

"아무것도 아니야! 조금 쌀쌀한가 하고……."

"……그건 큰일이군. 목욕한 뒤에 일찌감치 쉬자. 내일은 마왕성에 가야 하잖아?"

지금은 아무렇지도 않다고 여유를 부려봤자 열이 나기라도 한다면 내일 마왕성에 가지 못하게 된다. 그건 싫어! 아버지는 슬퍼하면서 대참사를 일으킬 것 같고, 리히토에게 조언도 못 해준다. 무엇보다 모처럼 아빠와 외출하는 건데 못하게 되는 건 너무 슬퍼!

"배라도 까고 잤어?"

"아, 아니거든! 아빠 너무해."

조심해야겠다고 다짐한 순간 아빠가 장난을 쳤다. 실례잖아. 항상 이불을 잘 덮고 잔단 말이야. 잠버릇은, 그, 가끔 침대에서 떨어지는 정도일 뿐 그렇게 엉망이지도 않고. 오늘은 윗옷을 바지에 쑤셔 넣고 잘까. 어쩔 수 없잖아! 어린아이는 원래 잠버릇이 나쁜 생물이라고!

"그래, 그래. 뭐, 하지만……. 정말로 조심해."

"? 응. 굳이 말 안 해도 따뜻하게 하고 잘 건데?"

이러니저러니 해도 걱정해 주는 건가? 어쩐지 의미심장하게 들렸는데 착각, 이겠지? 조금 신경 쓰였지만, 아빠는 내일 아침에 여기서 보자고 하고는 식기를 챙기고 먼저 자리를 떴다. 앗, 나는 아직 덜 먹었는데! 퍼뜩 깨달은 나는 허둥지둥 저녁을 입에 쑤셔 넣다가 체하는 바람에 또다시 기르 씨에게 폐를 끼치고 말았다. 으아아! 나란 녀석은 진짜!

다음 날, 어제 일찍 잔 덕분에 어디 아프지도 않고 평소처럼 상쾌하게 눈을 뜬 나는 의욕적으로 아침 준비를 마친 뒤 방에서 나왔다.

"오, 메구 안녕. 잘 잤어?"

"안녕히 주무셨어요, 아빠! 응, 푹 잤어!"

"배 내놓고 잔 건……."

"아니야! 제대로 배 가리고 잤다고."

만나자마자 놀림당했다. 으으, 툭하면 놀려댄다니까. 이런 점은 옛날이랑 하나도 안 날라졌어. 흥흥.

"기르도 좋은 아침. ……뭐야, 메구를 한동안 못 만나니까 섭섭해?"

"무슨……! 그런 게."

아빠는 한바탕 나를 놀린 뒤 이번에는 내 옆에 있던 기르 씨에게 치대기 시작했다.

"아빠, 기르 씨에게까지 그런 소리 하지 마. 기르 씨는 어른이라고! 내가 잠깐 떨어져 있다고 섭섭해하거나 하진 않아. 그렇지? 기르 씨."

"어, 아니, 음……."

나는 한쪽 팔은 허리에 얹고 반대쪽 손으로 검지를 세워 아빠에게 주장했다. 거 봐, 기르 씨도 반응하기 난감해하잖아.

"아하하! 메구, 네가 치명상을 줬구나!"

"어? 내가? 왜?"

그런데 아빠는 뭐가 재미있는 건지 갑자기 배를 잡고 웃기 시작했다. 으으, 진짜 뭐라는 거야? 난감해서 기르 씨를 올려다보자 아주 살짝 뺨이 붉어진 기르 씨가 시선을 돌리면서 내 머리를 쓰다듬었다. 어, 어라?

"그야 나는 한동안 기르 씨를 못 만나면 서운하지만……. 기르 씨도 조금은 서운해?"

나는 어리광쟁이니까. 완전히 어리광에 익숙해졌으니까 역시 쓸쓸함을 느낀다. 기르 씨를 만나지 못하는 건 특히 더. 하지만 혹시 기르 씨도 조금은 쓸쓸해 하는 걸까? 그러면 좋겠다고 생각하면서 물어보자 기르 씨는 난감한 듯 눈썹꼬리를 내리더니 입을 굳게 다물었다. 아, 역시 그럴 리 없다는 건가. 이상한 질문 해서 죄송합니다.

"……조금, 그, 부족함은, 느껴."

그랬는데 작은 목소리로 이런 대답이! 부족함. 그렇구나, 조금은 쓸쓸하다는 거지. 아니면 내가 불쌍해서 일부러 맞춰줬거나. 어쨌거나 기뻐서 얼굴이 히히 풀어지는 나는 정말 단순하다.

"……여전히 서툰 녀석이라니까. 나 원. 자, 아침 먹으면 바로 출발하자."

"어라? 슈리에 씨는?"

"그 녀석은 나중에 합류할 거야. 먼저 해야 하는 일을 마치고 따라오겠대."

그건 아빠가 느닷없이 마왕성에 간다고 하는 바람에 급하게 업무 일정을 조율하는 거 아니야……? 합류한 뒤에 슈리에 씨에게도 정중히 사과하기로 결심했다. 하아아아.

아침을 먹고 우리는 다 함께 길드 홀에 왔다. 여느 때처럼 걸어가는 아빠. 어, 어라? 그렇게 홀랑 나가버리는 거야? 아니,

생각해 보면 아빠는 일 때문에 멀리 가는 일이 잦아서 그런가, 길드를 나갈 때는 항상 잠깐 요 앞에까지 다녀온다는 느낌으로 나갔지. 그런 감각으로 길드에서 나가려는 아빠를 허둥지둥 붙잡았다.

"자, 잠깐, 아빠!"

"응? 왜 그래, 메구. 뭐 빼놓고 가는 건 없잖아?"

"있어!"

아빠는 가볍게 돌아보며 그런 말을 했다. 그야 필요한 물건은 항상 수납 팔찌에 넣어놨으니 무언가를 깜빡한다는 감각이 머릿속에 없다는 것도 이해한다. 몸만 홀쩍 나갈 수 있으니까! 하지만 중요한 걸 잊어버렸다고!

"기르 씨!"

"메구."

타다닷 달려가서 기르 씨에게 다이빙! 기르 씨도 익숙해져서 나를 어렵지 않게 받아내며 안아 들었다. 목을 꽈아악 끌어안자 등에 감긴 기르 씨의 손에도 아주 조금 힘이 들어갔다. 하아, 정말 기분 좋다. 이것만으로도 안심이 된다. 그대로 몇 초 동안 기르 씨를 만끽한 뒤에 몸을 떼어놓았다. 힐링의 순간을 놔 주려니 아쉬워라!

"다녀오겠습니다!"

"……그래, 조심하고. 즐겁게 다녀 와."

"네!"

이번에는 오르투스를 넘어 전 세계 기준으로도 최강의 자리에

군림하는 아빠와 같이 가는 거니까 기르 씨도 전혀 걱정하지 않는 모습이었다. 마왕성에 가면 또 다른 최강자도 있고. 물론 나도 전혀 걱정하지 않았다.

"……너희들 진짜 사이 좋구나."

"응! 기르 씨 너무 좋아!"

기르 씨의 품에서 아빠의 품으로 직배송되는 나. 저기, 걸을 수 있는데요? 하지만 기르 씨의 품도 아빠의 품도 좋아하니까 그냥 얌전히 옮겨가는 타산적인 나. 아빠는 어이없다는 듯 말했지만, 사이 좋은 거 맞는데? 뭘 새삼스레.

"……나도 메구를 좋아해."

하지만 이렇게 직구로 말이 날아오는 건 아주아주 귀중하므로 심장에 화살이 팍 꽂혔다. 심지어 희미한 미소 포함. 크흑! 미남의 위력은 흉악해라! 얼굴이 뜨거워.

"……가자."

"아으, 다, 다녀오겠습니다!"

에헤헤 웃으면서 얼굴에 파닥파닥 손부채질을 하고 있었더니 아빠가 어딘가 언짢은 듯 이상한 표정을 지으면서 나를 안고 밖으로 나왔다. 아항, 아빠도 기르 씨의 미모에 당했구나? 어쩔 수 없지. 아빠도 평범한 일본인 기준으로 말하면 멋있지만, 이 세계에서도 손에 꼽히는 미모와 비교하면 안 된다. 게다가 사람은 외모만이 아니니까. 기르 씨는 내면도 멋있지만!

길드 밖으로 나오자 아빠는 마법으로 차를 출현시켰다. 머릿속에 떠올린 것을 마력으로 구현화 한다고 했다. 역시 차원이동자의 사기 능력. 주인공 보정이냐.

"어, 차 타고 가는 거야?"

"그래. 나는 항상 차로 이동해."

"후후, 카케루를 타고 둘이서 드라이브라니 옛날 생각나네."

참고로 카케루는 아빠가 모는 애차의 이름이다. 실물은 아니지만 완전히 똑같은 형태의 승용차로, 하세가와 메구일 때 어린 시절 이 차를 차고 자주 놀러 갔었다. 추억에 잠기려던 그때 문이 열리고 눈에 들어온 물건 때문에 나는 얼어버렸다.

"아동용 카시트……!"

조수석에는 내 기억에 없는 카시트가 세팅되어 있었기 때문이다. 그 존재감에 경악했다. 뭐지, 이 뼈저린 패배감. 아니, 나는 분명 아동이 맞긴 해. 키도 작은 편이고? 안전을 위해서도 필요하다는 건 알지만. 보통은 거의 얼굴을 드러내지 않는 하세가와 메구 시절의 감각이 이 카시트에 앉는 걸 굴욕으로 느끼고 있어……!

"……어, 어쩔 수 없잖아. 너는, 푸흡, 쪼끄마니까 필요해…… 푸하하."

"너무 웃잖아! 일부러지? 괴롭히는 거야! 으아아아앙!"

아빠의 못된 장난이다! 나는 씩씩 화를 내며 아빠를 때렸다. 아빠는 미안하다면서 내 머리를 쓰다듬으며 달래주었지만, 용서 못 해!

"웃어서 미안하다니까! 하지만 안전을 위해서도 이건 필요해. 아무리 마법이 있다고 해도 나도 만능은 아니야. 갑작스러운 사고는 언제 일어날지 모르는 법이니까. 네가 조금도 다치지 않았으면 해. ……나도 자동차 사고로 이쪽 세계에 온 거잖냐."

문득 아빠의 표정에 그림자가 드리웠다. 그래. 그랬었지. 나도 그 말에 단숨에 분노가 진정되었다. 그렇게 화낼 일도 아니었지. 미안해.

"……그렇, 구나. 응, 알았어."

일본에 있을 때도 사고라는 건 완전히 배제할 수 없는 것이었다. 내가 조심해도 휘말리기도 하고, 재해를 겪기도 하니까. 지금은 나도 어린아이이니까 시키는 대로 말을 잘 듣자. 아빠가 슬픈 기억을 떠올리게 해서 미안했다. 나에게도 괴로운 기억이다.

"하지만 그렇다고 해도 이런 핑크에다가 팔랑팔랑한 아동용 카시트를 달 필요는 없다고 보는데?"

하지만 그것과 이건 별개다. 기분전환을 위해서도 나는 일부러 입술을 삐죽이며 말했다.

"귀엽잖아."

그건 그렇지만! 은근히 귀여운 걸 좋아하는 아빠의 취향이 노골적으로 반영되어 있었다. 킬킬 웃는 아빠의 손에 번쩍 들려서 카시트에 앉게 된 나. 혼자서도 앉을 수 있는데! 아, 하지만 착석감은 끝내준다. 아빠 나이스.

"자, 가자."

운전석에 앉아 문을 닫고 자기도 안전 벨트를 멘 아빠가 운전대를 잡고 마력을 주입했다. 그러면 시동이 걸리는 모양이다. 자연친화적인 에코 드라이브……. 곧바로 차가 소리 없이 허공에 떠오르더니 움직이기 시작했다. 타이어는 왜 달렸지?! 하지만 그렇기 때문인지 어마어마한 기세로 속도가 올라갔다.

"굉장히 빠르고 승차감도 좋고 편하지만……. 눈에 띄겠네?"

"뭐, 그건 익숙해져야지. 이 대륙에선 이걸 타고 돌아다니니까 다른 사람들도 이 광경에 많이 적응했어. 그렇게까지 주목받진 않아."

얼굴 가죽이 강철이야! 딸인 나는 다른 사람들이 이상한 눈으로 보는 게 아닌지 조마조마한데. 하지만 아빠는 옛날부터 그랬지. 내가 초등학생일 때 가정 수업으로 만든 삐뚤빼뚤한 목도리도 태연하게 두르고 회사에 갔고. 어쩐지 이 차를 타고 아빠와 둘이 드라이브하고 있으니 잊어가던 이런저런 기억이 떠오른다. 그러고 보면 그런 일도 있었지, 저런 일도 있었지 하면서. 하지만 아무래도 나만 그런 게 아닌 모양이었다.

"한밤중에 차를 타고 나가서 맛있는 라멘집을 찾아다니곤 했었지."

"후후, 맞아. 외관이 엄청 오래된 가게를 발견해서, 아빠가 이런 곳이 맛있다고 하면서 들어갔던 거 기억해?"

"아, 거기 말이지! 엄청 맛없었어!"

겉모습으로만 판단하면 안 된다며 나도 마지못해 그 가게에 들어갔는데, 정말 웃음이 나올 정도로 맛이 없었다. 그때는 둘이서 서로를 쳐다보며 쓴웃음을 짓고, 돌아갈 때 차 안에서 지금처럼 폭소했었지. 아아, 그리워라. 이미 많이 잊었다고 생각했지만 의외로 기억이 나는구나. 설마 이렇게 또 같이 드라이브하면서 웃는 날이 오다니 꿈만 같다.

"또 이렇게 메구와 드라이브하고 싶었어. 이제 여한이 없네."

"뭐야, 죽을 날을 앞둔 노인 같은 소리 하지 마."

또 같은 생각을 했던 모양이다. 이런 부분에서 지금은 피가 이어져 있지 않아도 부녀라는 걸 느낀다. 하지만 여한이 없다는 불길한 발언에는 가슴이 욱신거렸다.

"……바보야. 나는 아직 앞날이 창창하다고."

"알아. 게다가……. 오래 안 살면 미워할 거야."

그렇지 않아도 나는 다른 사람들을 떠나보내야 한다. 아무래도 그런 종류의 이야기에는 민감해진다. 나도 모르게 아빠의 왼쪽 소매를 꽉 붙잡았다.

"……그런 표정 짓지 마. 이거 진짜로 당분간은 못 죽겠는데."

"응……."

힐끗 올려다본 아빠의 옆얼굴은 난처하다는 듯 눈썹이 팔자로 휘어 있었다. 떼써서 미안해. 마음속으로 그렇게 중얼거렸다.

6 마왕성에서 이뤄진 재회

　그 후에는 또 즐거운 이야기로 화기애애해졌다. 이상한 분위기를 만들었다고 반성한 나는 최근 길드의 모습이나 훈련 등을 아빠에게 보고했다. 기본적으로 매일 즐거우니까 보고하면서 자연스럽게 즐거운 기분이 든다. 아빠도 웃으면서 들어줘서 다행이다. 그러는 사이에 어느새 마왕성에 도착했다. ……그렇다. 도착했다. 이상하다. 이상하지? 오르투스에서 마왕성까지 상당히 떨어져 있는데? 즐겁게 드라이브하느라 시간 가는 줄 몰랐다는 수준은 결코 아니다. 틀림없이 어마어마하게 빠른 속도다. 그, 그렇게 밟았던가? 불안해지네.

　"어……. 뭐, 중간중간 **지름길**로 왔으니까."

　지름길이라는 단어에서 힘이 느껴졌다. 그거다. 기르 씨의 그림자 건너기처럼 워프 같은 걸 쓴 거야. 아마도, 아니, 틀림없이! 하지만 눈치채지 못했다. 마법이 발동하는 기척에는 나름 민감해졌다고 생각했는데 아직 멀었구나. 뼈저리게 느꼈다.

　"자, 여기서부터는 걸어가자. 성 아랫마을을 걸으면 주변에서 말을 걸어대는 게 귀찮기도 하지만 제법 재미있거든."

　"아랫마을 사람들도 마왕성 사람들도 다들 친절하니까!"

　여기에 오는 건 상당히 오랜만이지만 처음은 아니다. 전에 왔을 때는 성 아랫마을을 산책하기도 했다. 다들 내 이야기를 들었던 건지 친절하게 대해줬다. 그때는 손에 다 들 수도 없을 만큼 많은 선물을 받았다. 기쁘기도 하고 미안하기도 한 복잡한 기분이었던 게 기억난다. 그런 환영은 오르투스가 있는 마을하고 똑같다. 하지만 마을이나 사람의 분위기는 전혀 다른 게 재미있다. 오르투스가 있는 마을은 조금 더 소박한 느낌이란 말이지. 하지만 도보에 요철이 적어서 걷기 편하고, 가게 위치가 알아보기 쉽기도 하고, 이래저래 살기 좋은 마을이다. 한편 이 성 아랫마을은 고풍스러운 옛 마을이라는 인상이다. 노점이 많고 폭이 좁은 길이 곳곳으로 뻗어있다. 그리고 돌바닥이 깔린 게 분위기가 있어서 개인적으로 좋아한다.

"앗, 유진 님! 그리고 메구 님도!"

우리가 대화하며 걷고 있었더니 바로 마을 사람들이 말을 걸었다. 전에 왔을 때처럼 열렬한 환영에 아빠와 서로를 쳐다보며 웃음을 터트렸다. 하지만 마을 사람들은 다들 선을 잘 아니까 우르르 몰려들거나 하진 않는다. 그런 점은 오르투스 주변 마을에서도 마찬가지라 안심할 수 있다.

"오, 잘 지냈어? 아슈는 농땡이 치러 오지 않고?"

"하하, 그거야 뻔히 다 아시면서!"

"코가 달린 이상한 안경을 쓰고 오신 날은 모르는 척한다고 큰일이었다니까요! 웃음을 참느라 죽는 줄 알았어요!"

밝게 웃으면서 마왕인 아버지의 농땡이 습관을 폭로하는 마을 사람들. 아무래도 자주 있는 일인 모양이다. 아빠도 알면서 물어본 것 같고 나도 어렴풋하게 눈치채고 있었지만. 정작 아버지는 아무에게도 안 들켰다고 생각하는 게 또 바보 같다. 그게 아버지답긴 한데! 마법을 써서 모습을 바꾸면 될 텐데 그렇게 하지 않고 간단한 변장만 하고 마을을 돌아다니는 모습이 눈에 선하다. 그만한 미남이 코주부 안경 정도로 존재감을 지울 수 있다고 진심으로 믿는 걸까. 오히려 코주부 안경 같은 걸 쓰면 반대로 요란하게 눈에 띌 텐데. 참고로 코주부 안경을 선물한 사람은 나다. 아니, 그게 아빠가 이것도 편지와 같이 보내라고 해서……. 계획적으로 노린 쾌락범이구나, 아빠.

"뭐, 크론은 힘들겠지만 막으려고 하면 막을 수 있는데 그냥 둔다는 건 괜찮다는 거겠지. 아슈에게도 마을에도 좋은 일이고."

"네, 그렇죠. 덕분에 이 마을은 평화 그 자체. 마왕님께서 오신 날은 한층 활기가 넘치는 마을이 되니까요!"

그렇다. 그래서 아무도 불평하지 않는다. 오히려 아버지의 뜻을 헤아려 모르는 척하고 있다. 아버지는 이래저래 좀…… 그런 사람이긴 해도 마족들에게 사랑받는 무척 좋은 왕이구나. 여전히 아버지를 따르는 걸 알게 되자 마음이 따뜻해졌다.

아무튼, 드디어 마왕성 앞까지 왔다. 성 아랫마을에서 상당히 시간을 썼구나. 정말로 많은 사람이 친근하게 말을 걸어서 이야기꽃이 활짝 피는 바람에 그만. 마을 사람들과 교류하는 게 아주 즐거워서 본래의 목적을 잊어버릴 뻔했다. 조금 반성했다.

"처음부터 이렇게 될 줄 알았으니까 괜찮아. 그래서 지름길로 일찍 도착한 거야."

늦어진 걸 신경 쓰고 있었더니 사실 거기까지 아빠가 계산했다고 한다. 그런 거라면 빨리 말해줘야지! 뺨을 부풀리며 항의하자 아빠의 검지가 뺨을 찔러서 뿌 하는 웃긴 소리가 나오고 말았다. 아 진짜!

"하하. 메구가 시간 신경 쓰지 않고 즐겼으면 했거든. 좋았지?"

"으, 비겁해. 하지만 고마워, 아빠."

그리고 결국은 멋진 말을 하니까 아빠를 미워할 수 없다. 무슨 일이든 갑작스럽게 중요한 건 아슬아슬할 때까지 말하지 않아서 많은 사람을 휘둘러 대지만, 기본적으로 아빠가 하는 일은 사람들에게 도움이 된다는 걸 안다. 그런 아빠를 사랑한다. 그래도 항의는 하지. 당연히 하지! 휘둘리는 쪽은 엄청 고생이거든! 아빠의 팔에 꽉 매달리며 마왕성 성문을 통과했다. 여기저기에서 훈훈하게 쳐다보는 걸 느꼈지만 그런 건 익숙하다. 아빠도 내가 하는 대로 내버려 두고 있으니 걷기 불편할 테지만 참으라고 해야지. 뭐 어때! 어리광 부릴 수 있을 때 실컷 어리광 부리기로 했으니까. 이제 다시는 후회하지 않도록.

"비겁하다, 유진! 이렇게 부러울 수가!!"

룰루랄라 따라갔더니 쾅! 하는 커다란 소리를 내며 성 입구에서 마왕이 뛰쳐나왔다! 놀라서 나도 모르게 손을 놔 버렸다. 그런 마왕, 즉 아버지는 어째서인지 울먹이고, 아니 오열하고 있었다.

"시끄러워! 모처럼 부녀간에 오붓한 시간을 보내고 있었는데 방해하다니. 봐봐, 메구가 손을 놔 버렸잖아! 내 행복 돌려줘!"

"시끄러운 쪽은 그대다, 유진! 그만큼 즐겼으면 충분하지 않은가!"

아, 아빠, 행복하다고 느꼈구나. 그건 그거대로 기쁘다. 아버지가 거기에 질투해서 하는 말도 기쁘긴 한데, 매번 그렇지만 부끄러우니까 하다못해 성에 들어가서 문을 닫고 해줬으면 한다. 길을 오가는 사람들이 쿡쿡 웃으면서 보고 있다고……! '사이가 참 좋구나'라는데. 정말로? 하아.

"얍!"

"흐억."

아득한 눈빛으로 아버지와 아빠를 바라보고 있었더니 등 뒤에서 머리로 손이 툭 올라오는 바람에 이상한 목소리가 나왔다. 당황하며 손의 주인을 올려다보았다.

"여전히 쪼끄맣구나, 메구."

"리히토!"

그곳에는 이미 어엿한 성인으로 성장한 리히토가 서 있었다. 몸을 돌려 팔을 벌리자 리히토도 어쩔 수 없다는 양 팔을 벌려주었기에 와락 끌어안았다. 나는 참 스킨십을 좋아하는 어린이다.

"리히토 오랜만이야! 확실히 작지만 이래 봬도 성장했거든?"

"뭐, 그건 알지만 나는 이미 아저씨인데 너는 아직 어린애라서 뭔가 이상한 느낌이란 말이지."

리히토는 본인을 아저씨라고 자칭하지만 역시 본래 나이보다 훨씬 어려 보인다. 많이 잡아서 20대 후반. 리히토는 원래 일본인이고 동안이니까 더욱 어려 보이는 것도 있다. 그 후로 20년이 지났으니까 리히토는 벌써 34, 35살 정도다. 인간이니까 확실히 아저씨라고 불릴 나이일지도 모르지만……. 뭐, 오빠지.

보유 마력이 많아서 아무래도 성장이 느리니까.

"나도 이상한 느낌이야. 왠지 혼자 남겨지는 기분……."

"메구……."

그래도 나보다 훨씬 일찍 나이를 먹는 건 변하지 않는다. 그 이상한 감각은 리히토만 느끼는 게 아니다. 나도 흐르는 시간의 차이를 느끼고 뭐라 말할 수 없는 기분이 든다. 이 세계에 하이엘프와 마왕의 아이로 태어난 이상 피해 갈 수 없는 운명이라는 건 안다. 그걸 나는 받아들여야만 한다고 알고 있어도 쓸쓸한 건 쓸쓸하다.

"……아."

"어?"

그런 센티멘털한 기분에 잠겨 침울해하고 있었기 때문인지 리히토의 말을 놓쳐버렸다. 고개를 들고 되물었지만 리히토는 부드럽게 웃으며 '아니야' 하고 머리를 쓰다듬어 주었다. 위로해 준 걸까? 나는 정말 어린아이구나. 정신적으로도 성장을 안 한 게 아닐까. 리히토와 만나면 더욱 빨리 어른이 되어야 한다고 조바심이 커진다. 인간은 나보다 훨씬 일찍 이 세상을 뜨니까. 남겨지는 사람과 두고 가는 사람. 누가 더 괴로운지는 비교할 수 없다.

우리는 그 이상 이 문제는 건드리지 않고 웃었다.

"헛, 리히토! 자연스럽게 새치기 하다니!"

"안 했거든요! 누명 씌우지 마세요."

그때 간신히 아빠와 싸움이 일단락된 건지 아버지가 다가와 리히토를 추궁했다. 진짜 바쁜 사람이구나. 무의식중에 쓴웃음을 지으며 아버지의 손을 잡았다.

"메, 메구……!"

"오랜만이에요, 아버지! 만나서 기뻐요!"

"크헉, 변함없는 위력이구나……! 메구, 나도 만나서 반갑다! 그, 안아 들어도 괜찮겠느냐……?"

조심조심 물어보는 초절정 미남의 모습에 가슴이 꽉 조였다. 이렇게 잘생겼는데 대형견 같은 반응이라 친근감이 마구 치밀어 오릅니다. 당연히 거부할 생각이 없으므로 고개를 끄덕이며 두 팔을 벌리고 대기하자 아버지는 기쁘다는 듯, 이내 부드러운 손길로 나를 안아 들었다. 툭 치면 부서질 것처럼 조심할 필요는 없다고 생각하지만, 나를 배려하는 마음이 전해져서 가슴이 따뜻해졌다. 나도 모르게 헤실 웃어 버렸다.

"크윽, 귀엽구나. 내 딸은 세상에서 제일 귀여워."

"당연하지! 자, 아슈. 빨리 집무실로 가자."

"아, 알고 있다. 메구도 거기까지는 같이 가도 괜찮지? 크론!"

"네, 자하리아슈 님."

아버지가 부르자 어디선가 나타난 크론 씨가 슥 머리를 숙였다. 어라. 진짜 어디서 나타난 거지.

"집무실에 도착하면 메구의 상대를 부탁하마."

"알겠습니다. 메구 님, 오랜만입니다. 변함없이 건강하신 모양이군요."

아버지의 지시에 대답한 크론 씨는 그대로 나에게 시선을 옮겨 변함없이 어색한 미소로 나에게 인사했다. 구김 하나 없는 메이드복에 시원해 보이는 하늘색 머리카락과 눈동자. 여전히 건재한 쿨 뷰티! 미소도 여전히 뻣뻣하지만. 무, 무리해서 웃으려고 하진 않아도 되는데요?

"크론 씨도 건강해 보여서 다행이에요! 잘 부탁드립니다!"

"네, 만나뵙는 걸 기대하고 있었습니다."

하지만 내 말에 돌려준 미소는 자연스러워서 아주 예뻤다. 후후, 크론 씨의 자연스러운 미소를 끌어내는 건 내 은밀한 목적이었으니까 기쁘다.

"크론."

"……리히토, 님. 당신도 자하리아슈 님과 함께 집무실로."

"……그래, 알았어."

……어라? 이 두 사람의 묘한 거리감은 뭐지. 착각인가? 물어보려는 타이밍에, 아버지가 성큼 걷기 시작하는 바람에 못 물어봤지만……. 싸웠나? 으음, 어쩐지 걱정이다.

"흐음, 진전이 없나."

"그래, 참 곤란하지. 하나 지켜볼 수밖에."

"그러게."

머리 위에서는 아빠와 아버지가 한숨을 쉬며 대화하고 있다. 아마 리히토와 크론 씨를 말하는 거겠지? 뭔가 있다는 느낌이 풀풀 난다. 이 두 사람은 사정을 아는 모양이었다. 이래저래 상상은 할 수 있지만, 두 사람이 지켜볼 수밖에 없다고 한다면 정말 그런 거겠지. 나도 끼어들지 말고 얌전히 있기로 했다. 구, 궁금하지만! 아버지가 '그보다 메구' 하고 나에게 말을 걸었기에 나는 그쪽에 귀를 기울였다. 최근에는 어떻게 지냈는지 근황을 물어봤는데, 근황이라면 대부분 편지에 써서 보냈다. 하지만 편지 내용과 똑같은 이야기를 해도 기뻐하며 들어주는 아버지의 얼굴은 부성애로 가득하니까 나도 신경 쓰지 않고 이야기했다. 좀처럼 직접 만나지 못하잖아. 나도 쓸쓸했고, 오랜만에 만나서 이렇게 이야기할 수 있는 건 즐거우니까 문제없다.

그렇게 나는 아버지의 품에 안겨 집무실에 도착할 때까지 계속 떠들었다. 조금이라도 많은 이야기를 들려줄 수 있도록 아빠도 옆에서 천천히 걸어줘서 고마웠다.

"아쉽지만 지금은 여기까지. 메구, 식사는 같이 먹자꾸나."

"웅! 일 이야기 하는 거지? 힘내."

"이, 이것은 대단하군. 메구의 응원이 있으면 세상이 적으로 돌아서도 질 것 같지 않다."

"규모가 쓸데없이 크고 농담으로 들리지도 않으니까 하지 마라, 아슈."

정말로 반응이 일일이 호들갑스럽다니까. 하지만 이거 진심이지? 그래서 오히려 더 무섭다.

"메구 님. 가시죠. 조금 부탁드릴 일이 있습니다."

"부탁할 일?"

아버지와 아빠에게도 이따 보자고 인사하자 크론 씨가 내 손을 잡고 걸으며 그렇게 말했다. 뭐지?

"너무 무리시키진 마. 뭘 하려는 건지는 모르겠지만."

그 대화가 들린 건지 리히토가 우리와 반대로 집무실에 들어가며 그런 말을 했다. 조금 가시가 돋친 말투 아니야……?

"리히토, 님께서 당부하지 않으셔도 알고 있습니다."

"쳇, 귀엽지 않긴."

"저에게 귀여움은 필요하지 않습니다. 그럼 실례합니다."

잠깐, 리히토?! 옛날부터 나를 자주 놀려먹곤 했지만 아무리 그래도 너무 표독스럽지 않아? 안절부절 못하는 나와는 다르게 전혀 동요하지 않은 듯 담담하게 문을 닫은 크론 씨. 윽, 오히려 무서워!

"저, 저기……. 크론 씨는 귀여워."

가만히 있을 수 없었던 내가 조심스럽게 그렇게 말하자 날카로운 눈빛으로 문을 바라보고 있던 크론 씨의 표정이 피식 부드러워졌다. 아, 웃었다.

"감사합니다, 메구 님. 다정하시군요."

하지만 한순간, 이번에는 애절하게 문을 바라본 것 같았다. 정말로 한순간이라서 착각인지도 모르지만 왠지 마음에 걸리는 눈빛이었다.

"자, 가시죠."

"……네."

분명 건드리면 안 되는 부분이겠지. 본인들이 뭐라고 하지 않는 한 괜히 간섭하지 않는 게 낫다. 나도 그 이상은 아무 말도 하지 못하게 되었다.

【유진】

크론이 메구를 데려간 것을 지켜본 뒤 '에구, 여전하구나' 하며 나도 모르게 한숨이 나왔다.

"뭐냐, 리히토. 아직 인정받지 못했어?"

"⋯⋯어. 하지만 아마 지금은 아니라고 생각하니까."

리히토는 처음 이 마왕성에 왔을 때 크론에게 첫눈에 반했다고 한다. 너무 노골적이라 물어봤더니 바로 대답해 줬었지. 그 무렵엔 이 녀석도 아직 어린아이였고 귀여운 첫사랑이라는 생각에 훈훈한 마음으로 지켜봤는데, 아무래도 상당히 진지한 마음이었던 모양이다. 지금도 계속, 변함없이 좋아하는 일관성은 마음에 든다.

"그런 것치고는 참지 못하고 마음을 전해 버렸지 않았느냐. 골치 아프게도."

"윽, 마왕님. 그건 말하지 마세요⋯⋯!"

심지어 그 마음을 본인에게도 부딪친 모양이다. 정확하게는 무심코 말해버린 거겠지. 본인은 억누르지 못했다고 했지만, 제법 정열적이라서 싫지 않다. 그때마다 차이고 있다고 들었는데 굴하지 않는 점도 포함해서 근성이 있는 녀석이다. ⋯⋯뭐, 그 행동은 정답일 것이다. 크론도 사실은 리히토를 마음에 들어 한다는 건 보면 알 수 있으니까. 다만 크론이 거절하는 이유도 이해가 간다. 리히토는 평범한 인간이니까. 이것만큼은 어쩔 수 없는 일이지만⋯⋯. 크론도 솔직해지면 좋을 텐데 하는 생각이 자꾸만 들었다.

"뭐, 지금은 그건 미뤄놓고. ……먼저 메구 이야기부터 하지."

아직 변할 것 같지 않은 두 사람의 진전은 제쳐놓고, 빨리 본론으로 들어가야 한다. 이걸 위해 여기에 왔으니까. 내가 화제를 꺼내자 아슈와 리히토의 안색이 바뀌었다.

"……뭔가 정신상태가 꽤 불안정하다는 느낌이었어요."

"그래. 이유는 알고?"

리히토가 가장 먼저 입을 열었다. 아까 메구와 대화했을 때 느낀 모양이다. 그런 짧은 시간에 알아차리다니. 관찰력이 좋구나.

"네. ……막연한 수준이지만요."

"그럼 됐어. 그 감은 맞을 거야."

메구는 원래 이런저런 일로 불안해져서 생각의 소용돌이에 잘 갇히는 타입이다. 그건 전생에서 이어진 성격이니까 앞으로도 변하지 않을 것이다. 다만 그 녀석의 장점은 스스로 그 생각을 끝낼 수 있다는 점이다. 즉 끙끙 고민하면서 앓긴 하지만 기본적으로 혼자서 해결해 버린다. 그게 뭐든 다 혼자 짊어지는 나쁜 습관으로 이어지기도 하지만, 해결할 수 있는 능력은 순수하게 장점이라고 할 수 있다. 다만 요즘은 장래의 막연한 불안에 짓눌려있단 말이지. 누구보다도 성장이 느리고 누구보다도 오래 살다보니 혼자 남겨지는 듯한 감각이 남들보다 더 크다는 건 이해한다. 그때마다 그래도 자기 나름대로 성장하고 있다며 스스로를 설득하는 모양이지만, 분명 그 불안이 사라지는 일은 없다. 메구가 가장 두려워하는 건 우리들 주변 사람이 점점 먼저 죽어버리는 것이니까.

"상정했던 것보다 훨씬 빠르군……."

더불어 어떻게 할 수 없는 원인 때문에 메구는 정서가 불안정하다. 본인은 아직 전혀 눈치채지 못했지만. 그리고 그건 앞으로 더 악화될 것이다. 성장 과정에서 반드시 찾아오는, 메구의 인생에서 최대라고 할 수 있는 난관이 가로막고 있기 때문이다. 그 벽은 눈에 보일 정도로 가까이 닥쳤음을 느낀다. 그리고 메구는 그 벽을 자력으로 뛰어넘어야만 한다.

"어차피 지금은 신중하게 상황을 지켜볼 수밖에 없어. 다만 아슬아슬할 때까지 기다렸다간 늦어질 우려도 있지. 아슈, 우리가 돌아가면 리히토에게 더 자세히 설명해줘."

"그래야겠지……."

하지만 그때를 위해 대비는 할 수 있다. 조금이라도 메구의 힘이 될 수 있도록, 언제든지 도와줄 수 있도록 준비는 해놓아야 한다. 시기상조인 느낌도 들지만 그런 말도 할 수 없는 상태까지 왔다.

"설명이라니, 혹시……."

이래저래 눈치채고는 있었던 모양이다. 리히토가 진지한 눈빛으로 확인했다. 여태까지 리히토에게는 계속 이유도 알려주지 않고 강해지라고 했다. 하지만 리히토도 이쯤에서는 알아야 한다.

"그래. 네가 우리와 견줄 만큼 강해져야만 했던 이유다."

마왕성에서 리히토를 거둔 이유. 강해져야만 하는 이유. 생각해보면 불평도 하지 않고 용케 사선을 넘나드는 훈련을 견뎠구

나. 아슈와 크론이 가르친 거잖아? 흉악했을 텐데. 그런데도 푸념조차 들은 적이 없으니 역시 대단한 녀석이다.

리히토는 '알겠습니다' 하고 짧게 중얼거린 뒤 꿀꺽 숨을 삼켰다. 그 눈동자에는 각오의 빛이 깃들었다. 하지만.

"뭐, 이 이야기는 여기서 끝. 남은 건 우리가 돌아간 뒤에 듣도록 해. 다음 화제로 넘어가자고. 일단 메구에게는 이게 본론이라고 해놨으니까!"

지금 이야기해 주는 것도 나쁘지 않지만, 시간은 유한하다. 상의해야 하는 건 그것 말고도 더 있다. 나중에 아슈에게 들으라고 몽땅 떠넘겼다. 두 사람이 오묘한 표정을 지었지만 알 바아니고.

"유진이여, 반성할 생각은 없나? 익숙하다만."

"나 지금 딱 각오한 참이었는데⋯⋯. 뭐 됐어요."

투덜투덜 중얼거리는 두 사람을 무시한 나는 화제를 전환했다. 두 사람은 역시나라고 해야 할지, 바로 분위기를 바꿔서 진지하게 귀를 기울이기 시작했다.

"무투대회? 특급 길드간에?"

"그래. 정확하게는 상급 길드도 섞여 있지만. 실력으로는 전혀 문제없을 거야. 거기에 리히토도 참가하지 않을래? 마왕성 사이드 같은 걸 만들어서. 그 외에도 두세 명 정도 대표자를 보내도 되고."

"어? 저요?"

이름이 나온 리히토는 얼떨떨한 얼굴로 되물었다. 그럴 만도 하지. 너무 갑작스러운 이야기니까.

"그건 상관없다만, 왜 그러한 이야기가 나온 것이지?"

아슈의 의문은 타당했다. 사실 나도 아직 자세한 건 파악하지 못했다. 우선 내가 아는 정보를 전달하기로 했다.

"간단히 말하자면 지역 부흥이지."

"지역 부흥?"

"그래. 먼저 나에게 이 이야기를 꺼낸 사람은 슈톨의 수장인 마라야."

"슈톨이라. 특급 길드 네모였던 곳이로군. 마라라면 그 하이 엘프 여성인가."

역시 마왕. 제대로 파악하고 있구나. 아슈는 하이 엘프 마을에 갔, 아니, 한바탕 했으니 마라를 기억하는 게 당연하지만.

"나도 자세한 이야기는 아직 못 들었어. 다만 세인슬레이를 좋은 곳으로 만들기 위해 이벤트를 열고 싶다고 하길래. 그럼 무투대회라도 해보겠냐고 안이하게 던졌더니 덥석 물더라고."

나도 가벼운 제안이었다. 옛날에는 오르투스 내에서 가끔 개최했으니 그게 문득 떠올랐던 것뿐이다. 제법 즐거웠지. 도박은 식사비 수준을 상한으로 두고 했는데도 참 재미있었다. 참고로 그 대회에서 기르가 흉악하게 강하다는 게 널리 밝혀졌지만……. 뭐, 그리운 추억이다.

"그래서 지역 부흥이구나. 세인슬레이가 그렇게 낙후된 곳이었던가?"

"아, 리히토는 아직 그쪽에는 가본 적이 없었지. 낙후되었다기보다는, 정확하게는 치안이 나쁜 곳이다."

고개를 갸웃거리는 리히토에게 아슈가 간단히 보충 설명했다. 그래, 그 나라는 정말로 질이 안 좋은 녀석들이 많다. 그래서 네 모라는 뒤가 참 구린 조직에도 실력이 좋은 멤버가 모여들었다고도 할 수 있다. 도덕성은 부족하면서 싸움만큼은 유난히 잘하는 녀석이 많은 나라다. 그런 곳에서 길드를 재건해 순식간에 상급까지 올라온 마라에게는 존경을 넘어서 두려움이 느껴진다. 역시 하이 엘프라고 해야 하나? 그렇게 서글서글한 미인이었는데. 하이 엘프는 외모로 판단해서는 안 된다. 절대로.

"그 부분을 어떻게든 하려고 이리저리 궁리하는 모양이야. 그래서 특급 길드의 도움을 받고 싶다더라고."

"흠. 하지만 오르투스는 그렇다 쳐도 스텔라나 애뉼러스가 협력할지 모르겠군. 이득이 없는 한 그 둘은 움직이지 않으리라 본다만⋯⋯."

아슈의 우려는 타당했다. 하지만 그 문제를 생각해 놓지 않았을 리가 없다. 그 마라가! 그렇게 말하자 아슈도 시선을 돌리고 '그렇군'이라는 한마디를 흘렸다. 이해 속도가 빨라서 편하구나.

"그러니까 먼저 발표⋯⋯ 아니, 이런 이벤트에 어떤 이득이 있는지 각 길드 대표자끼리 모여서 설명하게 해달라는 거지. 거기서 한꺼번에 설명할 거라면서 나도 그 이상은 자세하게 못 들었어. 두 번 수고하게 된다나."

"그럼 먼저 합동 회의를 할 장소나 연락을 넣어야만 한다는 건가. 거기서 정해지면 무투대회가 개최된다는 건가요?"

"그런 거다, 리히토. 그래서 너도 대회에 참가했으면 해. 마왕성 대표로서."

"나는 안 되는 건가?"

그야 진짜 마왕성 대표는 아슈지만, 머리를 얼마나 굴려도 안 될 거 아니냐. 이 얼간이 마왕 같으니. 한숨을 쉬며 검지로 아슈의 이마를 콱 찍었다.

"네가 있으면 다들 위축되어서 대회 진행이 안 된다고. 게다가 크론이 허락하지 않을걸."

"크으윽……!"

이마를 누르고 있는 검지를 밀어내려 하지 마라, 내 손가락뼈 부러진다. 게다가 그렇게 노려봐도 네가 갈 수 있을지 없을지 결정하는 건 내가 아니야.

"그런 고로 내가 할 이야기는 이걸로 끝. 무투대회에 참가할지 말지는 마라의 설명을 들은 뒤에 정해도 돼. 하지만 합동 회의에는 와 줘."

"아, 알겠습니다."

회의 날짜와 장소는 나중에 다시 연락하겠다고 하고 대화를 끝냈다. 리히토는 아직 망설이는 것처럼 보였지만 아마 문제없겠지. 반드시 참가할 거다. 아슈에게서 그 이야기를 듣는다면 자신의 힘을 시험해 보고 싶어질 테니까. 게다가 이런 평화로운 시대에선 강한 녀석과 싸울 기회가 거의 없다. 평소 정해진 상대와 훈련은 하고 있겠지만 다른 강자와 싸우는 건 무엇보다도 좋은 경험이 된다.

하지만 리히토, 대회에서 우승할 것. 우선은 이게 최소 라인
이거든. 이건 시험이기도 하다. 대회의 의도가 무엇이든 이런
기회는 놓치지 않고 이용해야지. ……기대하마, 리히토.

Welcome
to the
Special
Guild

제 2 장 ◆ 특급 길드 합동 회의

1 어린이원

크론 씨의 안내를 받아 나는 마왕성 밖으로 나왔다. 밖이라고
해봤자 마왕성 부지 내이긴 하지만. 어째 까르륵거리는 소리가
들리는데?

"도착했습니다. 이곳은 어린이원입니다."

"어린이원?"

"네. 성 아랫마을에 사는 100살 이하의 아이들이 모여서 함께
놀거나 공부하는 장소입니다. 꽤 오래전에 유진 님의 제안으로
이러한 시설을 만들었습니다. 마왕성의 부지 안에 있으니 안전
성도 완벽하죠."

도착한 장소는 설마했던 어린이원이었습니다! 유치원? 아니,
조금 큰 아이들도 있으니까 굳이 따지라면 초등학교 같은 느낌?
아빠의 제안이라니 이해가 간다.

"아침에 아이들이 여기에 모여서 나이에 따른 다양한 활동을
합니다. 그 후 점심을 먹고 또 잠시 활동한 다음 해가 지기 전에
집으로 돌아가죠."

나이가 조금 있는 아이들이 어린아이들을 돌보면서 집까지 바
래다주기도 한다는 모양이다. 연상이 연하를 돌보는 게 자연스
럽게 박혀있구나.

"처음에는 정말로 고생이었습니다. 어느 정도 자란 아이라면
모를까 아기까지 맡았으니까요. 마법이 폭발하기도 하고, 하늘

을 날아서 탈주하기도 하고……."

"크, 큰일이겠다……!"

전에 미이나를 돌봤던 적이 있어서 잘 알 수 있었다. 그건 딱 하루였으니까 괜찮았지만, 내내 돌보려면 정말로 힘들었을 것이다. 세상 어머니와 아버지, 선생님들에게 박수를 보냅니다!

"시행착오를 거듭하는 사이에 지금의 시스템이 만들어졌습니다. 보호 결계 마법도 완비된 지금이라면 아무리 마력 폭주를 일으켜도 문제없죠."

그건 그대로 무서운데?! 역시 마왕성……. 아빠의 아이디어도 굉장하지만.

"그래서 메구 님께 드릴 부탁이란…… 저기 있는 아이입니다."

그렇게 말하며 크론 씨는 어린이원 건물 근처에 혼자 몸을 웅크리고 앉아있는 아이를 가리켰다. 짙은 파란색 머리카락이 확 눈에 들어와서 인상적이었다. 뒷머리만 길어서 목뒤에서 한 갈래로 묶은 것 같았다. 얼핏 보면 평범한 인간 아이처럼 보이지만……. 어? 응? 뭐지. 위화감이 느껴지는데.

"저 아이의 이름은 울바노. 그리고 보기 드문 거인족 아이입니다."

"어, 거인족?!"

이어지는 크론 씨의 설명에 나는 진심으로 놀랐다. 거인족. 들어본 적은 있지만 만나는 건 처음이다. 듣고 보니 평범한 아이보다 큰 것 같기도 하고? 하지만 거인이라고 할 만큼 크다는 인상은 없다. 아, 그렇구나. 위화감의 정체를 알겠다. 다른 아이는 동물 귀나 꼬리, 비늘, 촉각 같은 게 있지만 저 아이에게는 아무것도 없기 때문이었다. 우리 엘프나 소인족, 드워프와 마찬가지로 한없이 인간에 가까운 모습이자 마물형이 존재하지 않는다.

"더 큰 줄 아셨습니까?"

"아으, 그게…… 네……."

곁눈질로 나를 힐끔 쳐다보며 그렇게 묻는 크론 씨. 여기서는 얼버무려 봤자 의미가 없어서 순순히 자백했다. 공부가 부족해서 죄송합니다. 하지만 그런 나에게 크론 씨는 '괜찮습니다'라면서 불편한 기색 하나 없이 설명해 주었다. 무표정이 디폴트지만 친절하다고!

"거인족은 애프리 나무보다 크다는 이미지가 퍼져있긴 하나 보통은 그렇게 크지 않습니다. 그래도 다른 아인의 인간형 평균보다 머리 세 개쯤 더 키가 크지만요. 애프리 나무보다 커질 수 있는 것도 사실입니다. 거인족은 마력에 따라 몸의 크기를 어느 정도 자유롭게 바꿀 수 있으니까요."

"거인족만 쓰는 마법 같은 느낌인가요?"

"네. 저희 같은 희소 아인이 각자 특징적인 고유 마법을 사용할 수 있는 것과 마찬가지입니다."

그렇구나. 시야가 확 트인 느낌이다. 영락없이 거인족은 항상 큰 줄 알았으니까. 그게 아니라 마법으로 거대화할 수 있는 종족이었다니. 확실히 저기서 웅크리고 있는 거인족 아이는 다른 애들보다 조금 덩치가 있다는 느낌일 뿐 그렇게까지 튀지 않는다. 아인 중에도 특히 체격이 좋은 사람이 있으니까 더욱더. 니카 씨가 좋은 예시다.

"으음, 그런데 저 애가 뭐가 필요한 건데요?"

"네. 저 아이는 최근에 여기에 오게 되었는데……. 사실은 고아입니다."

"어……."

이야기를 들어보니 저 아이의 어머니는 저 아이를 낳은 뒤에 건강이 악화되어 계속 앓아누웠다고 한다. 그러다 최근에 돌아가시는 바람에 저 아이는 부모를 잃었다고. 그랬구나, 어머니가……. 어쩐지 나와 처지가 비슷하구나. 전생의 엄마도 현생의 엄마도 어릴 때 돌아가셨으니까.

"아버지는 거인족이 아닌 아인이었다고 하는데, 저 아이가 태어나기 전에 사고로 돌아가셨다더군요. 어머니가 쓰러진 원인 중 하나이기도 하다고 들었습니다."

그렇구나. 저 애한테는 아빠도 없는 거야. 그래서 의지할 곳이 없는 저 애를 마왕성에서 거뒀다고 한다. 그럼 저 애는 계속 어린이원에 있는 건가. 아무리 주변 아이들이 잘 대해 준다고 해도 시간이 되면 한 명, 또 한 명 돌아가는 모습을 보는 건 분명 무척 쓸쓸하겠지.

"아직 어머니가 돌아가신 지 반년 정도. 저 아이의 마음은 회복되지 못했습니다. 아이들 사이에 끼어들려고 하지도 않습니다. 그렇다 보니 어린이원에서 일하는 직원이 걱정해서……."

응, 걱정될 만도 하다. 나도 지금 처음으로 저 애를 멀리서 보고 이야기를 들은 게 전부지만 걱정되는걸. 지금은 아직 무리여도 조금씩 자연스럽게 웃을 수 있게 되면 좋겠다는 마음이 절로 치밀었다.

"따라서 메구 님께서 울바노와 한번 대화를 해주실 수 없겠습니까."

"으헉?! 제, 제가요?!"

괴성이 나왔어! 어, 어? 어떻게 된 거야? '따라서'라니 뭔데! 뭘 어떻게 해야 그 흐름에서 내가 저 애와 대화한다는 결론이 나오는 거지?! 아니, 대화하는 게 싫은 건 아니거든. 다만 말을 걸 수는 있어도 저 애가 대답해 준다든지, 조금은 기운을 차린다든지, 그런 보장도 없고 자신도 없으니까. 당황하는 나에게 크론 씨가 쿡 웃음을 흘렸다. 앗, 웃었다……! 의식적으로 웃는 건 영 어색하면서 오늘은 자주 미소를 보여준다. 바, 반칙이라고! 너무 미인이라서 가슴이 떨려!

"물론 저 아이를 어떻게든 해달라는 말씀은 아닙니다. 조금은 무언가 변화가 있기를 바라지만, 아무런 반응도 없었다고 해도 괜찮습니다. 다만 울바노는 메구 님보다 나중에 태어났고, 거인족입니다. 그래서……, 그게."

크론 씨가 말을 조금 흐렸다. 왜 그러지? 얌전히 뒷말을 기다리자 결의를 다진듯 크론 씨가 말을 이었다.

"앞으로 메구 님과 오래 알고 지내게 될 것입니다. 좋은 친구로서……. 거인족은 수명도 기니까요."

"아……."

나를 위해서이기도 했구나. 생각지도 못했던 말에 무심코 굳어버렸다. 나는 누구보다 수명이 길다. 아직 어린아이니까 같은 하이 엘프가 있다고 해도 언젠가는 나만 남아버린다. 이 거인족 아이와 비교해도 내가 훨씬 오래 살긴 할 것이다. 하지만 조금이라도 오랫동안 같이 있어 줄 존재라는 건 정말로 고마운 일이다. 내가 외로움에 짓눌려버리지 않도록 배려해준 거였구나. 크론 씨 나름의 다정함이 전해져서 마음이 서서히 따뜻해졌다.

"괘, 괜한 참견이라는 것은 압니다! 그, 궁합도 있고 친해질 수 있다는 보장도 없고, 저 아이가 회복해 줄지도 모른다는 흑심도 있기는 하고……! 하, 하지만 저는."

"알아요. 크론 씨, 괜찮아요."

갑자기 두 손을 작게 내저으며 당황하는 크론 씨를 가로막고 말했다. 그래, 괜찮다. 제대로 전해졌으니까.

"감사합니다……. 날 생각해 줬다는 게 너무 기뻐!"

"메구, 님……."

"게다가 나도 할 수 있다면 친구를 많이 사귀고 싶었으니까. 그러니까 대화해 볼게요!"

저 아이는 싫어할지도 모른다는 말도 덧붙여 놨다. 그치만 자신감이 없었단 말이야! 오히려 싫어하면 어떡하나 걱정이 더 크고.

"……감사합니다. 올바노는 천성은 착한 아이입니다. 원래도 내성적인 편이었다고 하지만요. 메구 님을 차갑게 밀어내는 짓은 하지 않을 겁니다."

"응, 알겠습니다!"

내성적이라. 낯가림도 있으려나? 조금이라도 이쪽을 봐준다면 충분하다는 마음가짐으로 임해야겠다. 대답은 안 해준다고 생각하는 게 좋을지도 몰라. 조급해하지 않고 차분하게, 천천히.

"으음, 그럼 다녀와도, 될까요?"

"네, 부탁드립니다. 직원에게는 이미 말해두었습니다. 그리고 제가 있으면 두려워하니 숨어서 지켜보겠습니다."

두려워한다니. 앗, 아니, 응. 평범한 어린아이라면 이해하지 못할 건 아닌, 것 같기도 하다. 죄송합니다! 하지만 크론 씨는 그 친절한 성격을 알아보기 어려우니까! 얼굴에 드러나지 않는데다가 웃는 게 아주 서툰 사람이라 어쩔 수 없는걸. 하지만 나는 그런 크론 씨가 좋아! 마음속으로 크론 씨를 옹호하며 나는 천천히 그 아이에게 다가갔다. 깜짝 놀라지 않도록, 기척을 느낄 수 있게 일부러 발소리가 들리도록 걸었다. 으음, 가까이 가보니까 확실히 크구나. 서 있는 나와 앉아있는 아이의 키 차이가 별로 안 나는걸. 아무리 그래도 서 있는 내가 조금 더 크긴 하지만! 웅크리고 있어서 얼굴까지는 알 수 없지만 지금의 나보다는 연하인 거지? 애초에 나는 성장이 느리니까 겉모습만으로는 판단할 수 없지만.

"저, 저기……. 울바노?"

관찰은 일단 끝! 옆에 있다는 건 알아차렸을 테니까 나는 최대한 부드러운 목소리를 의식하면서 울바노에게 말을 걸었다. 그러자 울바노는 아주 조금 몸을 움찔거렸다. 응, 들리긴 했구나.

고개를 들려고 하지는 않지만, 듣고 있다면 지금은 그걸로 충분하다고 생각해야지.

"있잖아. 나는 메구라고 해. 옆에 앉아도 될까?"

당연히 대답은 돌아오지 않는다. 하지만 분위기라고 해야 할까? 어딘가 당황한 듯한 느낌이 들었다. 뭐, 처음 보는 애가 말을 걸면 당황하겠지. 으음, 앉아도 괜찮을까? 고민하면서 울바노를 관찰하자 작게 떨고 있는 게 보였다.

"앗, 으아, 무섭게 했어? 갑자기 말 걸어서 미안해. 너랑 조금 대화해 보고 싶었던 것뿐이야!"

어, 어쩌지! 나는 선량한 엘프라고 주장해 봤자 전해지지 않을 텐데. 으음, 으음. 아! 그래.

"나는 특급 길드 오르투스에서 왔어. 오늘은 아버지…… 으음, 마왕님을 만나러 온 거야."

마왕님이라는 아는 사람의 이름을 꺼내면 조금은 안심할까? 아버지는 마왕이지만 사람들이 다들 좋아하고 친근감을 느끼는 왕이라고 들었으니까. 마왕성 부지 내에 이렇게 어린이원도 있으니 아이들에게도 인기가 많을 거라고 예상했다. 그러자 놀라워라. 울바노가 바로 그 단어에 반응해서 천천히 고개를 들었다.

"마왕, 님……? 어…….."

고개를 든 순간 눈이 마주쳤기에 반사적으로 생긋 웃었다. 미소는 중요하다고! 울바노는 놀란 듯 눈을 크게 뜨고 나를 쳐다봤다. 머리카락과 같은 짙은 파란색 눈동자가 투명하고 맑았다. 반짝거리는 게 아주 예쁘네. 눈 색이 나와 비슷해서 어쩐지 친근감이 솟았다.

"응. 마왕님의 딸이야. 여기에는 자주 못 오지만."

헤헤 웃으면서 머리를 긁적였다. 마왕의 딸이 이런 꼬맹이라 미안. 그나저나 울바노는 참 크구나. 이목구비는 나보다 더 어린데 몸은 어른과 맞먹게 크다. 거인족이라는 실감이 간다.

"하지만 오늘 여기에 와서 좋아. 친구가 생길 것 같아!"

내가 그렇게 말하자 울바노는 또 홱 웅크려서 얼굴을 가려버렸다. 아쉬워라. 굉장히 부드러운 눈이 예뻤는데. 하지만 어쩔 수 없지. 조급해하지 말자. 천천히.

"저, 저쪽에…… 다들, 있으니까……."

오? 대답해 줬어! 목소리를 아예 못 듣는 것도 각오했었는데 이거 기쁜 오산인걸. 내용은 둘째 쳐도!

"응, 이따 갈 거야. 나는 너랑도 친구가 되고 싶어."

에둘러 저리 가란 말을 들은 셈이긴 하지만 이 정도로는 굴하지 않는다. 너무 막무가내로 들이밀어도 싫어할 테니 균형이 어렵긴 하지만. 조금만 더.

"나, 랑……?"

"응. 안 돼? 지금 막 만난 거라 잘 모르겠어?"

갑자기 친구가 되자고 해도 그야 난감하겠지. 처음 보는 사람이니까 더욱. 하지만 친구는 뭘 해야 친구라고 할 수 있는 걸까? 전에 만난 룬과 구트 쌍둥이는 정신을 차려보니 친구가 되었다는 느낌이었고, 룬이 적극적으로 말을 걸어줘서 순탄했는데. 으음.

"아! 그럼 나 편지 쓸게!"

좋은 생각 났어! 아버지나 리히토와도 편지를 주고받고 있고, 룬과 구트와도 편지 쓰기로 약속했다. 그러니 울바노와도 처음에는 편지로 대화하는 건 어떨까? 말하는 건 어려워도 글이라면 잘 쓸 수 있을지도 모르잖아.

"펴, 편지? 하지만 나, 글, 잘 못 써……."

앗, 그런 장벽이 있었나. 아직 나보다 어린아이였지. 어쩔 수 없네. 하지만 잘 쓰지 못한다고 하는 걸 보면 아예 쓸 줄 모른다는 건 아닌 모양이다.

"읽는 건? 괜찮아?"

"이, 읽는 건, 돼……."

"그럼 더욱더 편지하자! 읽기·쓰기는 많이 할수록 좋아지는걸! 괜찮아! 처음에는 한두마디만 써도 되니까. 응? 안 돼?"

과하게 적극적이었을까 조금 불안해하면서도 계속 제안하는 나. 하지만 모처럼이니까 친해지고 싶은걸! 게다가 독해와 작문 실력이 좋아진다는 건 사실이고.

"어, 으……."

너무 빨리 쳐다봤나. 팔 사이로 이쪽을 힐끔 살피는 울바노는 귀까지 빨개져서 당황하기 시작했다. 역시 부담스러웠나? 조절하기 어려워.

"……편지 쓸게. 그러니까 내킬 때 답장 보내주면 좋겠어."

음, 이 정도가 적당하겠지. 꼭 답장을 써야 한다는 건 장벽이 높으니까. 하지만 편지라면 직접 말하는 것보다 마음을 정리하기 쉬워진다. 생각하면서 대답할 수 있으니 지금의 울바노에게는 딱 좋다고 보는데. 하지만 너무 일방적으로 정해버렸으니까 편지를 받는 게 불편하면 선생님에게 말해 달라고 회피 루트도 마련해 줬다. 강요하고 싶지는 않고, 편지가 정신적으로 부담이 되는 것도 안 좋으니까.

"불편한, 건, 아닌데……."

"그래? 헤헤, 기뻐라."

하지만 반응을 보니 괜찮은 것 같다. 천천히 시간을 들여서 친해지면 좋겠다. 생각보다 잘 풀린 것 같아서 기쁨을 숨기지 못한 나는 그대로 활짝 웃으며 '또 봐' 하고 인사했다. 다시 이쪽을 본 울바노였지만 눈이 마주치자 또 굳어버렸다. 앞날이 멀구나. 그래도 처음 대화한 것치고는 충분히 잘했지! 시간은 많이 있으니까 앞으로 차근차근 가면 돼!

그 후 타다닷 크론 씨에게 돌아와서 보고. 편지를 쓰게 되었다고 알리자 눈을 크게 뜨고는 좋은 아이디어라며 칭찬해 주었다. 우후후.

"그래서, 그게, 울바노는 글씨를 잘 못 쓴다고 하니까……."

"알겠습니다. 직원에게 부탁하죠."

"! 감사합니다!"

역시 마왕의 유능한 오른팔, 슈퍼 메이드 크론 씨다. 아니, 실제로는 메이드가 아니지만. 메이드복을 입었는데도. 하지만 이게 전투복인 거겠지. 마음에 들어하는 것 같으니까 됐다.

"제가 드릴 말씀입니다. 설마 그렇게까지 대화를 끌어내주실 줄은 몰랐습니다."

크론 씨가 내 머리를 살며시 쓰다듬으며 '귀여움은 정의로군요'라고 중얼거렸다. 으응? 귀여움은 정의긴 하지만 날 말하는 거야? 이 외모가 울바노의 경계심을 누그러트린 거라면 다행이긴 해! 순해 보이는 얼굴이니까. 패기가 없다고 해야 하나. 그건 그거대로 마왕의 딸로서 괜찮나 싶긴 하지만.

"저기, 크론 씨. 이 다음에 뭐 예정 있나요?"

"아뇨, 딱히 없습니다. 가고 싶은 장소가 있다면 모셔다드리겠습니다. 부지 밖은 안 됩니다만."

아마 이걸로 크론 씨의 부탁은 끝났을 것 같아서 이후 예정을 물어보았다. 아마 아빠네는 아직 대화하고 있을 테고, 모처럼 온 김에 친구 늘리기 대작전을 결행하고 싶었기 때문이다.

"그게, 어린이원의 다른 아이들과도 대화해 보고 싶어서요. 나랑 나이가 비슷한 애가 또 있으려나?"

슥 둘러본 느낌으로는 거의 나보다 연상이라는 인상이었다. 하지만 그렇게까지 나이 차가 많진 않겠지. 외모로 판단할 수 없긴 하지만! 그래도 여기에 다닌다는 건 아직 어린아이일 것이다. 나는 어린이 친구를 사귀고 싶어! 로니도 성인이 되어버려서 나만 남겨진 느낌이 장난 아니라고!

"물론입니다. 꼭 대화해 주세요. 밖에 나와 있는 아이들은 나이가 있지만 건물 안에는 메구 님과 비슷한 나이의 아이나 더어린 아이들도 있습니다. 게다가 메구 님은 유명인이니까 분명 기뻐할 겁니다."

유명인? 무슨 소리지? 고개를 갸웃거리고 있었더니 크론 씨가 충격적인 사실을 알려주었다.

"네. 자하리아슈 님께서 틈만 나면 메구 님을 자랑하셨기 때문입니다. 얼마나 귀여운지, 얼마나 착한 아이인지 등등. 덕분에 마왕성 주변에서 메구 님의 인기는 하늘 높은 줄 모르고 치솟고 있습니다."

아버지, 대체 뭘 하는 거야?! 잠깐, 내가 모르는 곳에서 내 이야기가 퍼져있다니 어쩐지 무섭지 않아? 심지어 상당히 미화된 것 같다. 겨, 경솔하게 행동할 수 없어……! 그럴 마음도 없었지만, 기, 긴장된다. 혹시 내가 마왕의 딸이라는 걸 알았을 때 울바노의 반응이 이상했던 것도 그게 원인 중 하나인 거 아니야? 아버지, 애정이 넘치는 건 기쁘지만 적당히 해주세요!

"어어, 응. 그럼 가 봐야지……."

미묘한 표정이 되었다는 자각은 있다. 하지만 가지 않는다는 선택지도 없다. 크론 씨가 또다시 쿡 하고 귀중한 미소를 보여주었다. 이 사람이 웃는 모습을 보고 싶긴 했지만 어쩐지 이게 아니라는 느낌이 강하다. 됐어. 몰라. 포기할 거야.

그 후 크론 씨와 함께 어린이원의 중심으로 갔는데, 각오했던 대로 몇 걸음 걸을 때마다 에워싸여서 고생이었다. 그야 기뻐. 기쁘긴 하지만 솔직히 난감하기도 하거든. 크론 씨가 단호하게 길을 열어달라고 말해주지 않았다면 날이 저물었을지도 모른다. 그래도 덕분에 많은 아이와 대화할 수 있었다. 다들 반짝반짝 동경하는 시선을 보내는 바람에 묘하게 양심이 따끔거렸지만.

그, 그렇게 유능한 엘프가 아니거든요! 아직 말도 제대로 못 하는 어린아이마저 '메구 닝, 머시써'같은 소릴 한다고. 그야 귀여웠지만, 그만큼 중압감도 느꼈다. 다들 존댓말이고. 이거 마왕성 주변에서 친구를 사귀는 건 어려울 것 같다. 이 근방 사람들은 다들 마족이라 불리는 사람들이니까. 같은 아인이어도 마왕님을 숭배하는 종족이니까 어쩔 수 없다. 좋아해 주긴 해도 친구의 감정과는 좀 다르단 말이지.

"친구 사귀는 건 어렵구나……."

녹초가 되어 어린이원을 뒤로하면서 중얼거렸다. 면목 없다는 듯한 얼굴로 '고생하셨습니다'라고 말하는 크론 씨와 함께 우리는 성안으로 돌아갔다.

"아! 슈리에 씨! 안녕하세요. 일 고생하셨습니다!"

"어라. 안녕하세요, 메구. 늦게 와서 죄송합니다. 기다렸죠? 두목의 막무가내는 참 곤란하다니까요."

마왕성 입구에서 성문 방향에서 걸어오는 아름다운 엘프를 발견. 맞다. 나중에 합류한다고 했었지.

"아빠가 늘 죄송합니다."

"후후, 메구의 귀여움을 봐서 용서할게요. 타고 올 것도 수배해주셨고요."

아빠가 슈리에 씨에게 같이 가자고 말했을 때 슈리에 씨는 한창 다른 일을 하는 중이었다고 들었다. 그걸 서둘러 정리하고 여기에 왔으리라는 건 쉽게 상상이 간다. 정말 아빠는 좀!

"안녕하세요, 크론. 오랜만입니다."

"네. 오랜만입니다, 슈리에. 유진 님께 가실 겁니까?"

"네. 하지만 아마 굳이 따지라면 두목이 아니라 마왕에게 가는 거예요."

내 옆에 선 크론 씨에게 인사한 슈리에 씨는 마왕인 아버지에게 볼일이 있는 모양이었다. 마왕이라고 부르는 목소리에 어딘가 싸늘함이 느껴지는구나……. 슈리에 씨는 역시 아버지에게 아직 앙금이 있는 걸까. 아니, 아마 무의식중에 싸늘함이 나오는 거겠지. 그걸 감지한 크론 씨에게서도 날이 선 분위기가 느껴졌다. 크론 씨는 마왕님 지상주의자니까……! 조마조마하다.

"두목의 설명만으로는 부족할 테니까요. 합동 회의 장소나 자세한 상의 내용 같은 걸 상세하게 정해야 하죠. 걱정된다면 당신도 같이 가시겠어요?"

"……네, 그렇게 하겠습니다."

적의는 없지만 필요 이상으로 친해질 마음도 없다는 뜻이 분위기와 음색으로 전해졌다. 나도 알 수 있었으니 크론 씨도 정확하게 읽어냈을 것이다. 그 선이 타협점. 그 태도에 불평할 수 없다는 것도 알고 있을 테니까. 분위기가 차가울 뿐 말투는 정중하고, 슈리에 씨도 상당히 배려하는 거겠지.

"저기, 같이, 가요……."

두 사람 사이에 끼어들어 슈리에 씨의 손을 스윽 잡았다. 나도 안다. 진정한 의미로 이해할 수는 없지만……. 제대로 알고 있다. 하지만 역시 소중한 사람들이 관계가 묘해지는 건 마음이 무겁다. 내 존재가 아주 조금이라도 쿠션이 될 수 있다면 좋겠는데. 하다못해 집무실에 도착할 때까지만이라도. 그래서 나는 아주 조금 힘을 줘서 슈리에 씨의 손을 꽉 잡았다.

"……네. 물론이에요, 메구. 당신은 정말로 사려 깊은 숙녀로군요."

숙녀! 아니, 그 단어에 기뻐할 때가 아니지. 내 생각도 다 간파하고 있다는 거구나. 슈리에 씨도 단단히 손을 마주 잡아 주었으니까. 응, 그거면 됐다. 나도 다들 하하호호 사이좋게 지낼 수 없다는 건 안다. 그냥 조금이라도 원활하게, 조금이라도 스트레스를 줄일 수 있길 바랄 뿐이다.

"좋아, 그럼 출발!"

"메구 님, 반대 방향입니다."

"으억?!"

당당하게 슈리에 씨의 손을 잡고서 앞서 걸어가려고 발을 내디딘 순간, 크론 씨가 실수를 지적했다. 방향치라서 죄송합니다! 쪽팔려!

똑똑똑. 크론 씨가 문을 노크했다. 아빠, 아버지, 리히토 세 사람은 아직 여기에 있는 모양이다. 기척으로 알 수 있다고 했다. 정령의 기척이라면 알 수 있지만 나는 아직 누구의 기척인지 알아내지 못하는데 다들 대단하다. 오히려 사람의 기척 자체를 모르겠는걸. 위기감이 너무 없구나.

"오, 슈리에. 빨리 왔네."

"네. 누구 덕분에 신속하게 일을 마칠 수밖에 없었으니까요."

"……미안하다니까."

오오. 슈리에 씨의 미소가 무섭다. 하지만 아빠, 그건 자업자 득이야. 나도 옹호 못 해줘.

"두목이니까 어차피 자세한 사항은 정하지 않았겠죠? 자, 지금부터 바로 정합시다."

"그런 귀찮, 크흠, 복잡한 부분은 지금 하지 않아도 되잖아? 게다가 일시나 장소는 정해진 뒤에 알려준다고……."

지금 당장 회의를 시작하려는 기세로 슈리에 씨가 말하자 아빠가 대놓고 미적거렸다. 귀찮은 거다. 특급 길드의 두목씩이나 되는 인물이 그래도 괜찮은 거냐. 물론 괜찮을 리가 없다. 슈리에 씨는 한층 더 짙은 미소를 지으며 아빠에게 몸을 틀고 단숨에 쏟아내기 시작했다.

"당신이 받아들인 의뢰잖아요? 일시와 장소는 이쪽에서 제안 해야죠. 마라가 지정했다면 사정은 달라지지만 그렇지 않은 거 잖아요? 그렇게 또 직전이 되어서야 일정을 비워야만 하게 되는 사람의 사정도 헤아려주시죠. 조율하는 게 아주 힘들단 말입니다. 다른 길드나 마왕성 분들에게 그런 고생을 시킬 수는 없죠. 이야기를 듣기만 해도 괜찮으니까 참석하세요."

"……네."

아빠에게 얼굴을 바싹 들이밀고 단호하게 쏘아붙이는 슈리에 씨. 익숙해 보인다. 이쪽에서는 보이지 않지만 분명 아주아주 예쁘게 웃고 있겠지. 조, 좋겠다. 아름다운 얼굴을 코앞에서 볼 수 있다니. 아빠도 고개를 거듭 끄덕이고 있다. 저 모습만 본다면 오르투스의 수장이라는 게 믿기지 않는다. 나 참.

"마왕님, 저는 메구와 함께 성을 산책하고 와도 될까요?"

이야기가 길어질 것 같다고 생각하고 있었더니 리히토에게서 뜻밖의 제안이! 슈리에 씨와 아버지가 마음에 걸리지만 이 자리에는 아빠도 있으니까 괜찮겠지. 게다가 아직 리히토와는 제대로 대화하지 못했으니까.

"부, 부럽구나 리히토오오오!"

하지만, 아니, 아니나 다를까. 아버지에게서 부러워하는 발언이 튀어나왔다. 하지만 리히토는 위축되지 않았다. 아버지를 어떻게 대해야 하는지 많이 익숙해진 모습이다.

"저는 우선 나중에 결정된 내용만 들으면 되는 거죠? 메구와는 하고 싶은 이야기도 많이 있으니까 괜찮죠?"

"크으으윽……! 메구, 식사 때는 내 곁에 있어다오……!"

"응! 아버지 옆에서 먹을게!"

피눈물을 흘릴 기세로 말하는 아버지에게 기꺼이 대답했다. 그 정도는 쉽지! 아버지와도 하고 싶은 이야기가 많이 있으니까.

"크헉, 나는 오늘 행복해서 죽을지도 모른다……."

그러자 아버지가 그 자리에서 주저앉더니 양손과 양 무릎을 바닥에 짚고 부들거렸다. 너무 호들갑스러운 거 아니야?! 정말로 감정이 풍부한 사람이다. 조각처럼 반듯한 외모면서.

"성 밖으로는 나가지 말고."

집무실에서 나가려는 우리에게 아빠가 그렇게 말했기에 '네'

하고 대답한 뒤 방을 나섰다. 아, 크론 씨도 나왔네. 같이 가는 건가? 그렇게 생각하며 크론 씨를 올려다보자 내 의문을 알아차린 건지 크론 씨가 눈썹꼬리를 아주 살짝 내리며 입을 열었다.

"죄송합니다, 메구 님. 자하리아슈 님에게만 맡길 수는 없으므로 저는 여기에 남겠습니다."

굳이 집무실 밖까지 배웅한 거였구나. 고지식한 사람이다.

"그렇구나, 그게 좋을지도. 크론 씨, 바쁜데 안내해 주셔서 감사했습니다!"

"아닙니다. 저야말로 즐거운 시간을 보냈으니. 감사합니다."

그렇게 말한 크론 씨는 리히토에게 힐끔 시선을 준 뒤 다시 집무실 안으로 돌아갔다. 어, 어라? 리히토에게는 말을 안 거는 건가? 그런 생각에 이번에는 리히토 쪽을 올려다보았다.

"……리히토?"

크론 씨가 들어간 문을 물끄러미 바라보는 리히토는 어쩐지 무척 애달파 보였다. 그래서 나도 모르게 이름을 불렀는데. 아아, 역시 리히토는 크론 씨를…….

"아……. 진짜 좋아."

말해잖아. 어? 이거 말했다고 지적해 주는 게 나은 건가? 그 자리에서 얼굴을 두 손으로 덮고 고개를 숙여 버렸질 않나.

"역시 크론 씨를 좋아하는구나?"

"……응."

'응'이래. 귀여워. 하지만 그렇구나, 리히토가 크론 씨를…….
대충 눈치채고는 있었지만.

"그렇지만 뭔가……. 분위기가 어색하지 않아?"

"…………하아."

앗, 물어보면 안 되는 거였나? 미안해. 나는 전생에도 연애는 어려워하는 분야였거든. 친구들이 상담해온 적이 있긴 했는데 나한테 말해봤자 소용없다고 생각한 건지 점점 안 해주더라. '고백하면 되지 않아?'나 '피하는 것 같다고? 그럼 포기하면 되지 않아?' 같은 대답이 문제였던 거겠지. 하, 하지만 정말로 아는 게 없었다고! 그런 이유로 사랑에 고뇌하는 남자에게 좋은 상담 상대가 되어주진 못할 것 같다. 하지만…….

"이야기만이라면 들어줄게. 조언은 전혀 못 하지만."

그래, 그냥 이야기를 듣는 거라면 가능하지. 누군가가 들어주는 것만으로도 마음이 편해지기도 하니까.

"……뭔가 어린애 붙잡고 말한다는 것도 좀 묘한 기분인데."

그건 그렇긴 한데! 하지만 리히토는 고맙다며 내 머리에 손을 툭 올리고는 '그럼 들어줄래?'라면서 웃었다. 조금이라도 속이 후련해진다면 좋겠는데!

2 각종 상담

리히토에게서 이야기를 듣기로 했지만, 이대로 집무실 앞에 서서 떠들 수도 없었기에 현재 리히토의 제안을 따라 계단을 올라가는 중입니다. 헉헉 숨이 차…… 지는 않는다고! 체력이 많이 좋아졌으니까! 에헴! 이 정도는 다들 태연하게 올라간다는 지적은 못 들은 걸로 하겠다. 칭찬받을 일이 많은 게 더 행복하잖아?

"도착했다. 여기 온 적 있어?"

"아, 꽤 예전에 안내받은 적이 있어! 여전히 경치 좋다."

그렇게 도착한 곳은 마왕성의 최상층. 작은 탑이 있고, 그 탑이 전망대 역할을 한다. 옛날에는 휴 씨라는 재상님이 데려와 줬지. 모처럼 왔으니 푹신푹신한 의자에 둘이 나란히 앉았다. 내 다리는 아직 바닥에 닿지 않아서 덜렁덜렁. 조금만 더 키가 자라면 닿을 것 같은데 참 아쉽다.

"이 장소도 크론이 가르쳐 줬어. 처음 고백한 곳도 여기고."

"어? 고백한 적이 있어?"

상관없는 생각을 하고 있을 때 리히토에게서 뜻밖의 발언이 튀어나왔다. 반사적으로 되묻자 '당연하지'라는 대답이. 와, 리히토는 정열적인 타입이었구나.

"몇 번이나 좋아한다고 말했지만……. 매번 차였어."

"그 한결같음과 행동력이 대단한데!"

도저히 전직 일본인 같지 않다. 부끄러워서 좀처럼 말하지 못한다거나 그런 고민인 줄 알았는데. 나만 그런 건가? 아니면 세대 차이? 하지만 포기하지 않고 계속 고백한다는 건 정말 대단하다.

"그야 그 녀석을 보면 말하고 싶어지는걸. 참을 수 없어."

오오오! 사랑이구나, 이게 사랑이야. 아쉬울 정도로 나에게는 알쏭달쏭한 감정이지만, 듣고 있으면 이게 사랑이라는 걸 알 수 있었다. 내 일이 아닌데도 가슴이 두근거린다. 더 자세히!

"그럼 언제부터? 언제부터 크론 씨가 좋았어?"

모처럼이니 연애 상담 같은 느낌의 질문을 던져 봤다. 궁금하기도 하고! 두근거리는 마음으로 대답을 기다리자 리히토는 눈을 가늘게 휘며 수줍게 웃었다.

"처음부터. 내가 처음 여기 왔을 때부터였어."

"첫눈에 반한 거야?"

"뭐 그렇지."

이것 또한 나는 경험해본 적 없는 현상이다. 첫눈에 사랑에 빠진다니. 으음, 어떠한 감정 변화인 걸까? 외모를 본 순간 사랑에 빠진다는 거잖아. 어지간히 타입이었던 걸까? 어쩐지 더 다양하게 듣고 싶어져서 나는 리히토 쪽으로 몸을 살짝 기울이며 물어보기 시작했다.

"어떤 점이 좋아?"

연애적인 감정의 사랑. 그것은 나에게는 미지의 세계다.

"으음, 처음에는 첫눈에 반했을 정도였으니까 단순히 분위기였지. 서늘한 눈매도 자세도 마음에 들었다고 하나, 눈을 뗄 수 없었어. 전기가 쫙 통하는 느낌이었거든. 지금은 내면도 좋아해. 차가운 태도지만 사실은 아주 다정한 점도, 의외로 서툰 점도, 마왕님에게 충성스러운 점도 전부 다 사랑스러워."

윽, 가벼운 마음으로 물어보긴 했지만 뭐랄까. 듣는 내가 다 부끄러웠다. 하지만 크론 씨에 대해 이야기하는 리히토는 무척 기쁘고 행복해 보일 뿐 부끄러움 같은 건 조금도 없어 보였다. 이게 사랑의 힘인 건가.

"그래서 눈이 마주치면 무심코 마음을 말해 버린단 말이지. 도저히 막을 수 없어. 애초에 정신을 차렸을 때는 이미 말했을 때가 대부분이야."

"마음이 흘러넘치는 건가? 그, 그래서 크론 씨는 매번 뭐라고?"

정말로 정열적이구나. 게다가 적극적이야. 상대에게 거절당하는 게 무섭다거나 하는 감정은 없는 걸까. 그런 건 상관없을 정도의 마음인 걸까.

"처음에는 '그런 건 생각할 수 없습니다'였지. 하지만 얼굴이 빨개져서 동요하는 모습은 아주 귀여웠어."

차였어도 굴하지 않는 정신. 오히려 한층 마음이 깊어진 걸까. 정말 대단하다. 그 마음은 진짜라는 느낌.

"하지만 내가 만날 때마다 말하는 통에 점점 익숙해진 건지 얼굴이 빨개지는 일도 줄어들었어. 이제는 뭐라고 말해야 크론의 얼굴이 빨개질지 고민할 정도야."

"취지가 바뀐 거 아니야?"

아니, 마음을 전한다는 의미로는 그대로인가? 애초에 딱히 애인이 되고 싶은 게 아닌 건지도.

"나는 마음을 전할 수 있다면 충분해."

"……그런 건가?"

고백의 의의는 사람마다 다른 건지도 모른다. 그러나 리히토의 말에는 아주 조금 거짓말의 기색이 느껴졌다. 마음을 전하는 것만으로도 만족하고 있지만, 그래도 통하지 않는 것보다는 통하는 게 당연히 더 기쁘겠지. 다만 그 거짓말에는 눈치채지 못한 척하며 작게 고개를 끄덕였다. 그러자 리히토의 얼굴이 조금 진지해지더니 '하지만' 하고 말을 이었다. 뭐지?

"요즘은 태도에서 거리감이 느껴져. 지금까지 그랬던 것처럼 '네, 그렇습니까' 하고 가볍게 넘겨주지 않게 되었다고 해야 하나, 나를 '님'을 붙여서 부르질 않아……."

"아, 리히토 님이라고 불렀지. 어딘가 부자연스러워 보였는데, 최근에 바꾼 거였구나."

평소 익숙한 호칭이 아니라서 어색해 보였던 거구나. 하지만 왜 갑자기? 보통은 심경 변화 때문이겠지. 거리를 두고 싶은 이유가 있었던 걸까.

"……좋아하는 사람이라도 생겼나 하고……."

"어? 크론 씨에게?"

리히토는 '하아아' 하고 커다란 한숨을 쉬고는 머리를 부여잡고 고개를 푹 숙였다.

"하지만 그 이유 말고는 모르겠는걸. 그래도 그건 뭐 상관없어. 크론에게 좋아하는 사람이 생겼다면 응원하면 돼."

"어? 그런 거야?"

"좋아하는 사람이 행복하다면 그걸로 충분하니까."

헌신적이구나. 어쩐지 그런 식으로 생각할 수 있는 상대가 있다는 게 부럽기도 했다.

"다만 전처럼 가볍게 대화할 수 없는 게 힘들어. 나는 그냥 크론과 대화할 수 있다면 만족하는데……."

그렇게 말하며 다시 커다란 한숨을 쉰 리히토가 어쩐지 불쌍해 보였다. 어떻게든 해주고 싶은데, 나처럼 무능한 연애 상담 상대도 없을 테지. 뭘 해야 할지 모르겠는걸.

"크론 씨에게 물어볼까? 마음을."

"……듣고 싶지만 됐어. 그건 내가 언젠가 직접 물어볼래."

조금이라도 단서를 얻어다주고 싶어서 물어봤지만 예상대로 그건 거절당했다. 리히토라면 그렇게 말할 줄 알았지. 그럼 내가 할 수 있는 일은 이것뿐이다.

"그렇구나. 그럼 나는 속으로 응원할게."

"어, 그거면 됐어."

쓴웃음을 지으며 머리를 살살 쓰다듬어주었다. 그런 리히토를 올려다보자 정말로 어른이 되어버렸다는 걸 실감했다. 시간은 잔인하다. 리히토는 벌써 어엿한 어른이니까. 아직 외모는 어리지만, 몸도 마음도.

"사랑이라……. 어떤 기분일까."

이번 생에서는 사랑에 빠질 일도 있을까. 나답지 않은 생각이

들었다. 기나긴 인생이니 사랑도 하게 될지도 모르지만 지금은 전혀 상상이 안 가니까.

"어? 너 좋아하는 사람 없어?"

"응? 그냥 좋아하는 사람이라면 많이 있지. 하지만 사랑은 그런 게 아니잖아? 아무리 그래도 그 정도 차이는 알아!"

"어, 그…… 혹시 전생…… 일본에 있을 때도 누군가를 좋아해 본 적이 없다거나?"

"윽."

정곡이다. 아, 아니, 남자친구를 사귄 적은 있었거든? 하지만 친구 같은 감각으로 만났더니 나도 모르는 사이에 차였다는 느낌으로 끝나버렸단 말이지. 친구라는 관계가 편안하고 좋았고, 그건 나도 상대도 같았기 때문에 헤어진 뒤에도 평범하게 적당한 거리감을 유지하는 좋은 친구로 돌아갔다. 동성 친구들에겐 한번 사귀었던 상대와 친구로 돌아가다니 말도 안 된다는 말을 자주 들었다. 으음, 추억이구나.

"……불쌍해라."

"으, 뭐 어때. 딱히 사랑을 몰라도 살 수 있다고."

"아니, 너 말고…….'"

나 말고? 무슨 소린지 의아해하고 있었더니 리히토가 어이없다는 눈으로 쳐다봤다.

"너 지금 얼굴을 거울로 본 적은 있잖아? 되게 귀엽게 생긴 데다, 기본적으로 남들에게 친절하고. 네게 반한 녀석이 드글드글할 거란 소리!"

"뭐? 그럴 리가! 확실히 귀엽게 생겼다는 자각은 있지만, 나는 아직 어린아이인걸."

하지만 그렇구나. 리히토도 첫눈에 반하는 경험을 할 정도니까 나도 더 성장하면 가능성이 있을지도. 누군가가 나에게 고백할지도 모르고? 그렇게 사랑이라는 감정을 처음으로 알게 된다거나! 하지만 아쉽게도 내가 누군가를 좋아하는 미래는 전혀 보이지 않는다. 예지몽이고 뭐고 상상조차 할 수 없다. 미형 집단에 둘러싸여 있다 보니 첫눈에 반하는 일도 아마 없을 테고. 기르 씨의 얼굴을 처음 봤을 때도 '대박, 잘생겼어!' 하면서 연예인 보듯 흥분하고 끝이었는걸. 나는 정말 그런 쪽과는 거리가 멀구나.

"……너에게 사랑은 당분간 무리라는 걸 아아아아아주 잘 알겠다."

"말하지 마. 나도 알고 있으니까……!"

반사적으로 좌절하고 말았지만 뭐, 어떻게든 되겠지! 인생에 무슨 일이 일어날지는 알 수 없는 노릇이고. 나는 아직 어린아이니까. 사랑이라는 감정도 언젠가는 알게 되면 좋겠다 정도로만 생각해두자.

"근데 말이야. 솔직히…… 기르 씨 같은 사람은, 어때?"

"기르 씨가? 뭐가?"

"아니, 그러니까…… 그, 애인으로?"

"흐억?!"

예상하지 못한 말에 나도 모르게 괴성이 나왔다. 어? 누가?

누구의 애인? 내 애인으로, 기, 기기기……!

"기, 기르 씨는 파파거든?!"

공연히 부끄러워져서 그만 목소리가 커졌다. 가족을 애인으로 어떻냐고 추천받은 셈이다. 그야 민망해질 만도 하지!

"아니, 그럴 것 같긴 했지만. 그렇게까지 당황하는 건…… 뭐 됐다."

그러니까 말이야. 무슨 소리 하는 거야. 기르 씨는 내 보호자고 파파니까. 아, 깜짝이야. 아직도 두근거린다. 그, 그런 것보다 궁금한 게 있었는데. 화제도 바꿀 겸 딱 좋네. 바로 리히토에게 물어봐야지.

"저기. 최근에 라비 씨와는 만났어?"

때때로 편지로 어떻게 지내는지 알려주고 있으니까 대강은 알지만, 역시 직접 듣고 싶었다. 인간 대륙에 전이된 사건 이후 라비 씨는 인간 대륙에서 평생에 걸쳐 나라를 위해 일하며 죄를 갚고 있다. 전에 편지로 읽은 바로는 자신들이 납치해서 팔아치운 노예도 절반 이상은 부모에게 돌려보냈다고 했다. 그래도 중간에 죽었거나, 팔린 곳에서 또 다른 곳으로 팔리거나 하는 바람에 소식이 끊어진 아이들도 많이 있다는 모양이다. 그 사건 후에 무허가 노예상은 쓸려나갔다고 들었다. 하지만 그런 뒷세계 장사는 좀처럼 사라지지 않는 법이니까……. 잡아도 잡아도 또 새롭게 그런 조직이 만들어지기도 한다고 했다. 하지만 그 시절에 비해 상당히 줄어든 건 사실이라고 하니까 전체적으로는 좋아지고 있는 것 같다. 인간 대륙의 나라가 각자 대응도 하고 있는 것 같았고.

"아, 실은 약 한 달 전에 다녀왔어. 여전하더라. 병에 걸리지도 않고 건강해 보였어."

처음에는 만나러 갈 때마다 야위어서 걱정했다고 들었는데, 최근에는 그 이상 살이 빠지지는 않게 되어서 일단 안심했다고 들었다. 다만 피해자와 직접 만나는 나날을 보내서 그런지 정신적으로 힘들어서 본래 나이보다 많아 보인다고 조심스러운 어조로 적혀있었던가. 나는 그날 이후 만나지 않았으니까 상상도 안 간다. 하지만 만나러 가려는 생각은 없다. 만나기 싫은 건 아니야. 만나고 싶은 마음이 더 커. 하지만 분명 라비 씨는 변해버린 모습을 보여주는 걸 싫어할 것 같으니까. 이건 로니와 둘이 상의해서 정한 일이기도 하다. 라비 씨와 만나서 이야기하는 건 리히토에게 일임하자고. 대신 우리는 리히토에게 편지를 맡겨서 라비 씨에게 전달해 달라고 하자고. 그렇게 정했다.

"받아놨던 두 사람의 편지도 기뻐하며 읽었어. 그리고 날 보고는 전보다 더 아저씨가 되었다는 거야. 진짜 라비는 쓸데없는 소리까지 한다니까."

그렇구나. 농담도 주고받을 수 있을 정도로는 기력이 있는 거야. 그 이야기에 안심했다. 리히토도 기뻐 보이고.

"아…… 하지만."

"응?"

갑자기 표정이 어두워진 리히토가 말했다.

"……고든은 죽었다고 해. 전부터 앓았던 병으로."

"……그, 그렇구나."

인신매매 조직의 리더였던 고든이 병에 걸렸다는 이야기는 들었다. 50대 중반이었으니 내 감각으로는 아직 젊다. 인간 대륙에서도 죽기에는 조금 젊은 편일까. 그 사람 때문에 힘들었던 기억밖에 없으니 뭐라 말할 수 없는 기분이지만, 차마 잘 죽었다는 생각은 들지 않았다. 속죄하면서 죽은 거였기도 하고.

무거운 분위기를 견디지 못한 나는 자리에서 일어나 난간 쪽으로 향했다. 여기서 보는 경치는 무척 시원하니까 기분전환이 될 수 있을지도 모른다. 난간이 내 키보다 더 크니까 창살 사이로 봐야 하지만. 녹음이 풍부하고 전원적인 분위기인 성 아랫마을을 한눈에 보이자 기분이 좋아졌다.

"라비 씨는 열심히 살았으면 좋겠어."

"……그러게."

혼잣말처럼 중얼거린 말에 리히토가 대답했다. 부드러운 바람이 우리의 뺨을 어루만지며 너희도 열심히 살라고 격려해준 것 같은 느낌이 들었다. 어느새 옆에 서 있던 리히토가 수명이 짧은 인간이라는 것도 의식적으로 생각하지 않으려고 했다.

잠시 리히토와 소소한 대화를 나누었다. 주로 로니 이야기였다. 로니는 케이 씨라는 스승이 붙은 뒤로 실력이 쑥쑥 성장했다. 오르투스 내에서도 상위권에 들어가게 된 것이 아니냐는 수군거림도 들릴 정도다. 로니는 성실해서 케이 씨가 없을 때도 열심히 훈련했으니까 그럴 만도 하지. 다만 실력이란 정확하게 비교할 수 없는 부분이니까. 사우라 씨처럼 함정 전문가도 있고, 마력을 거의 사용하지 않고 근육으로 해결하는 쥬마 오빠 같은 타입도 있다. 누가 얼마나 강하냐는 건 쉽게 가늠할 수 없는 부분이다. 상성 같은 것도 있을 테고. 그러니 여기서 말하는 상위권 실력이라는 건 단순히 전투력을 가리킨다. 즉 일격이라도 공격을 받으면 아웃인 사우라 씨도 상위권에 들어간다는 뜻이다. 그럼 다들 상위권이 되는 게 아니냐고? 그게 그렇지도 않단 말이지. 접수처 언니들은 대부분 비전투원이고, 의료담당인 메어리라 씨도 전투는 못 한다. 식당에서 일하는 신입이나 길드 내부에서 일하는 사람들은 전투를 꺼리는 사람도 많다. 그래도 일반인보다는 훨씬 강하지만. 특급 길드에 소속되어 있으니 최소한의 자기방어 수단은 보유하는 게 조건이기도 하니까. 아, 나? 나는 자연 마법 실력이 향상된 것도 있으니까 중위권에는 들어가지 않을까. 아마도. 다만 실전 경험이 없어서 측정할 수 없단 말이지. 빨리 아빠와 훈련할 기회가 와서 실전 훈련을 해 보고 싶다. 조금 무섭지만.

"그렇구나. 로니는 옛날부터 강했으니까……. 무투대회에 출전하면 싸울 수 있을까?"

"리히토도 나가는 거야?"

여, 역시 그 꿈은 실현되는 걸까. 기르 씨와 리히토가 싸우는 꿈. 그래서 무심코 물어봤다.

"마왕성에서도 몇 명 나가지 않겠냐더라. 나도 나가도 된다고 하고. 아직 마왕님이 무투대회에 찬성할지 아닐지 모르지만, 아마 참가할 것 같아."

"그렇구나…… 아, 저기, 리히토."

아마 리히토는 확실하게 무투대회에 참가할 것이다. 꿈과 완전히 똑같이 흘러갈지는 모르지만, 충고는 해놔야지!

"너무 큰 마력은 쓰지 마. 규모가 너무 큰 마법은 그, 위험하니까……."

"어? 뭐야 갑자기."

그렇겠지! 그렇게 느끼겠지! 이건 설명을 생략한 내 잘못이다. 여기선 솔직하게 말하자. 대전상대를 알려주는 건 불공평할지도 모르니까 빼고. 모처럼 무투대회가 열린다면 조건은 동등해야하지 않겠어?

"예지몽에서 봤거든. 리히토가 어떤 사람이랑 싸우는데, 대규모 마법을 쓰는 꿈. 그래서 조금 위험해질 것 같길래."

"예지몽……. 그러고 보면 너 그런 특수 체질이었지? 흐음, 난 역시 무투대회에 나가는구나. 그럴 것 같긴 했지만."

턱을 매만지며 생각에 잠기는 리히토. 나에게 무슨 마법을 쓰는 거냐고 물어봤지만, 대회에 불공평해질 가능성이 있어서 그건 말할 수 없다고 주장했다. 리히토는 '그건 그래'라며 바로 수긍해 줬지만……. 사실은 나도 그게 무슨 마법인지 잘 모른다. 다만 그 거대한 마력은 자칫 잘못했다간 상대를 크게 다치게 하리라는 건 알 수 있었다. 하지만 그걸 솔직하게 말할 마음은 도저히 들지 않았다.

"그래서, 조심할 거야?"

"으음, 머릿속엔 넣어놓을게. 어떤 강적과 대전할지도 모르니까. 어쩌면 어쩔 수 없이 쓰게 될 수도 있는 거잖아."

"으, 그렇긴 하지만⋯⋯."

리히토가 그 마법을 썼다간 사실 내가 위험해질 것 같단 말이지. 하지만 그것도 숨기자. 응? 아, 그렇구나. 애초에 내가 조심하면 되는 거 아니야? 그래, 리히토가 조금 의식하게 해놓고, 나도 조심하면 분명 피할 수 있을 것이다.

"일단 신경은 써 줘. 알았지?"

"그래. 네 예지몽은 적중한다고 하니까 조심할게."

이렇게 당부해 놓으면 괜찮겠지. 리히토도 바보가 아니니까. 상대가 기르 씨라면 그야 진심을 발휘할 수밖에 없다는 것도 잘 알고!

"그럼 슬슬 돌아갈까. 출출해졌어."

"응! 아버지에게 효도하러 가야지."

"⋯⋯너도 이 사람 저 사람 배려하느라 고생이구나."

아니, 딱히 고생은 아닌데? 좋아하니까 하는 일인걸. 억지로 하는 것도 아니다. 게다가 어리광 부릴 수 있는 것도 지금뿐이니까 어린아이의 특권을 착실히 써먹어야지! 나는 타산적인 어린이다.

"⋯⋯저기, 메구."

"응?"

탑을 내려가는 계단 앞에서 리히토가 불러세우길래 돌아봤다. 그 표정은 어딘가 진지했다.

"너는⋯⋯. 뭐 고민 같은 거 없어?"

아, 그렇구나. 자기만 상담해서 미안하다고 생각한 건지도 모른다. 하지만, 으음. 고민이라. 그야 있지. 하지만 생각해도 상담해도 그리 의미는 없으니까……. 결국 몇 번을 고민해도 내 힘으로 극복할 수밖에 없다는 결론만 나온다. 그게 뭐냐고? 수명이 너무 길다는 문제다.

"으음. 들어 달라고 하고 싶어지면 말할게!"

하지만 딱히 없다는 거짓말은 하지 않았다. 하지 않게 되었다고 해야 할까. 나도 성장했다. 상대가 거짓말을 하거나 의지하지 않는 건 쓸쓸하다는 걸 알고 있으니까.

"그러냐. 응. 그럼 무슨 일 있으면 바로 말해."

"응! 고마워, 리히토!"

언젠가 상담할 날이 올지도 모른다. 오지 않을지도 모른다. 하지만 제대로 의지하고는 있다는 게 전해졌을까? 솔직히 리히토에게는 상담하기 어려운 문제다. 나와 리히토의 수명 고민은 정반대니까. 아마 그런 것도 어느 정도 눈치채고 있을 테니까 물어본 거겠지만. 정말 착하다니까. 그 이상은 둘 다 그 화제를 건드리지 않고, 우리는 저녁으로 뭐가 나올지 같은 소소한 이야기를 하면서 계단을 내려갔다.

집무실로 돌아오자 그곳에는 슈리에 씨가 팔짱을 끼고 서 있고 그 앞에는 무릎을 꿇고 정좌한 아빠와 아버지가 있었습니다. 어쩌다 이렇게 된 건데?!

"아, 메구. 마침 잘 됐군요. 이야기는 끝났으니까요."

생긋 웃는 슈리에 씨의 미소는 대단히 박력이 넘쳤습니다. 보고는 이상입니다. 아니, 진짜, 왜 이렇게 된 거야……!

"어, 어어, 메구……. 늦게 왔네……."

"큭, 아버지의 위엄이익."

그리고 정좌한 두 아버지에게 인사받은 나는 대체 어떻게 반응해야 하는 걸까. 우선 여기서는 온 힘을 다해 무시하며 용건만 말하려고 합니다.

"아빠, 아버지……. 그게, 배가, 고픈데……?"

조금 말이 뚝뚝 끊어지는 건 용서해주시라. 나도 당황했다고! 하지만 그 말을 기다렸다는 양 정좌 2인조가 벌떡 일어나 나에게 다가왔다.

"나도 배고파!"

"음, 나도 그렇군. 자, 바로 식사하러 가자꾸나!!"

부자연스럽게 밝다. 아버지는 아예 눈물이라도 흘릴 듯한 기세다. 슈리에 씨의 설교가 그렇게 괴로웠던 걸까.

"나 원……. 크론이 얼마나 고생하는지 훤히 보이는군요. 하아, 말해 봤자 무의미했으려나요."

"그, 수고하셨습니다?"

"감사합니다, 메구. 당신 덕분에 거칠어졌던 마음이 잔잔해지는군요."

"나도."

"동감이다."

슈리에 씨의 말에 어째서인지 두 아버지도 동의를 표했다. 쌍

방에 스트레스였던 거구나……. 뭔가, 진짜로 수고하셨습니다.

"……대화, 잘 정리된 거 맞지?"

리히토만은 얼굴을 움찔거리면서 아직 이 상황을 소화하지 못하는 모양이었다. 응, 뭐 적응하지 못했으면 그렇게 되겠지. 하지만 슈리에 씨는 이게 평소 상태다. 말해봤자 헛수고라고 생각하면서도 군이 설교하는, 고생하는 타입이기도 하다. 길드 내에서는 주로 쥬마 오빠에게 발휘하지만! 또 잡혔다간 큰일이라는 듯 아버지가 나를 슥 안아 들고 집무실에서 휙 나갔다. 그대로 주저 없이 성큼성큼 걸어가는 아버지의 발걸음이 유독 빨랐다. 자, 잠깐, 다들 두고 와버렸잖아!

이렇게 도착한 곳은 긴 테이블이 놓인 식당이었다. 정말 테이블이 길다. 성에 있을 법한 식탁. 아, 여기 성이었지. 평소엔 길드 식당에서 식사하는 게 일상이니까 이런 엄숙한 분위기는 왠지 긴장된다.

"특별히 신경 쓸 법한 일은 아니다. 마음에 드는 자리에 앉다 마음에 드는 것을 먹으려무나."

그런 긴장이 전해진 건지 머리 위에서 아버지의 자상한 목소리가 들렸다. 그래, 긴장할 필요는 없다는 뜻이구나. 그 배려에 고마움을 담아 위를 올려다보며 생긋 웃었다. 어, 어라? 아버지가 굳어버렸는데? 우, 움직여 줘!

"그래, 귀여운 건 알았으니까. 아니, 원래 메구는 귀여우니까. 이제 그만 좀 적응하지 그러냐? 아슈. 빨리 자리에 앉아."

"……헉! 그, 그렇지. 딸이 지나치게 귀여운 것도 힘든 일이로군⋯⋯."

"그건 전면적으로 공감하지만."

팔불출 토크가 펼쳐졌다. 항상 생각하는 거지만 이럴 때 어떤 반응을 보여야 하는지 몰라서 난감하다. 부끄럽단 말이야! 너무 귀엽다, 귀엽다 직구로 연발해대는 건 아무리 그래도 쑥스럽다고! 얼굴이 빨개졌다는 걸 느꼈다.

"풉, 메구 얼굴이 **사과** 같아!"

"으으, 어쩔 수 없잖아⋯⋯!"

"사과, 라고요?"

맞은편에 앉으며 리히토가 웃음을 터트렸다. 애프리가 아니라 사과로 통하는 게 어쩐지 간지러운 기분이다. 당연히 슈리에 씨에게는 전해지지 않아서 고개를 갸웃거렸다.

"아, 일본에서는 애프리를 그렇게 말한다고 했던가. ⋯⋯어쩐지 소외감이 느껴지는군⋯⋯."

"아하, 명칭이 다른 거군요. 흥미롭네요."

그러고 보면 여기 있는 다섯 명 중에 과거 일본인이 셋이나 된다. 그건 그거대로 뭔가 대단한데. 슈리에 씨는 지적 호기심이 근질거리는 모양이었지만 아버지는 어딘가 침울해 보였다. 그래서 내가 다음에 가르쳐 주겠다는 마법의 주문으로 회복시켰다. 팔불출 아버지의 딸로서 어떻게 대응해야 하는지도 익숙해진 기분이다. 그건 그거대로 뭐라 말할 수 없는 기분이 들지만.

"그럼 바로 식사하도록 하지!"

기운을 회복한 아버지가 마지막으로 앉은 뒤 가볍게 손뼉을

쳤다. 그러자 여러 명의 집사와 메이드가 들어와 식사를 가져다주었다. 오오오, 귀족 아가씨가 된 기분! 왕족이라고 부를 수 있는 신분이긴 하지만. 각자 앞에 식전 술과 에피타이저가 놓이자 아버지가 '잘 먹겠습니다' 하고 선언했다. 이 자리에서 그 인사를 듣는 것도 어쩐지 웃긴 느낌이지만, 아무래도 아버지가 마음에 들어 하는 인사인 모양이다. 귀여워라. 우리도 그 뒤를 따라 식사를 개시했다. 으음, 이 드레싱 맛있어!

"우선 특급 길드 합동 회의 장소는 애눌러스나 스텔라 중 한 곳에 장소를 제공받기로 했습니다. 제가 타진할 예정이고요."

식사하며 슈리에 씨에게서 조금 전의 설교…… 가 아니라 대화로 정해진 사항을 듣게 되었다. 회의 장소라. 한곳에 모일 필요가 있으니까 어디에서 이야기하는지 먼저 알아놔야 한다는 거구나.

"오르투스나 마왕성이나 슈톨이면 안 되는 건가요?"

합동 회의는 네 개의 길드와 마왕성으로 모이는 거잖아. 그렇다면 그 둘에게 후보가 돌아간 이유는 뭘까. 솔직하게 의문을 부딪치자 슈리에 씨는 부드럽게 웃으며 대답해주었다.

"단순히 위치가 좋기 때문입니다. 슈톨도 마왕성도 오르투스도 마대륙 끝에 있으니까요. 중간 지점인 애눌러스와 스텔라 중 한 곳으로 잡는 게 모이기 쉬울 테죠."

"아하!"

듣고 보니 확실히 그랬다. 머릿속으로 떠올린 마대륙 지도로 끼워맞춰 보면 슈톨은 지도의 왼쪽 위, 오르투스는 완전히 반대쪽인 오른쪽 끝에 있다. 마왕성은 살짝 왼쪽이긴 하지만 성은 구석이란 말이지. 그럼 마대륙 중앙에 있는 센트레이에 거점을 둔 두 개의 길드가 가장 모이기 좋은 장소인 게 당연했다. 그 둘 중에서도 중앙에 있는 게 애뉼러스다. 역시 상업 길드, 위치 선점이 좋은데?

"다음으로 합동 회의 일정은⋯⋯ 열흘 뒤입니다. 아슬아슬하게 일정을 잡을 수 있는 가장 이른 날짜죠. 그래도 각 길드의 수장에게 일정을 비워놓으라는 건 어려울 테지만 쑤셔 넣으라고 해야죠."

"쑤, 쑤셔 넣⋯⋯."

자연스럽게 흉악한 발언을 하는 슈리에 씨와 얼굴을 꿈틀거리며 웃는 리히토. 응, 익숙해지렴. 오르투스에서는 자주 보는 광경이니까. 그래도 오르투스에서 블랙 기업 냄새가 나지 않는 건 다들 유능하고 보수도 좋고 동료끼리 서로 신뢰하기 때문이다. 휴가도 꼬박꼬박 받을 수 있고. 듣자 하니 특급 길드는 다들 그런 느낌이라고 한다. 중급 길드에는 블랙 기업 같은 길드도 많다고 하지만. 특급은 그 점에서도 특급이라고 느꼈지.

"그 부분은 일단 발안자인 마라가 수십 일도 전에 말을 해놨으니까. 다들 거기에 맞춰서 조율할 수 있도록 준비는 했겠지."

그때 아빠의 보충 설명이 들어왔다. 그렇구나, 역시 마라 씨야. 항상 갑자기 말하는 아빠와는 천지 차이다.

"다들 사정을 알고 있다는 건가?"

아버지가 의문을 드러냈다. 그러게. 어느 길드에 어디까지 정보가 간 거지? 그러자 아빠는 어깨를 으쓱하며 대답했다.

"처음 말을 꺼낸 건 나라고 했었지. 그래서 내가 움직이기로 정했을 때 마라는 마라대로 각 길드에 편지를 보낸다고 했어. 그러니까 슈톨이 부흥을 위해 무투대회를 열고 싶으니까 도와달라 같은 내용 정도는 전달되지 않았을까?"

오오, 역시 마라 씨. 하지만 아마 그 편지, 오르투스에는 안 온 거지? 마침 슈리에 씨가 나와 같은 질문을 던졌다. 그러자 돌아온 대답이 이거다.

"우리는 내가 들었으니까 안 보내도 된다고 거절했어."

"두목. 당신이란 사람은……!"

아, 아빠……! 정말로 일본에서 영업직으로 잘 일하고 있었던 거 맞냐고 캐묻고 싶은 기분이다. 이쪽 세계에 와서 아버지와 영혼을 나누는 바람에 한층 성격이 느슨해진 게 영향을 준 건지도 모르지만!

"서류는 서류로써 필요하잖아요……!"

"서류? 아, 받아놨어. 자."

"…………두목?"

지금 막 생각났다는 양 수납 마도구에서 휙 꺼내는 아빠의 태도에 슈리에 씨가 살짝 폭발한 걸 느꼈다. 당연하지! 그야 당연히 이렇게 되지!

"자, 잘못했어! 그렇게 화내지 마. 서류는 제대로 읽어놨고 처리도 할게! 사우라 쪽에는 폐 끼치지 않을 거니까!"

"보고를 게을리한 시점에서 폐를 끼쳤다는 걸 눈치채 주세요!"

슈리에 씨의 분노는 타당했다. 이거 사우라 씨도 상당히 분노하겠는데. 오르투스에 돌아가면 아빠는 또 사우라 씨에게서 설교 타임인가?

"아니, 미안. 너희가 유능하니까 무심코 그런 건 뒤로 미뤄버린단 말이지."

"……그건 비겁하잖아요. 하아, 이래서 두목은 두목인 거죠."

하지만 머리로 피가 솟구쳤던 슈리에 씨가 아빠의 그 말 하나로 스윽 분노를 거두는 게 보였다. 아빠의 유죄 발언이 발동했다! 심지어 이거, 아빠에겐 타산이 없단 말이지. 진심으로 그렇게 생각하니까 말하는 거고, 그걸 아니까 슈리에 씨도 침착해졌을 것이다. 심지어 아인이나 우리 종족은 능력을 인정받는다는 것에 약하다. 인간보다 더. 나도 일하는 걸 칭찬받으면 전생 때보다 더 기분이 고양되니까 그런 체질인 건지도 모른다. 나는 특히 단순하니까 난이도도 상당히 낮겠지.

"아무튼 돌아가면 바로 사우라에게 주세요."

"윽, 또 설교 코스잖아."

"자업자득입니다."

맞는 말이라는 마음을 담아 고개를 끄덕이는 나. 흘겨봐도 하나도 안 무섭거든?

"남은 건 합동 회의에 참석할 사람이로군요. 두목은 당연히 갈 테고, 그 외엔 누구를 데려갈 건가요?"

"어? 나 혼자 가면 되잖아."

"두목만 갔다간 보고가 불안해서요."

슈리에 씨의 대답에 가시가……! 아까 분노가 수그러들었다고는 해도 뒤끝이 없지는 않았구나. 아빠도 반박하지 못하고 말문이 막혀버렸다.

"아, 알았어! 사우라, 는 길드에서 벗어날 수 없으니까 아돌이라도 데려갈까."

"나, 좋은 생각입니다. 그도 전에 인간 대륙으로 원정 간 일로 상당히 성장했으니 차세대 오르투스를 지탱할 한 사람이 되기 위해서도 다른 특급 길드와도 교류를 다져놓기를 바라던 참이었으니까요."

아돌 씨라는 이름이 머릿속으로 모습을 떠올렸다. 붉은색이 도는 검은색 머리카락과 눈동자를 지녔으며 다정해 보이는 안경 오빠다. 항상 접수처 안쪽에서 사무 작업을 하니까 만날 일은 잘 없지만, 꽤 유능한 사람이라고 들은 적이 있다. 그 사우라 씨의 비장의 부하라며 특별히 아낄 정도다. 상당한 실력자겠지. 인간 대륙으로 전이당한 그 사건 후처리로 많이 신세 졌었고. 기르 씨와 같은 조류형 아인이라고 들은 적이 있다. 색도 검은색이라서 비슷한데. 어쩐지 형제 같다고 느끼는 건 나뿐일까? 색상이 비슷하고 같은 조류형 아인일 뿐이니 안이한 생각이라는 자각은 있다.

그 후 슈리에 씨에게서 앞으로의 방침을 들으며 식사를 이어 갔다. 요리가 하나같이 다 맛있어서 그만 대화 내용을 놓쳐버린 건 비밀이다. 하지만 맛있었단 말이야!

3 메구의 영향력

"자, 그럼 슬슬 일 이야기는 끝내고 메구의 이야기를 들려주지 않겠느냐. 최근에는 무슨 일이 있었지?"

옆에 앉은 아버지가 자상하게 눈을 휘며 물어보았다. 초절정 미형인 아버지이지만 이럴 때는 평범한 아버지임을 느낀다. 좋아, 그럼 최근에 생긴 일이자 친구가 생겼다는 걸 보고해야지!

"그게, 얼마 전에 루드 선생님하고 외출했을 때 애뉼러스에 갔거든? 거기서 애뉼러스 헤드의 두 아이랑 친구가 됐어!"

"호오, 친구라. 나이가 비슷하더냐?"

"응! 쌍둥이인데 룬이라는 밝고 귀여운 여자애랑 부끄러움을 많이 타는 남자애 구트. 조금만 같이 있었지만 편지를 쓰기로 했어."

룬과는 많이 떠들었지만 구트는 수줍음을 탄 건지 별로 대화하지 못했다고 덧붙이자 아버지의 움직임이 멈췄다. 멈췄다?

"남자인 친구도, 생긴 건가……."

"응? 그 쌍둥이라면 나도 아는데, 룬은 메구가 말한 성격이지만 구트는 전혀 부끄럼쟁이가 아니었는걸? 굳이 따지자면 금방 흥분하는 건방진 말썽꾸러기지."

이어서 아빠도 눈이 동그래져서 그렇게 말했다. 아, 아빠도 그 두 사람을 아는구나. 오, 구트는 사실은 그런 성격이었어?

"하지만 구트는 금방 빨개져선 말도 잘 안 하던데? 낯가리나

했지."

"빨개졌다……?"

"메구, 그건 낯가림이 아니고요……."

아버지는 또다시 멍해져서 중얼거리고, 슈리에 씨도 당황한 듯 끼어들었다. 낯가림이 아니라면 뭐라는 거지. 아! 혹시! 나는 무심코 두 손으로 입을 가렸다.

"혹시 여자애가 불편했다거나?! 말 걸어서 미안하네. 친구가 될 수 없으려나……."

억지로 친한 척했던 걸까. 맹렬히 반성했다. 나는 그런 건 잘 눈치채지 못한단 말이지. 좀처럼 고쳐지지 않는 나쁜 습관이다.

"메구……. 너는 진짜, 정말 변함이 없구나."

"어? 무슨 뜻이야?"

그러자 아빠가 기가 막힌다는 듯 말했다. 왜 그렇게 측은한 아이를 보는 듯한 시선으로 쳐다보는 거지.

"전생이랑 똑같단 소리야. 뭐 됐어, 그래야 너지."

"무슨 소린지 모르겠어. 그거 칭찬 맞아?"

뺨을 부풀리며 항의하자 슈리에 씨가 살살 달래며 중재에 들어왔다. 항상 죄송합니다.

"메구, 걱정하지 않아도 괜찮아요. 구트라는 소년도 메구와 친해지고 싶을 테니까요."

"그, 그럴까? 그렇다면 좋겠지만."

슈리에 씨는 언제나 나를 격려해 줘서 좋아! 헤헤. 웃음으로 대답!

"아, 아버지로서는 참으로 복잡한 기분이구나……! 메구, 굳이 그렇게까지 친해질 필요는……. 아니, 친구란 아주 좋은 것이니 친해지는 것 자체는 좋지만……. 으으윽."

옆에서 아버지는 혼자 머리를 부여잡고 이해할 수 없는 소릴 중얼거렸다. 가만히 내버려 둬야지. 나는 알 수 없는, 복잡한 부모 마음이라는 건지도 모른다.

"아, 그리고 말이지! 아까 크론 씨랑 어린이원에 다녀왔어. 거기서 울바노랑도 편지하기로 했어."

"뭣? 울바노하고?"

아버지의 상태가 안정되자 조금 전에 있었던 일도 보고했다. 아직 크론 씨에게서 듣지 못한 걸까. 일 이야기부터 하느라 바빴던 건지도 모른다.

"울바노?"

이름을 들어본 적이 없는 건지 아빠가 고개를 갸웃거렸다. 그러자 아버지가 울바노에 대해 간단히 설명했다. 아빠도 슈리에 씨도 귀를 기울이고 들었다.

"그나저나 거인족이라니 별일이네. 나도 한 번밖에 못 만났는데."

"저도요. 일 때문에 마을 근처에 간 적이 있어서 그때 얼핏 본 게 다였죠."

그렇게 보기 드문 종족이구나. 내가 중얼거리자 '드물기도 드물지만'이라며 아버지가 계속 가르쳐 주었다.

"그리 외부에 나오지 않는 종족이다. 기본적으로 마을에서 나오지 않지. 엘프나 드워프, 소인족, 요정과 마찬가지다. 아인과의 차이이기도 하지."

"그렇구나……. 오르투스에는 다들 있으니까 왠지 신기하네."

"듣고 보면 그렇군요. 후후, 오르투스에 있는 저희가 특이한 거죠. 그 기준으로 따지면 메구도 특이한 사람 중 하나가 되어 버리지만요."

특이하다라. 그건 솔직히 부정할 수 없다. 하지만 오르투스의 길드원은 기본적으로 다들 특이하잖아? 굳이 말로 하진 않지만. 역시 두목인 아빠가 특이한 사람이라 그런 거겠지. 전부터 계속 생각했던 거지만, 요컨대 근묵자흑이다.

"하지만, 그래. 울바노가 마음을 연 건가. 역시 메구로구나."

"어? 아직 마음을 열었다고는 할 수 없을걸……?"

조금 대답해 준 것뿐이지 그리 쉽게 마음을 열지 않을 것 같은데. 그런 나에게 리히토가 '아니야'하고 끼어들었다.

"울바노는 마왕님이 말을 걸어도 입을 연 적이 없었어. 거인족은 기본적으로 경계심이 강하다더라. 그래서 마음을 연 사람이 아니면 대화하지 않는데. 어린이원 선생님들에게는 조금 마음을 열고 이야기하는 모양이지만 그래도 시간이 아주 오래 걸렸다고 들었어."

"그런데 메구, 그대는 오늘 처음으로 만났지."

아버지는 그런 내가 울바노와 대화했다는 건 대단한 일이라고 말했다. 그렇게 굉장한 일이었구나……. 생각지도 못했다. 역시 이 긴장감 없는 얼굴 덕분인가?

"울바노가 조금이라도 기운을 차려주면 좋겠다."

"……너 진짜 유죄구나."

"아빠에겐 듣고 싶지 않아!"

너무하잖아! 딱히 죄지은 적 없어! 가능하면 다른 사람에게 친절하고 싶은 것뿐인데. 처음 만난 사이라면 더욱. 어지간히 악당이 아닌 한. 왜냐하면 친절하게 대해주면 누구나 기쁘잖아? 친절한 태도에 화를 내는 사람은 어지간한 일이 있었거나 성격이 아주아주 나쁜 거고, 그걸 알 수 있다는 점에서도 친절한 태도는 꽤 유효한 수단이라고 생각하는데. 이런 생각을 하니까 너는 무르다는 말을 자주 듣는 거지만.

"울바노와 친하게 지내다오. 나도 그 아이 일은 마음에 걸렸다. 한 명이든 두 명이든 믿을 수 있는 자가 많다는 건 좋은 일이지."

내가 씩씩거리고 있었더니 아버지가 그렇게 말하며 머리를 다정하게 쓰다듬어줬다. 와, 부성이 느껴진다. 힐끔 올려다보자 정말로 기쁘다는 얼굴로 미소 짓는 아버지와 눈이 마주쳤다. 국민을 소중히 여기는 좋은 왕이기도 하다는 걸 실감했다. 그야 푼수이기만 해서는 왕 노릇을 할 수 없겠지. 나는 아버지의 푼수 같은 모습만 보는 바람에 그만.

──왕이라. 나도 언젠가 왕이 되는 걸까. 마를 통솔하는 마왕이. 그렇게 생각하자 어째서인지 기분이 가라앉았다. 왜지? 확실히 나는 마왕이 되지 않고 계속 오르투스에 있고 싶다. 하지만 도망칠 수 없는 것이라면 받아들일 생각이기도 하다. 오르

투스에 가지 못하게 되는 것도 아니고. 하지만 장래를 생각하면 우울해진단 말이지. 싫은 걸까. 나는 그렇게 마왕이라는 지위가 싫은 걸까. 그렇지 않다고 보는데. 하지만 무의식이 어떤지는 모른다. 내 일인데도 알 수 없다니……. 뭐, 흔한 일이지. 너무 신경 쓰지 않는 게 좋을 테지만. 그래도 어째서일까. 말로는 잘 설명할 수 없지만, 이 문제를 생각하면 가슴속 깊은 곳이 술렁 거린다고 해야 할지 머리가 멍해진다고 해야 할지, 긴장인지 흥 분인지. 스스로도 무슨 생각을 하고 있는지 알 수 없지만, 영 침 착함을 잃어버린다. 그래서 최대한 생각하지 않으려고 하고 있 는데……. 그렇지만──.

"……메구!!"

"…………어?"

별안간 나를 부르는 아버지의 목소리에 퍼뜩 정신을 차렸다. 어라, 나 멍 때리고 있었나? 하지만 그렇게 오랫동안 멍하니 있 진 않았을 텐데.

"어…… 왜?"

다들 어딘가 놀란 듯, 걱정하는 듯한 눈으로 이쪽을 보고·있으 니까 고개를 갸웃거렸다. 잠깐 생각에 잠겼던 것뿐이다. 그렇게 까지 걱정하지 않아도 괜찮은데.

"아, 아니……. 불러도 대답이 없어서 말이다."

"어, 죄송합니다. 나 그렇게 멍하니 있었어……?"

불렀구나! 몰랐다. 조금 걱정될 만도 하겠네. 모처럼 다 같이 있는 거니까 정신 차려야지. 반성하자.

"……어디 몸에 이상 같은 건 없어?"

"아니야, 팔팔해! 정말로 딴생각 좀 했던 것뿐이야!"

리히토도 걱정된다는 듯 물었다. 아니, 정말로 괜찮거든? 그러니까 슈리에 씨도 아빠도 심각한 표정 짓지 말고!

"……메구 너, 간식으로 뭐가 나올까 같은 생각이나 했겠지."

"나 그렇게 식탐 강하지 않거든!"

확실히 지금 그 말에 간식이 궁금해지긴 했지만! 고작 그런 일로 주변의 소리가 들리지 않을 만큼 골똘히 생각하진 않는다고. 정말 아빠는 항상 날 놀린다니까.

"하지만 메구, 정령들도 지금 걱정하고 있었는데요?"

"어? 앗, 얘들아……."

슈리에 씨의 말을 듣고 올려다보자 쇼를 비롯한 정령들이 모여서 걱정하는 얼굴로 나를 내려다보고 있었다.

"어째 미안하네. 하지만 괜찮아. 걱정해 줘서 고마워!"

『……주인님은 진짜로 그렇게 생각하는 거구나. 응, 알았어.』

"아, 쇼는 진위를 알 수 있었죠."

쇼의 말에 슈리에 씨도 그제야 안심한 모양이었다. 그래, 쇼는 목소리의 정령이라서 내가 생각하는 것, 즉 마음의 목소리도 들을 수 있기 때문에 전부 다 알 수 있다. 요컨대 거짓말을 하지 못한다는 뜻이다. 그건 그거대로 왠지 부끄럽지만, 쇼가 내 생각을 다른 사람이나 다른 정령에게 마음대로 말하지는 않으니까 괜찮다. 어떠냐, 이 신뢰 관계!

"진지하게 하는 소린데, 그냥 졸리다 같은 것도 괜찮으니까 평소와 다른 걸 느끼면 말해야 한다?"

아까까지 나를 놀리던 아빠가 불쑥 진지한 소릴 하는 바람에 깜짝 놀랐다. 음, 그렇구나. 아까 그건 아빠 나름대로 나를 걱정했다는 건가.

"응, 알았어. 말할게."

그렇다면 나도 제대로 보답해야지! 사축 시절의 악습은 많이 사라진 편이지만 무심코 무리하는 건 좀처럼 바꾸지 못하고 있으니 의식적으로 개선할 생각이다.

그 후에는 소소한 잡담으로 분위기를 띄우며 즐거운 시간을 보냈다. 아버지와 많이 이야기해서 다행이야. 역시 자주 만나지 못하니까. 나도 쓸쓸하다고 했더니 아버지가 울어버렸지만, 나는 기뻤어!

식사 후엔 아버지와 함께 마왕성 안을 걸어다녔다. 여기는 어떤 일을 하는 장소라거나, 지금은 이런 일을 하고 있다거나. 그렇게 나는 마왕성에 대해 조금씩 알아간다. 요컨대 공부다. 물론 그것만이 아니라 정원과 훈련장도 보고 다녔지! 놀랍게도 유희장도 있었다. 휴식 겸 오락 게임을 하거나 간단한 스포츠를 할 수 있는 장소라나. 스포츠라는 개념이 있었다는 것에 놀랐는데, 이건 아무래도 리히토의 아이디어였던 모양이다.

"오락거리가 적더라고. 처음엔 카드랑 주사위 게임 같은 걸 퍼트렸는데, 그것만으로는 좀 부족해서. 인간보다 혈기 왕성한 마족이 몸을 움직여서 발산하는 방법이 전투뿐이라 상처가 끊이

질 않으니까, 규칙이 있는 스포츠는 어떻냐고 제안했지."

"제법 좋은 제안이었다. 덕분에 부상자가 상당히 줄어들었지! 개중에는 피를 흘려야 만족하는 종족도 있기에 완전히 사라지지는 않았다만."

그 종족 뭔데?! 오니족 같은 느낌인 걸까. 아, 아무튼 피를 흘려도 괜찮다면야 뭐라고 할 것도 아니지. 무섭다. 그나저나 리히토도 그냥 마왕성에 신세 지기만 한 건 아니구나. 제대로 자기가 할 수 있는 일을 찾아서 실행하고 있었어. 그렇게 공헌한 거야. 으음, 이거 나도 질 수 없겠는데! 어쩐지 기합이 들어갔다.

"날이 저물었잖아. 오르투스에 도착하면 한밤중이 되겠어."

"자고 가면 되지 않나?"

"그럴 수는 없지. 빨리 돌아가서 보고해야 하고……. 어딘가의 그림자독수리가 늦었다며 못마땅해할 테니까."

어딘가의 그림자독수리라니. 기르 씨잖아! 아빠와 같이 있으니까 괜찮다는 건 알아도 늦어지면 걱정하긴 할지도. 나도 보고 싶고. 그나저나 오르투스까지 상당한 거리가 있는데 아빠의 능력은 정말 너무 반칙이다. 올 때도 생각한 거지만, 수차를 갈아타면서 왔다면 닷새는 가뿐히 걸릴 거리인데 몇 시간 만에 도착했잖아. 뭐, 너무 깊게 생각하면 안 되겠지. 아무튼 아빠고.

"그럼 다음에 메구와 만나는 건 아마도 무투대회 때가 되겠구나……."

"개최된다면 말이지. 뭐, 할 거지만. 금방이야, 금방!"

"알고는 있다. 다만 머리로 수긍하는 것과는 다르다!"

이렇게 아쉬워하는 아버지가 있으니까 은근슬쩍 늦어졌단 말이지. 어쩔 수 없다고 포기하자.

"리히토는 합동 회의 때 보자!"

"네. 잘 부탁드립니다."

리히토가 마왕성 대표로 합동 회의에 참석한댔지. 좋겠다. 아빠는 또 금방 만나다니. 하지만 나도 무투대회는 구경하러 갈 테니까 거기서 만날 수 있을 거야. ……그 미래를 어떻게든 저지해야지! 이렇게 눈물을 흘리는 아버지와 손을 흔드는 리히토에게 작별 인사를 마친 뒤 우리는 아빠의 애차, 카케루를 탔다. 돌아갈 때는 조수석에 슈리에 씨. 나는 운전석 뒷자리에 탔다. 물론 아동용 카시트에 앉았습니다. 리히토는 배를 잡고 폭소했다. 크으윽. 마지막으로 크론 씨에게도 인사하고 싶었는데. 그게 조금 아쉽지만, 아버지에게 쓰는 편지에 크론 씨에게 전할 메시지도 쓸까. 마음속 메모장에 기록했다.

깜빡 차에서 잠든 내가 퍼뜩 눈을 뜨자 그곳은 이미 오르투스였다. 나 몇 시간 동안 잔 거지?

"어서 와, 메구."

"기르 씨! 다녀왔습니다!"

차에서 내리자 바로 기르 씨가 맞아주었다. 달려가서 손을 뻗자 당연하다는 듯 안아 들어주는 기르 씨.

"이 광경만 보면 누가 부모인지 모르겠네요."

"하지 마, 서러우니까."

등 너머로 쿡쿡 웃는 슈리에 씨와 조금 삐진 듯한 아빠의 목소리를 들으며 나는 오늘 있었던 일을 기르 씨에게 조잘조잘 들려주었다. 말을 시작했더니 멈출 수 없어!

자! 이래저래 하는 사이에 합동 회의 날이 왔습니다! 장소는 스텔라가 제공해줬다고 했다. 어떤 장소일까. 나도 언젠가 가보고 싶다. 현지에는 각 길드의 수장과 플러스 한 명씩 모여서 회의를 연다고 했다. 오르투스에서 가는 사람은 당연히 두목인 아빠와 예정대로 아돌 씨. 바로 스텔라로 향한다고 해서 나는 기르 씨를 비롯한 사람들과 함께 배웅하러 홀에 모였다.

"스텔라는 어깨가 굳는다니까……."

"하하, 격식을 차린다는 느낌이 강하죠. 나라에서 가장 신뢰하는 길드답다고는 생각하지만요."

아돌 씨가 쓴웃음을 지으며 말했다. 아무래도 아빠는 스텔라의 분위기가 불편한 모양이었다. 루드 선생님과 센트레이에 갔을 때 애뉼러스에는 갔지만 스텔라에는 가지 않았으니까 어떤 곳인지 모른단 말이지. 물어보니 아빠에게서 초고급 호텔 같다는 몹시 이해하기 쉬운 대답이 돌아왔다. 고급 레스토랑보다 포장마차의 닭꼬치를 선호하는 타입인 아빠는 확실히 답답하다고 느껴질지도 모르겠네. 나? 나도 닭꼬치파다. 하지만 고급 레스토랑도 가끔은 가고 싶다. 매일 가는 건 무리고. 허술함을 숨길수 없어……!

"그래, 스텔라의 대표로는 치프인 세자리오와 그 이자크가 온대!"

"이자크 씨?"

퍼뜩 생각났다는 듯 말한 아빠였지만, 나는 들어본 적이 없는 이름이라 고개를 갸웃거렸다. 그러자 기르 씨가 가르쳐주었다.

"이자크는 루드의 조카야."

"루드 선생님 조카?!"

그러고 보면 루드 선생님에게는 조카가 있다고 들은 적이 있었지. 그래, 스텔라에 있구나. 내가 놀라자 사우라 씨가 내 얼굴을 빼꼼 들여다보면서 추가 정보를 알려주었다.

"메구는 몰랐구나. 애초에 루드의 쌍둥이 누나가 스텔라 소속이거든. 반려가 스텔라라서 같이 들어간 모양이야. 필연적으로 이자크도 스텔라 소속이 되었다는 흐름이겠지."

"우와, 몰랐어!"

루드 선생님도 쌍둥이였구나! 아니, 조카가 있는 시점에서 형제가 있다는 건 확정이었으니까 생각해 보면 당연한가. 아인은 출생률이 낮다 보니 형제가 있다면 대부분 쌍둥이니까.

"곤충형 아인은 쌍둥이가 많아. 그래서 그리 희귀하지도 않지. 애뉼러스의 쌍둥이는 곤충형이 아니니까 조금 희귀하지만."

아빠도 보충 설명을 해주었다. 처음 듣는 이야기다. 쌍둥이도 그렇게 잘 태어나는 건 아니라는 거구나. 그것도 생각해 보면 당연한가.

"이자크는 살짝 고지식한 구석이 있으니까. 싫은 건 아니지만 역시 어깨가 뻐근해지네."

"너그러운 루드 씨와는 정반대이긴 하죠. 하지만 일에 진지하게 임하는 자세는 닮았을지도 모르겠습니다."

아돌 씨도 면식이 있는 듯한 말투였다. 정반대지만 비슷한 구석도 있는 조카라. 만나보고 싶다. 무투대회 때 만날 수 있을지도? 사람이 많이 올 것 같으니까 어려울지도 모르지만.

"그럼 다녀올게. 돌아오는 건 모레 아침이 될 거야."

"다녀오세요! 조심해서 가. 아돌 씨도!"

그러는 사이에 아빠와 아돌 씨가 길드를 출발하려고 했기에 손을 흔들어서 배웅했다. 회의가 오래 걸릴지도 모르니까 그쪽에서 하룻밤 자고 오는 모양이다. 아빠가 사용하는, 이공간을 지나가는 비밀 통로는 정말 편리하다니까. 어디든 길을 줄여서 다닐 수 있는 건 아닌 것 같지만, 그래도 이동시간을 상당히 단축할 수 있다는 건 큰 이득이다. 하지만 그 탓에 아무리 생각해 봐도 이쪽이 더 먼데 가까운 곳보다 이동시간은 짧다는 이상한 모순이 일어나기도 한다나. 지도의 의미가 사라질 것 같다.

"자, 그럼. 우리도 저녁까지 평소처럼 일하자! 아돌 몫까지 일을 끝내 놔야지!"

두 사람이 나간 순간 사우라 씨가 쭈욱 기지개를 켜며 말했다. 가, 가슴이 출렁거리는데요. 여전히 대단한 몸매다. 아니, 그게 아니고!

"저녁까지? 저녁에 뭐 있나?"

말투로 보아 그런 느낌이었기 때문에 의아했다. 그러자 사우라 씨는 '있지' 하고 웃는 얼굴로 알려주었다.

"저녁에는 회의가 시작되잖아? 아돌은 저쪽에서 두목의 목줄을 쥐는 역할이고. 우리는 기록해야 하니까."

"어? 기록? 어떻게?"

"아, 맞다. 메구는 못 들었던가. 두목은 기르의 그림자새를 데려갔거든. 스텔라라면 거리상으로도 문제없고."

"아하, 그렇구나!"

기르 씨의 그림자새. 즉 실시간으로 회의장의 상황을 들을 수 있다는 소리다. 정말로 편리하다. 아니, 그만한 거리에서도 문제없이 연결할 수 있는 기르 씨의 마력량과 기술이 흉악하다. 나도 마법을 그럭저럭 쓸 수 있게 된 덕분에 그게 얼마나 대단한 일인지 알 수 있게 되었다. 뭐, 나는 정령들에게 맡기는 자연마법을 쓰니까 근본적으로 마력 사용법이 다르지만. 그래도 기르 씨의 능력이 사기적이라는 건 알 수 있지.

"메구도 들어볼래? 합동 회의."

"어? 그치만 내가 들어도 되는 걸까?"

"물론이지. 회의라는 게 어떤 건지 아는 것도 공부가 되잖아! 교섭술도 그렇고 배울 수 있는 게 많아!"

사우라 씨가 그렇게 추천했기에 모처럼의 기회이니 실례하기로 했다. '부탁합니다!' 하고 두 주먹을 꽉 쥐고 대답하자 착한 아이라며 머리를 쓰다듬어 주었다. 헤헤헤.

"……그런 거라면 메구도 일을 잘 끝내야겠군."

"맞다!"

이어지는 기르 씨의 말에 퍼뜩 정신을 차렸다. 그래, 오늘은 의뢰하는 날이다. 그래봤자 장소는 마을 안이고, 내용도 아르바이트 수준이지만. 그래도 일은 일이니 제대로 수행해야지!

"오늘은 란의 가게에서 판매를 돕는 거지?"

"네! 그래서 오늘은 란이 특히 마음에 들어 하고 저한테 잘 어울린다고 말해준 옷을 입었어요."

그렇게 말하고 옷이 잘 보이도록 빙글 한 바퀴 돌았다. 끝단에 레이스가 달린 짧은 멜빵 치마는 움직이기 편해서 나도 마음에 든다. 멜빵이니까 위에 입은 예쁜 하얀색 셔츠도 잘 보이는 게 좋다. 오늘은 포니테일로 묶으면서 치마에 달린 것과 같은 레이스로 만든 곱창 밴드로 묶었다. 덤이라면서 란이 같이 줬다. 역시 란이다.

"웅! 오늘도 끝내주게 귀여워, 메구! 란의 가게니까 괜찮을 테지만 조심해야 한다?"

"네!"

생각해 보면 마을 안에서 혼자 일하러 갈 수 있게 될 때까지도 많은 일이 있었구나. 그 왜, 다들 과보호잖아. 아무리 마을 안이라고 해도 혼자서는 위험하다며 좀처럼 허락해 주지 않았다. 단독 의뢰를 허락해 줄 때까지 몇 번이나 보호자를 동반하고 의뢰를 수행했는지. 정말, 따라와 주는 사람들의 시간을 빼앗는 셈이라 너무 부담스러웠다고!

"무슨 일이 있으면 불러."

"웅. 기르 씨도 늘 고마워!"

그리고 현재, 내 그림자에 마법을 걸어서 언제든 기르 씨가 그림자를 통해 달려올 수 있는 상태라면 혼자서도 오케이라는 허락을 받았습니다. 그런 마법을 걸지 않아도 기르 씨는 내 위기를 막연하게 느낄 수 있으니까 바로 달려올 수 있다고 하지만, 내 그림자와 직접 이어져 있는 게 더 빠르다는 이유라고 한다. 그나저나 위기를 감지할 수 있다니 그건 그거대로 무슨 원리인 건지 신기하다. '기르 씨니까'라는 걸로 받아들였다. ……아직 과보호한다는 말은 하지 말고. 여기까지 오는 것만으로도 얼마나 오래 걸렸는지 생각하면 눈치챌 수 있을 것이다. 내가 자립할 수 있는 날은 아직 아득하다. 그런고로! 이 이상 준비할 것도 없으니 나도 의기양양하게 길드를 나서기로 했다. 아, 하지만 그 전에.

"그럼 다녀오겠습니다!"

인사는 중요하지! 씩씩하게 외치자 길드 안에 있는 사람들이 다녀오라고 대답해주었다. 다들 웃으면서 배웅해 주는 게 무척 기쁘다. 아아, 행복해라. 나도 모르게 풀어지는 얼굴을 숨기지도 않고 밖으로 한 걸음을 내디뎠다.

가는 도중 마을 사람들이 말을 걸면 인사하면서 목적지인 라그랑 키라링 테라 숍에 도착했다. 별 마크를 '키라링'이라고 읽는 굉장한 가게명이다. 이 마을은 정말로 다들 좋은 사람들이니까 별로 걱정할 필요 없다는 생각이 들긴 하지만, 외부에서 온 관광객이나 일하러 온 사람들도 있고 방심이 화를 부르는 거라며 고삐를 조였다. 몇 번 본 적도 있고 말이야. 게다가 오늘은 가게 판매원으로서 손님 호객도 해야 하니까 잘 신경 써야지!

이건 여러 보호자들에게서 귀에 딱지가 앉도록 들었다.

"어머머. 기다렸어, 메구! 그 옷을 입고 와 줬구나! 기뻐라."

"라그랑제 씨, 좋은 아침입니다! 오늘은 잘 부탁드립니다."

"인사도 완벽해! 잘 부탁해, 메구. 언젠가 이루고 싶었던 꿈이 이뤄져서 기뻐."

그리고 가게 안에서 나온 박력 넘치는 인물이 바로 라그랑제 씨, 애칭 란이다. 변함없이 화려한 복장에 티가르(호랑이) 귀와 꼬리가 살랑거리고 건장한 체격으로 몸을 살랑살랑 움직여서 존재감이 강렬한 사람이다. 하지만 팔랑팔랑한 옷이 잘 어울린단 말이지. 패션의 완성은 얼굴이다 이건가.

"꿈이요?"

란이 슬쩍 언급한 단어가 궁금해서 물어보았다. 그러자 '그래!' 하면서 얼굴을 바싹 들이대는 바람에 나도 모르게 뒤로 한 걸음 물러나고 말았다. 갑작스러워서 깜짝 놀랐어!

"메구가 여기에 막 왔을 때 내가 그랬잖아. 여기서 마스코트를 해보지 않겠냐고!"

"아. 그랬었지!"

하지만 그때는 같이 있던 기르 씨와 케이 씨가 바로 기각했다. 혼자 길드 밖에 나가는 건 말도 안 된다면서. 하지만 덕분에 오르투스의 마스코트로 취임할 수 있었으니 지금의 내가 있는 건 란 덕분이라고 해도 과언이 아니다.

"그러니까 드디어 우리 가게의 마스코트를 해주게 되어서 너무너무 기뻐. 오늘 하루 한정이지만."

"에헤헤. 저도 이렇게 가게를 돕게 되어서 기뻐요! 오늘 하루 화이팅!"

"으으음, 귀여워라! 잡아먹고 싶어."

"흐억?! 맛 없어!"

코앞에서 혀를 날름거리는 걸 보고는 무심코 진심으로 떨면서 두 손을 붕붕 내저었다. 그걸 본 란이 까르륵 웃으며 농담이라고 했지만……. 눈이 조금 진지했던 건 내 착각일까? 그리고 내 그림자가 아주 조금 흔들린 것 같은 느낌이 든 것도 착각이라고 믿고 싶다. 기르 씨……. 한바탕 해프닝과 함께 오픈까지 앞으로 조금 남은지라 서둘러 가게에 들어가 내부를 확인했다. 조금 전 대화를 봤던 건지 스태프 언니가 웃으며 가게 안을 친절히 안내해 주었다. '귀여워서 놀린 것뿐이야'라고 말해줘서 그제야 안심했습니다. 으으, 란도 참 짓궂기는!

"안녕하세요! 어서 오세요!"

내가 맡은 일은 가게 앞에서 씩씩하게 인사하는 것! 가게에 들어올지 말지 망설이는 사람을 보는 대로 인사하면 된다고 해서 그대로 따라 하고 있지만, 고작 이런 걸로 충분할까? 조금 불안하다. 인사만 하고 사례금을 받는 건 면목이 없다고 해야 하나. 그렇게 따지면 평소 하는 일도 비슷비슷하지만. 훌쩍.

"어라? 메구잖아. 왜 여기 있어? 도우미?"

"네! 오늘은 란네 가게 직원이에요."

손님 1호는 단골 부인. 란의 가게는 가성비 라인에서 고급품까지 풍부하게 갖추고 있기 때문에 다양한 계층의 손님이 온다.

그리고 이 부인은 적당한 가격대의 옷을 매번 사 가는 손님이다. 물론 이건 란이 알려준 정보지만, 사실 길드의 경식 코너에도 자주 오는 사람이라 나와도 아는 사이였다.

"내일 갈까 고민했는데, 오늘 오길 잘했네. 메구가 있다니 오늘은 운이 좋은 날이야."

"에헤헤, 감사합니다! 저도 기뻐요!"

항상 생글생글 친절하게 웃으면서 잔뜩 칭찬해 주는 이 부인을 나도 좋아한다. 겉모습과 행동, 말투에서도 온화한 성품이 전달되는 느낌. 살랑살랑 봄바람 같아서 어쩐지 치유된다. 둘이서 서로를 보며 생글생글 웃었다.

"우후후, 부인도 참 운이 좋네."

"란, 미리 알려주면 좋았잖아. 아, 하지만 사전 공지를 했다간 가게가 혼잡해졌겠네."

"정답. 다들 메구를 보려고 몰려들 거 아냐. 나야 기쁘지만 메구가 너무 바빠지는 건 불쌍하잖아?"

"맞아. 하지만 메구가 가게 앞에 있기만 해도 금방 사람이 모여들 것 같은데?"

부인과 란이 담소를 시작했다. 어? 그렇게 영향이 있을까? 란의 가게는 원래 인기 가게니까 내가 있다는 이유만으로 그렇게까지 바뀌진 않을 것 같은데. 하지만 아는 사람은 반가워서 와줄지도 모른다.

"본인에게는 자각이 없는 것 같지만."

"어머나. 메구, 너는 네 생각보다 훨씬 인기인이란다."

"그, 그래요? 제가 아직 어린애니까 다들 친절하게 대해 주는 거 아닐까요?"

그래, 아직 어린아이니까. 아이는 귀중하고, 나는 오르투스의 길드원들이 아끼는 아이니까 더욱 소중히 여겨야 한다고 생각하는 거겠지. 어른이 되어서 의젓해지고 나면 달라지지 않을까?

"겸손하네……."

"그러네. 메구가 착한 아이니까 다들 좋아하는 거란다. 적어도 나는 예의 바르고 항상 웃으면서 열심히 노력하는 메구니까 좋아해."

"아으, 그게, 감사합니다……!"

직설적인 칭찬에 쑥스러워졌다. 그렇구나. 그런가? 하지만 부인의 말은 내가 그렇게 되려고 노력하는 부분이기도 하니까 인정받은 것 같아서 아주 기쁘다. 그래, 기쁘다. 그렇잖아? 그, 나는 외모가 미소녀잖아? 아니, 자만이 아니고! 객관적으로 봐서. 하지만 그건 어쩔 수 없는 부분이다. 조각처럼 아름다운 마왕과 아무튼 아름다웠다고 하는 하이 엘프 엄마에게서 태어났으니까 그렇게 될 만도 하잖아? 엄마의 모습을 제대로 본 적은 없지만 하이 엘프라는 것만으로도 종족 특성상 미인 확정인 셈이고. 그래서 뭐, 외모라는 측면에서 축복을 받았다는 건 알고 있다. 하지만 그렇기 때문에 나에게는 그것밖에 없다고 보이는 건 싫다. 귀여우니까 용서해 준다거나, 아무것도 안 해도 된다거나, 그런 건 인형과 다를 게 없고 나답지도 않다. 내가 할 수 있는 일은 최선을 다하고 싶고, 그게 좋아하는 사람들에게 도움이 된다면 더욱 노력하고 싶다. 애초에 나다움이라는 건 그것밖에 없는 느낌도 들고. ……아니 뭐, 그게 지나쳐서 사축 루트를 밟고 과로사했다는 전과가 있긴 하지만. 괜찮다. 과거의 잘못을 반복하진 않을 거니까. 간신히 이 몸의 한계나 어느 정도가 무리하지 않는 선인지 알게 되었으니까. 게다가 내가 눈치채기 전에 막아주는 보호자도 있고. 물론 무리는 하지 않지만, 나는 나답게 다양한 일에 도전하고 눈앞의 일에 최선을 다해 노력하려고 한다.

새삼 그렇게 다짐했기 때문에 의욕적으로 호객을 계속했는데. 그 결과 현재 가게는 사람으로 득시글합니다. 어, 어라? 중간에 란이 제지한 뒤로 가게 안으로 들어가 상품 정리 등 내부 일을 맡게 되었지만……. 그래도 손님이 오고, 또 오고, 또 또 온다. 덕분에 엄청 바빠!

"역시 메구가 있다는 소문이 퍼졌구나. 예상했던 것보다 더 효과가 커……."

란이나 다른 종업원들 모두 기쁨의 비명을 지르고 있다. 지금은 가게에 입장 제한을 걸어놓은 상태다. 참고로 내가 있으니까 나를 만나러 왔다는 사람이 많은 것 같기는 하지만, 다들 상품도 꼬박꼬박 사 갔다. 그냥 만나러만 온 사람은 없는데…….

"옷을 사는 게 메구를 만나기 위한 대가 같은 게 되어버렸어. 우리는 윈도 쇼핑도 환영인데……."

그렇다. 상품을 잘 보지도 않고 '그럼 이걸로 줘'라며 조금 무례한 사람도 일부 있다는 게 골칫거리였다. 구매는 했으니 가게로서도 쫓아낼 수도 없다는, 참으로 답답한 상황. 뭐지. 나 오히려 가게를 방해하는 거 아니야?

"란, 죄송해요……. 나 일단 돌아가는 게 나으려나."

왜 이렇게까지 나를 보러 오고 싶은 건지는 이해할 수 없지만, 이 사태를 내가 초래했다는 것쯤은 안다. 매출에는 공헌했겠지만 이렇게까지는 원하지 않았고, 순수하게 가게의 장점을 이해해 주지 않는 게 슬프다. 물론 가게의 팬이라서 오는 사람도 많이 있었지만! 일부 매너가 나쁜 사람이 있으면 아무래도 좀.

"무슨 소리야! 메구가 사과할 이유는 하나도 없어! 예상이 안 이했던 내 책임이지. 하지만, 그래. 너무 혼잡해서 위험하니까 잠시 휴식할 겸 돌아가는 게 괜찮을지도 모르겠네."

결코 폐가 되기 때문이 아니며 오히려 이렇게 많은 손님을 불러줘서 기쁘니까 절대 착각하지 말라고 거듭 당부하는 란. 란도 참, 내 성격을 잘 아는구나. 실제로 침울해하고 있었으니까. 하지만 그렇게 말해준 란의 마음에 거짓이 없다는 걸 느꼈다. 그러니 나도 풀이 죽어 있으면 안 된다.

"바쁠 때 빠져서 죄송합니다. 또 타이밍을 봐서 돌아올게요!"

"후후, 정말 착한 아이구나. 그래, 푹 쉬고 와. 기다릴게."

가게는 여전히 바쁘니까 여기서 시간을 빼앗으면 안 되지! 그걸 란도 알아차리고 바로 배웅해 주었고, 나는 뒷문으로 몰래 가게에서 빠져나왔다. 후우, 공기가 맛있구나. 그나저나 정말로 사람이 많아서 힘들었고 종업원들도 분명 진이 빠졌을 테니까 돌아올 때는 뭔가 먹을 거라도 가져와야겠다. 사과도 겸해서! 기분 전환해서 가자! 뭘 가져오는 게 좋을까?

4 회의날

"메~구~야?"

가게에서 나와 잠시 걸었을 때 등 뒤에서 목소리가 들렸다. 아, 이거 좋지 않은 목소리라는 걸 분위기로 알아차렸다. 사실 가끔 이런 식으로 말을 거는 사람이 있다. 나는 오르투스 소속이지만 아직 어린아이이니까 노리기 쉽다고 생각하곤 한다. 즉 이런 부류의 사람들은 나를 이용하려고 하거나, 납치하려고 하거나 둘 중 하나인 경우가 많다. 어쨌거나 좋지 않은 생각을 하는 타입이란 소리다. 이번에는 뭐가 목적일까 생각하며 당장이라도 대응할 수 있도록 몸을 돌려 상대를 보았다.

"아아아, 정말로 귀여워 너무너무 귀여워……. 같이 가서 우리와 함께 살자. 응? 그러자."

아, 변태였군요. 전신에 소름이 쫙 돋았다. 대처할 수는 있지만 싫다, 무섭다고 느끼는 건 어쩔 수 없다. 무심코 얼굴도 굳어버렸다. 으으, 이런 사람들이 이 마을에 오는 건 참 싫다. 여기는 정말로 좋은 마을이라 더 그렇다. 사는 사람들도 자주 오는 사람들도 다 친절하고. 조금 매너가 별로인 사람은 있어도 기본적으로 선량하다. 그러니 이 사람들은 외부에서 온 사람들이라는 걸 바로 알 수 있었다. 세 명인가. 어른 셋이 어린아이 한 명을 상대로 무슨 짓을 하려는 걸까. 기분이 우울해진다. 그야 세상에 좋은 사람만 있을 수는 없지. 하아.

"라이, 료쿠."

『알았어! 찌릿하게 하면 되는 거지?』

『네에, 잡으면 되는 거지이?』

나는 즉각 정령들을 불렀다. 이럴 때는 망설이면 안 된다고 어른들에게 수도 없이 들었으니까. 만약 내 착각이었다고 해도 착각하게 만든 상대방 잘못이며, 신경 쓰인다면 나중에 얼마든지 사과하면 되니까 주저 없이 선수를 치라고. 양심은 위험으로 이어진다. 게다가 책임은 자기들이 질 테니까 사양하지 않아도 된다나. 하지만 아무리 그래도 다치게 하는 건 내키지 않으니까 의식을 빼앗고 구속하는 게 내 한계다. 무르다고? 그렇긴 하지만, 이것만큼은 어떻게 안 되더라!

『간다, 찌릿찌릿!』

라이가 가벼운 전격으로 세 명을 공격했다. 그걸 지켜본 후 나는 료쿠를 향해 작은 씨앗을 던졌다.

『다음은 내 차례지이. 빙글빙글! 끝. 다 했어, 메구 니임.』

씨앗이 발아하여 순식간에 덩굴로 성장했다. 료쿠가 그 덩굴을 조종해서 감전당해 움직이지 못하는 어른들을 구속. 훌륭한 연계 플레이다!

"둘 다 고마워. 덕분에 살았어!"

유능한 내 정령들. 내가 이미지를 살짝 전달하기만 해도 착착 처리해준다. 노란색의 소형 토끼 모습인 번개의 정령 라이(雷)하고 녹색의 작은 개구리 모습인 덩굴의 정령 료쿠(綠)다. 작명 센스? 그게 뭔가요. 이렇게 무사히 수상한 사람을 붙잡고 나자 내

발치의 그림자가 흔들렸다. 보호자가 도착한 모양이다. 휴.

"메구! ……이 녀석들인가."

"기르 씨."

그림자에서 슥 나타난 기르 씨가 덩굴에 묶여 기절한 삼인조를 절대영도의 시선으로 힐긋 쳐다보았다. 와우, 박력!

"아무 짓도 안 당했지?"

하지만 바로 이쪽으로 고개를 돌려 내 안부를 물어보는 기르 씨에게 즉각 괜찮다고 대답했다. 평소 후드에 마스크를 쓴 스타일이라 알아보기 어렵지만, 내 대답을 듣고 눈매가 살짝 부드러워진 것처럼 보였다.

"메구도 든든해졌구나."

"흐흥. 나도 오르투스의 일원인걸!"

기르 씨가 다정하게 칭찬하며 내 머리를 쓰다듬어주었기에 기뻐서 가슴을 폈다. '그래' 하고 대답해 주는 게 한층 기쁘다. 물론 아직 한참 멀었다는 건 안다. 오르투스에 소속된 사람은 항상 향상심을 지니는 것이 규칙이니까! 정진하고 말고요.

"곧 주둔소에서 사람이 올 거다. 이 녀석들을 회수해 가겠지."

"그렇구나……. 대화해야만 하나?"

마대륙에는 치안 유지를 위해 각국에 경비대가 배치되어 있다. 범죄자는 이 경비대가 연행해서 사건을 처리해 준다. 주변국에 비해 상당히 작은 나라인 릴트레이. 그중에서도 이 마을은 마대륙에서 가장 치안이 좋은 마을로 유명하다. 이것도 다 오르투스의 본거지가 있기 때문이라고 불린다. 그래서 범죄자가 나

타나는 일 자체가 드물다고 들은 적이 있다. 사실 이 마을에서 이런 사건에 휘말리는 게 이걸로 여덟 번째인데……. 다른 나라는 더 위험하다고 생각하니 무섭다.

"그림자새를 두고 가지. 이 자리에서 설명할 필요는 없어."

"앗, 그럼 나도. 쇼!"

과보호 기르 씨라면 당장에라도 길드로 돌아가려고 할 게 대충 보였다. 하지만 피해자라고도 할 수 있는 내 증언이 없는 건 좀. 따라서 내 첫 계약 정령, 쇼의 등장입니다!

『짜잔!』

내가 부르자 바로 전신이 분홍색인 인간형 정령이 나타났다. 목소리의 정령인 쇼라면 여기서 오간 대화를 그대로 전달할 수 있다.

"곧 여기에 주둔소 사람들이 올 테니까, 지금 오간 대화를 가르쳐 줘. 그림자새를 통해 부탁할 테니까 그 타이밍에. 할 수 있어?"

『그 정도야 쉽지!』

쇼는 임무를 맡기면 항상 이렇게 기쁘다는 듯 빙글빙글 날아다닌다. 의지해 줘서 기쁘다며 춤을 추는 것이다. 귀여워라. 대화가 마무리되자 그림자새와 쇼를 그 자리에 두고 우리는 길드를 향해 걸었다. 지금은 옆에 기르 씨가 있으니까 안심감이 장난 아니다. 혼자서 걷는 것도 딱히 아무렇지도 않거든? 하지만 역시, 이런 일이 일어난 뒤엔 든든함이 더욱 잘 느껴진단 말이지! 잠시 걷자 바로 주둔소 사람이 현장에 도착했기에 걸으면서 기르 씨가 그림자새를 통해 대화하기 시작했다.

『기르 씨. 항상 감사합니다! 보고에 따르면 여기서 오르투스의 메구 씨가 위험에 처했다고 들었는데……. 다친 곳은 없었습니까?』

"그래, 직접 격퇴했으니까. 그 녀석들을 잡은 것도 메구다."

『네!?』

아무래도 내가 변태를 격퇴할 수 있을 만큼 강해진 줄은 몰랐던 모양이다. 이렇게 놀라는 반응도 익숙했다. 현장에 달려오는 사람도 매번 같은 사람이 아니니까. 이 사람들은 나와 관련된 사건 처리는 처음인 모양이다. 뭐, 나는 생긴 게 이러니까 놀라는 마음도 이해가 간다.

"지금부터 그곳에 잇는 정령이 사건 당시를 재현할 거다."

『저, 정령이요……? 하지만 저희는 정령이 보이지 않는데요?』

"문제없어."

목소리만으로도 당황한 게 전해졌다. 어째 죄송합니다. 거기에 남아있었다면 설명도 간단했을 테지만, 당장 돌아간다는 기르 씨의 흔들림 없는 의지를 느낀 나로선 따라간다 말고 다른 선택지는 없었거든……. 기르 씨가 나에게 눈으로 신호를 보내자 나는 그림자새 너머로 쇼에게 지시를 내렸다.

"쇼, 그 자리에서 있었던 일을 가르쳐줘."

『알았어!』

그림자새 너머로도 쇼의 목소리가 들리는 거, 처음에는 깜짝 놀랐었지. 정령의 목소리는 귀로 듣는 게 아니라 마음으로 듣는다는 느낌이니까 들리는 게 당연하긴 하지만, 처음 들었을 때는 뭔가 의외였다. 아무튼. 지시를 받은 쇼는 바로 사건의 기승전결을 완벽하게 재현했다. 목소리만이라고는 하나 음색도 그대로 재현하니까 신빙성은 탁월하다. 뭐, 정령이라는 것만으로도 거짓말이 아니라는 증명도 되지만. 정직한 사람이 아니면 정령은 말을 듣지 않는다는 건 이 세계의 상식 같은 거니까!

"……역시 밟아놨어야 했나."

변태들이 나를 꼬드기는 목소리를 듣고 기르 씨 주변의 온도가 2도 정도 내려간 느낌이 든다. 지, 진정하고!

『괴, 굉장하네요……. 하지만 잘 알았습니다. 협력 감사합니다. 그나저나 정말로 조심하세요. 메구 씨는 표적이 되기 쉽다고 들었으니까요.』

"어? 저요?"

쇼의 보고를 다 들은 주둔소 사람이 그렇게 말했다. 역시 어린아이고 엘프라서 그런가.

『네. 이 마을 자체는 정말로 평화롭습니다. 마대륙 구석에 있는 작은 나라고, 오르투스 여러분도 계시니까요. 하지만 메구 씨를 노리고 이렇게 먼 곳에서 굳이 찾아오는 자들이 늘어났습니다. 메구 씨의 정보가 마대륙 전역에 퍼져서, 어중간한 정보를 가진 어리석은 자들이 열심히 찾아오는 거겠죠.』

"히익."

왜 멀리서 굳이?! 그만한 열정이 있다면 다른 곳에 쏟아부으라고! 그래서 이렇게 평화로운 마을인데도 요즘 들어 자꾸 이런 사건을 겪었던 거야? 너무 정열적인 변태들 이야기에 나도 모르게 괴성이 새어나갔다.

"……성가시군."

기르 씨 주변의 온도가 한층 내려갔다. 그, 그러니까 진정하라고!

『저희도 조심은 하고 있지만, 완벽하지는 못해서…… 죄송합니다.』

"아니, 어쩔 수 없지. 우리도 독자적으로 경계하겠어. 게다가 신병을 구속할 수 있는 건 경비대가 존재하는 덕분이지. 계속해서 잘 부탁한다."

『네, 넵!』

그래, 범죄자나 수상한 사람들을 발견해서 잡는 것까지는 오르투스에서도 하고 의뢰도 온다. 하지만 그 후 처분은 나라의 관할이다. 오르투스는 어디까지나 의뢰 수행까지. 처분까지 이쪽에서 해버리는 건 힘의 균형이 무너지니까. 역할분담은 중요하다. 설령 오르투스가 우수한 인재를 더 많이 갖추고 있다고 해도, 그걸 모두 알고 있다고 해도 그렇다. 그리고 아빠의 방침에는 나라와 적대하지 않는다는 게 있다. 국가 수장이 상당한 인격자라는 게 큰 것 같지만. 상부상조, 세상을 잘 살아가려면 그런 밸런스 조절도 중요하다나. 고잉 마이 웨이인 아빠라고 해도 그런 부분은 제대로 하고 있단 말이지. 뭐, 권력자와 엮이는 건 귀찮으니까 적당한 거리감을 유지하고 있다는 게 가장 큰 이유일 것 같은 느낌이 들지만.

아무튼 그래서, 이번 변태 사건은 이것으로 끝. 경비대에 인도하고 사정도 설명했으니까, 어지간한 이유가 없는 한 우리는 이 이상 관여하지 않는다. 변태를 보고 아무렇지도 않은 건 아니지만 실질적 피해는 없었으니까. 오히려 내가 그 사람들의 의식을 빼앗았고. 정당방위지만.

"역시 혼자서 다니게 하는 건 재고하는 게 낫나……?"

옆에서 걷는 기르 씨에게서 그런 중얼거림이 들렸다. 이, 이건 큰일이다! 나는 바로 기르 씨를 향해 몸을 획 돌리고 주장했다.

"괜찮아! 나 제대로 대처했잖아? 다치지도 않았고, 다치게 하지도 않았고. 나도 내 몸은 내 힘으로 지킬 수 있게 되고 싶은데다 이것도 수행이 될 거야!"

기세에 맡겨서 하고 싶은 말을 쏘아버렸다. 그래서인지 기르 씨가 눈을 조금 크게 뜨고 놀랐다. 그걸 보고 정신을 차리는 나. 아, 그게, 걱정하지 말라고 벽을 세우는 건 아니고!

"위험한 것 같으면 바로 도와달라고 할 거야! 그러면 금방 와준다는 걸 아니까. 아까도 바로 왔고, 그게, 그러니까, 기르 씨나 다른 사람들을 믿고는 있거든? 걱정해 주는 것도 잘 알아. 하, 하지만 뭐라고 해야 하나, 그게."

뭔가 말을 할수록 어휘력이 저하되는 느낌이 든다. 횡설수설 변명하는 어린아이 같다. 어린아이 맞지만. 그래도 이런 나를 이해해주는 게 이 사람이다.

"……지나치게 걱정해서 메구의 가능성을 꺾어버리게 된다는 거군. 잘 알았어."

멈춰선 기르 씨가 내 앞에 무릎을 꿇고 시선을 맞췄다. 내 눈을 똑바로 바라보면서 내 의사를 존중해주었다.

"걱정한 나머지 폭주하고 말았어. 미안하다. 메구가 믿어주고 있으니 나도 마찬가지로 메구를 믿어야만 하지."

"기르 씨……."

　살짝 시선을 내리고 사과하는 기르 씨를 보고 어째서인지 가슴이 조여들었다. 나는 그런 기르 씨의 손을 두 손으로 살며시 붙잡았다.

"내가 아직 믿음직스럽지 못한 것도 문제일 거야. 기르 씨, 기르 씨도 그렇고 다들 나는 괜찮다고 생각할 수 있도록 앞으로도 열심히 할게. 그러니까 답답할지도 모르지만……."

　제대로 사과해 준 기르 씨에게 나도 제대로 말해야 한다고 생각했다. 그래서 기르 씨를 똑바로 바라보며 그렇게 말했다. 그러자 기르 씨도 자연스럽게 내 말을 이어받고는…….

"그래. 메구를 믿고 지켜볼게. 그리고 정말로 위험할 때는 바로 달려갈게."

　내가 가장 원하던 말을 주었다. 지켜본다는 건 사실 굉장히 용기가 필요한 일이다. 나는 부모가 된 적이 없고 어린아이와 엮일 기회도 없었지만, 후배를 키우는 건 경험했으니까 대충 안다. 언젠가는 혼자서 하게 내버려 두어야만 하는 날이 온다는 걸 염두에 두어야만 한다. 따라서 할 수 있는 일은 하지만, 여차할 때는 본인이 노력하게 둘 수밖에 없다. 손을 내미는 건 쉽다. 내가 하면 순식간에 끝나버릴지도 모르지만, 지켜보면서 상대방이 자력으로 하지 않으면 의미가 없다. 설령 실패해도. 상대방이 어린아이라면 그야 걱정도 되고 손을 내밀고 싶어지기도 하겠지. 특히 나는 위험이 계속 따라다녔는걸. 하지만 해야 한다. 자립하기 위해서도. 자신을 위해서도.

"고마워, 기르 씨!"

분명 나는 정말로 위태로워 보일 것이다. 오르투스 사람들은 특히 유능하니까 나를 보면서 안절부절 조바심이 나겠지. 하지만 이렇게 지켜봐 주고, 여차할 때 도와준다. 그런 그들에게 고마운 마음으로 가득하다. 무의식중에 와락 끌어안은 나를 살며시 마주 안아주는 품속에서 그런 행복을 선명하게 재확인했다.

기르 씨와 오르투스에 돌아온 나는 점심을 먹었다. 기르 씨는 식사한 뒤 바로 또 일하러 갔다. 일하던 도중에 달려왔으니까. 폐를 끼쳤습니다……! 내가 점심을 먹고 난 뒤 다시 란의 가게에 가는 걸 끝까지 걱정했지만, 아까 이야기한 것도 있다 보니 오늘은 이제 가지 말라고는 하지 않았다. 얼굴에는 사실은 보내기 싫다는 게 드러나 있었지만! 뭐, 나도 솔직히 말해서 오늘은 좀 무섭다. 방에 틀어박혀 있고 싶은 기분이다. 하지만 기르 씨가 열심히 자식에게서 독립하려고 하고, 무엇보다 내가 믿어달라고 말해 놨으니 물러날 수도 없었다. 게다가 무서운 일이 있었을 때야말로 바로 행동하지 않으면 공포가 더 커지니까. 지금은 기합을 팍 넣고 가야지! 란과도 이따 보자고 약속했고!

『우리가 계속 주인님과 같이 있어 줄게!』

『나도 곁에 있다. 주인, 걱정할 필요 없다.』

『나도! 주변 경계는 맡겨줘!』

"호무라, 시즈쿠, 후우……! 든든해라! 고마워."

내 불안을 알아차린 건지 부르기도 전에 나타난 정령들이 나를 격려해주었다. 너무 착한 아이들이라니까!

『물론 나도 있어! 공격이나 그런 건 못하지만…….』

"쇼가 있으니까 다른 아이들에게 내 뜻이 잘 전달되는 거야! 쇼는 아주아주 든든해!"

그때 목소리의 정령인 쇼가 조금 풀이 죽어 있길래 재빨리 위로했다. 정말 크게 도움받고 있거든? 내 자연 마법 실력이 좋아진 건 쇼 덕분이라고 해도 과언이 아니니까. 그런 내 마음의 목소리도 들은 쇼는 순식간에 기운을 회복해서 자기도 열심히 하겠다며 머리 위를 빙글빙글 날아다녔다. 후후, 귀여워!

그런 든든한 아군 덕분에 정신적으로 무적이 된 나는 점심시간을 넉넉하게 잡은 후 무사히 란의 가게로 돌아갈 수 있었다. 아무 일도 없이 가게에 도착해서 안심했어! 여전히 대성황 상태니까 여기서 내가 나가는 건 좋지 않겠지. 따라서 가게 뒷문으로 들어가 후방을 도왔습니다. 사이즈나 색이 다른 옷을 찾아서 가져가기, 재고 확인 등 할 수 있는 일은 많이 있었다. 하지만 평소 일하는 사람과 비교한다면 요령도 없고, 실패할지도 모르고, 이래저래 느린 나. 그런데도 꿋꿋하게 고맙다고 말해주는 스태프 여러분이 천사로 보여요……! 바쁜 와중에 짜증 내지 않고 그런 식으로 말해 주다니. 본받아야지.

폐점 시각이 다가오자 해가 저물기 전에 돌아가라는 란의 호의를 받아들여 오늘의 일은 종료. 꿈이 이뤄져서 기뻤다는 란이 눈물을 글썽거려서 나도 덩달아 울었다. 울보인 건 변하지 않았습니다, 죄송합니다. 한바탕 소동을 일으키긴 했지만 또 도우러 오고 싶다!

"지금 막 돌아왔습니다!"

길드에 돌아와 씩씩하게 인사. 여느 때는 이 인사를 듣고 '다녀오셨어요!'라고 말하는 쪽이니까 사실은 이렇게 인사하는 걸 좋아한다. 다들 '다녀왔어?' 하고 웃으면서 반겨주는 게 간지럽고 기쁘거든! 에헤헤.

"오, 메구잖아. 오늘은 밖에서 일했어? 별일이네."

"오웬 씨! 그게, 란의 가게를 도우러."

"그렇구나."

내 오아시스가 된 전용 카운터로 향하던 도중 보기 드문 사람이 말을 걸었다. 오웬 씨는 와일드한 타입의 이목구비에 조금 가벼운 사람이라는 인상이다. 보조계 마법이 특기인 수호날다람쥐 아인으로, 쌍둥이 동생 와이엇 씨와 자주 같이 행동한다. 그리고 이게 가장 중요한 정보인데, 오웬 씨는 메어리라 씨를 짝사랑하고 있다! ……진전은 없어 보이지만. 메어리라 씨가 오웬 씨의 마음을 순순히 받아 들여주지 않기 때문이다. 철저히 거부하고 있는데, 메어리라 씨도 오웬 씨에게 마음이 있다는 건 주변에 있는 사람들에게는 훤히 보인단 말이지. 그래서 발을 동동

구르며 두 사람의 대화를 지켜보게 되는 요즈음. 잘 풀리는 날이 오면 오웬 씨의 보고를 꼭 듣고 싶다.

"메구는 저녁 회의에 참석한다며?"

"네! 오웬 씨도 참석하는 거야?"

합동 회의가 시작하는 건 해가 저물 무렵. 즉 얼마 안 남았다. 참석한다고 해도 듣기만 하는 것뿐이지만.

"아니, 나는 안 가. 아마 무투대회에 대한 회의일 거잖아? 그 시기엔 주요 인물이 대회에 나간다면 길드를 지킬 수 있는 사람이 남아야만 하니까. 나는 대회 동안 길드 경비를 맡을 예정이야. 결정된 사항만 나중에 들려주면 충분해."

그렇구나. 무투대회라서 강한 사람들이 다들 대회에 가 버리면 그동안은 길드의 수비가 약해진다. 보안 시설이 철저히 갖춰진 오르투스이긴 해도 무방비해지는 건 좋지 않지. 언제 누가 방문할지도 모르고, 문제가 일어나지 않는다는 보장은 어디에도 없다.

"그러니까 오르투스는 맡겨줘. 모처럼 열리는 무투대회니까 메구도 즐기고 와."

어쩐 무투대회가 열리는 게 확정된 것 같은 말투였다. 나도 예지몽으로 기르 씨와 리히토가 싸우는 걸 봤으니 확정이겠지만. 아무튼 오웬 씨의 말은 참으로 든든했다. 역시 오르투스의 차세대를 짊어진 멤버 중 한 명이구나.

"그럼 재밌는 이야기 많이 듣고 올게!"

"응, 기대하마."

그렇게 말하며 씩 웃은 오웬 씨는 내 머리를 가볍게 토닥토닥 쓰다듬은 후 그 자리에서 떠나갔다. 볼 때마다 가볍게 인사하거나 소소한 대화는 하는 관계지만, 이렇게 제대로 대화한 건 처음인지도 모른다. 참 털털한 사람이네. 메어리라 씨는 왜 싫어하는 걸까? 역시 분위기가 좀 날라리 같아서 그런가? 옛날에는 이 사람 저 사람 많이 만나고 다녔다고 해도 지금은 메어리라 씨 일편단심인데. 상당히 답답한 두 사람이다. 복잡한 연애 감정을 전혀 모르는 나는 아무런 말도 할 수 없지만!

"메구."

오웬 씨가 떠난 뒤 마이 카운터에서 쉬며 길드에 오는 사람들에게 인사하고 있었더니 기르 씨가 이쪽을 향해 빠르게 걸어왔다. 얼굴에 걱정했다고 적혀있다. 기본적으로 표정을 읽기 어려운 사람인데 이렇게나 쉽게 알아볼 수 있는 건 항상 같이 있기 때문인가?

"기르 씨, 다녀오셨어요! 그 후에는 딱히 별일 없었어."

나는 씩씩하다고 어필하기 위해 두 팔을 굽혀서 힘자랑 포즈! ……팔근육은 없다. 안정적인 말랑살이다. 이상하네. 그렇게 열심히 수행했는데.

"그래, 다행이야……. 다녀왔어."

안도한 듯 미소 짓는 기르 씨는 외출 모드에서 휴식 모드로. 즉 후드와 마스크를 벗고 그렇게 말했다. 항상 이 순간에 짜릿함을 느낍니다. 감사합니다.

"그럼 응접실로 갈까."

"네!"

기르 씨가 돌아왔다는 건 슬슬 시각이 됐다는 소리다. 나도 기르 씨와 같이 가기 위해 여기서 돌아오는 걸 기다리고 있었던 거고. 드디어 특급 길드 합동 회의가 시작된다. 조금 긴장되는 구나. 회의를 여는 장소는 회의실이 아니냐고? 응접실은 분위기가 편하거든. 별다른 지정이 없는 경우엔 응접실에서 모일 때가 많다. 다들 딱딱한 건 싫다는 거지! 끼리끼리 논다잖아.

"앗, 왔구나!"

기르 씨가 응접실 문을 조작해서 열자 그곳에는 이미 다들 모여있었다.

"……저쪽도 곧 전원이 모일 것 같은 분위기다. 두목과 아돌은 이미 도착했어."

"그래. 기르가 맞춰서 올 걸 알고 있었으니까 걱정 안 했어."

아하. 기르 씨는 그림자새를 통해 현장의 상황을 알 수 있다고 했지. 서두르는 기색이 없었던 건 아직 회의가 시작되지 않았다는 걸 알기 때문이었나. 계속 말하는 거지만 참 편하다…….

"메구, 허브티 마실래?"

"앗, 쇼코롱 과자도 있어! 작은 과자니까 저녁 먹기 전이어도 괜찮지?"

"와! 그래도 돼요? 먹고 싶어요!"

내가 실내에 발을 들여놓자 자연스러운 움직임으로 케이 씨가 에스코트 해주었다. 역시 신사. 그리고 바로 맛있는 디저트를 소개해 주는 사우라 씨. 사우라 씨가 마련해 주는 과자는 항상 맛있단 말이지! 두근두근.

"다과회, 같아……."

"아, 로니!"

작게 중얼거리는 로니의 모습에 무심코 쓴웃음을 지었다. 확실히 이제부터 회의가 열리는데 그런 분위기는 아니지. 모처럼 만났으니 로니 주변에 앉았다. 아직도 평범한 의자면 테이블과 거리가 멀기 때문에 수납 팔찌에서 두툼한 쿠션을 꺼내 깔고 그 위에 앉았다. 익숙해졌습니다.

"회의라고 해도 우리는 듣기만 하는 거니까. 편하게 가자."

"네……."

케이 씨가 윙크하며 로니 앞에도 컵을 내려놓았다. 여전히 어색해하는 로니였지만, 원래 그런가 보다 하며 바로 이해했다는 듯 그 후에는 아무 말도 하지 않고 컵에 입을 댔다. 케이 씨는 스승이라서 항상 같이 있으니까. 로니도 익숙해진 건지도 모른다.

"하지만 궁금한 부분은 메모해 두거나 의견을 말해도 괜찮아. 상황을 봐서 기르가 두목에게 그 의견을 전달해 주거든."

그때 루드 선생님이 온화하게 웃으며 덧붙였다. 의견을 바로 현장에 전달할 수 있다니 좋구나! 기르 씨 덕분이다.

"음, 회의가 시작하는 모양이다. 그림자새는 중앙이면 되나?"

"그래, 부탁할게."

기르 씨의 손에서 날아간 작은 그림자새가 응접실 중앙에 놓인 책상에 내려섰다. 다들 자연스럽게 입을 다물고 경청 모드에 들어갔다. 들리는 것이라고는 달그락거리는 다기 소리 정도. 어딘지 모르게 퍼지는 긴장감. 주변을 떠도는 허브티의 향기. 참으로 괴상한 분위기다. 하지만 이 정도가 딱 좋은 건지도 모른다. 특급 길드의 수장들이 모이는 회의인걸. 새삼 대단한 사람들이란 말이지. 힘을 빼지 않으면 몸이 못 버틸 거야! 긴장을 풀기 위해서도 나는 과자를 쏙 입에 넣었다. 그래, 긴장을 풀기 위해 어쩔 수 없이…… 맛있어!

『……그럼 여러분. 먼저 이 자리에 모여주셔서 감사합니다. 나는 상급 길드 슈톨의 대표인 마르티넬시라. 마라라고 불러줘. 갑작스러운 요청이었는데 흔쾌히 승낙해 줘서 정말로 고마워.』

우물우물 과자를 먹고 있었더니 그림자새에서 오랜만에 듣는 마라 씨의 맑은 목소리가 들렸다. 목소리만 들리는 거라 잘 알 수 없지만 아마 건강한 것 같다. 온화한 분위기이면서도 목소리에는 강약이 느껴져서 리더라는 자리에 익숙해졌다는 인상이다.

『본론으로 들어가기 전에 각자 간단히 자기소개를 부탁해도 괜찮을까? 이름은 알아도 아직 얼굴과 일치시키지 못해서……. 미안해라.』

부드럽게 미소 짓는 마라 씨가 머릿속에 떠올랐다. 기억 속 모습과 달라진 건 없겠지. 하이 엘프니까.

『좋아, 그런 거라면 먼저 나부터 할까. 새삼 제대로 인사한다는 의미에서도 딱 맞겠지.』

마라 씨의 요청에 즉각 반응한 사람은 아빠였다. 목소리로 바로 알아봤다. 회의를 원활하게 진행시키기 위해서 나선 거겠지. 나이스.

『특급 길드 오르투스의 두목 유진이다. 그리고 이쪽은…….』

『네. 오르투스 내부에서 일하고 있습니다. 아돌포리엔이라고 합니다. 잘 부탁드립니다.』

편한 느낌인 아빠와 다르게 아돌 씨는 어딘가 긴장한 듯한 느낌이 드는 목소리였다. 굉장한 사람들 사이에 있으니까 무리도 아니지. 그런데도 제대로 인사할 수 있다니 대단해! 나였다면 버벅거렸다.

『그럼 다음은 우리가. 나는 특급 길드 애뉼러스의 헤드 디에가다. 이쪽은 경리인 애슐리. 낯가림이 좀 심하지만 유능하니까 데려왔어. 아마 한마디도 안 할 테지만 너그럽게 봐줘.』

다음으로 인사한 건 전에 들은 적이 있는 낮은 목소리. 룬과 구트의 아버지인 디에가 씨다. 같이 있는 사람은 낯을 가리는구나. 긴장도 될 테고. 그 마음 이해합니다!

『다음은 우리인가. 특급 길드 스텔라의 치프 셰자리오입니다. 저희 본거지까지 찾아와 주셔서 감사합니다.』

『저는 스텔라의 이자크라고 합니다. 치프의 보좌를 맡고 있습니다. 잘 부탁드립니다.』

이어서 인사한 건 스텔라의 두 사람. 말투에서부터 격식이 전해진다. 그리고 이 젊은 목소리가 루드 선생님의 조카라는 이자크 씨인가. 루드 선생님과 목소리가 조금 비슷한 것 같기도 하다. 말투는 전혀 다르지만.

『그럼 마지막은 저희로군요. 마왕성 대표, 마왕 자하리아슈 님의 오른팔 크론크비스트입니다. 크론이라고 불러주십시오.』

『마, 마찬가지로 마왕성 대표인 리히토입니다. 자, 잘 부탁드립니다.』

저기요! 마왕성에서는 이 두 사람입니까! 머릿속으로 강렬한 태클을 걸어버렸잖아! 어? 대체 무슨 기분으로 단둘이 이동한 거야? 너무너무 신경 쓰인다. 아니, 이거 아버지가 꾸민 짓이지? '크론 몫까지 내가 일을 끝내놓겠다' 같은 소릴 하면서 설득했을 게 틀림없다. 그래서 '그러실 수 있다면 평소에도 해주십시오'라며 크론 씨가 어깨를 축 떨구는 모습까지 보였다.

『다들 고마워. 그럼 본론으로 들어갈게. 하지만 그 이야기를 하기 위해서는 슈톨의 본거지가 있는 세인슬레이의 근황을 조금 설명할 필요가 있어. 들어줄래?』

회의에 참석한 전원의 자기소개가 끝난 듯한 타이밍에 마라 씨가 다시 발언하기 시작했다. 마라 씨는 혼자인 것 같지만 예정대로 각 길드에서 두 명씩 온 모양이다. 마왕성의 두 사람도 포함하면 총 아홉 명인가. 그렇게 많은 인원은 아니지만 쟁쟁한 멤버들이구나.

『약 40년 전이었던가. 어느 날 마물이 살짝 폭주할 뻔한 적이 있었지? 기억해?』

그 사건을 말한다는 걸 바로 알아차렸다. 뭐냐고? 내가 아직 오르투스에 막 왔던 무렵. 하이 엘프 마을에서 할아버지인 셰르멜호른과 싸웠던 그 사건이다. 어쩐지 그리운 느낌도 들지만 최근에 있었던 일 같기도 하다. 그 사건이 있었기에 지금의 슈톨이 있는 거지. 그때 엄마인 옌나리에아르의 죽음을 알고 더불어 모욕당하는 바람에 아버지가 분노를 억누르지 못하게 되었다. 그래서 이성을 잃고 폭주할 뻔했을 때 마물이 잠시 폭주했었단 말이지. 마라 씨는 그 사건을 말하는 것이다.

『그때 세인슬레이는 막대한 피해를 입었어.』

그랬구나……. 세인슬레이는 오르투스가 있는 곳에서 상당히 멀리 떨어져 있다 보니 전혀 몰랐다. 아버지는 알고 있을까. 알고 있겠지, 마왕이니까. 분명 마음이 아팠을 거라고 생각하자 나도 슬퍼졌다. 아니, 그래도 후회만 하면 안 되지. 이야기를 마저 듣자.

『그 이유는 무엇인가. ……마을 외벽이 평범한 돌벽이거나, 나무 울타리거나, 철제였기 때문이야. 여러분은 이게 무슨 의미인지 알지?』

『보호 결계 마법이 없었다는 겁니까. 그 상태로 마물 무리의 공격을 받으면…….』

『그야 쓸려나갈 만도 하지…….』

스텔라의 셰자리오 씨와 애뉼러스의 디에가 씨가 신음하듯 중얼거리는 목소리가 들렸다. 응, 보호 결계 마법은 나도 잘 안다. 마물이 마을에 들어오지 못하도록 막기 위한 결계다. 특수한 마법을 조합한 벽 같은 거지. 그게 없기만 해도 이렇게 차이가 크구나…….

『그 말대로야. 상상 그대로의 광경이었겠지. 그리고 40년이 지난 지금도 아직 모든 곳이 원래대로 돌아갔다고는 말하기 어려운 상태고. 부흥 자금도 부족해. 하지만.』

아직 부흥이 끝나지 않았다는 사실에 조금 놀랐다. 그 정도로 피해가 컸다는 것도 그렇고, 마법이 있는 이 세계에서? 라는 두 가지 의미로. 하지만 내 마대륙 상식은 오르투스 주변이 기준이다. 아마 이 근방은 특히 그런 방면으로 발달한 거겠지. 나는 이 세상에 대해 너무 모르는구나. 반성했다. 제대로 공부해야지.

『부흥을 계기로 마을을 지키는 벽에 보호 결계 마법을 쳐야 한다고 생각해. 지금은 평화롭지만 언제 마물 무리가 밀어닥칠지, 재해가 일어날지는 모르는 일이잖아? 재해가 일어날 가능성이 더 낮을지도 모르지. 하지만 만약의 사태가 터졌을 때 매번 이렇게 피해를 입었다가 복구하는 걸 반복했다간 세인슬레이는 점점 빈곤해질 거야.』

확실히 재해는 그리 쉽게 일어나지 않을 테고 일어나길 바라는 것도 아니지만, 그렇게 운에 맡기는 즉흥적인 정책으로는 좀 곤란하지. 무엇보다 안심감이 다르니까 대책은 해줬으면 좋겠다.

"……원래 마대륙 내에서도 세인슬레이는 조금 낙후된 경향이 있는 곳이었지. 빈곤층이 잘 모인다고 해야 하나."

"그 탓에 더욱 질이 나쁜 사람도 많아지기도 했고. 악순환인 거지."

이야기를 들으며 사우라 씨와 케이 씨가 진지한 얼굴로 그런 의견을 주고받았다. 그렇구나, 그런 지역색이 생겨버렸다니.

"마대륙 전체가 기술적 수준을 어느 정도 맞춰놓고 싶어. 하지만 이것만큼은 나라가 다르니까. 각국의 정책에 좌우되는 게 큰 만큼 쉽지 않아."

"우리 특급 길드가 특정 국가에 힘을 실어준다는 건 문제도 생기지. 그렇지 않아도 소속 국가는 그것만으로도 힘이 되어주는 거나 마찬가지인데."

"각 특급 길드가 거점을 세울 때는 엄청 싸웠으니까……. 최종적으로는 두목이 막무가내로 정해버렸지만."

사우라 씨, 케이 씨의 말에 이어 루드 선생님이 아득한 눈빛으로 설립 비화를 흘렸다. 그, 그런 일이 있었구나. 길드는 기본적으로 거점이 있는 국가가 소속 국가가 되지만, 특급만큼 힘이 강하면 한 국가에 소속되는 걸 공식적으로 인정받지 못하게 된다. 장소는 달라지지 않고 소속 국가라는 게 사라지는 건 아니지만 취급은 별개라는 거지! 그렇지 않으면 국력에 큰 차이가 발생해버리기 때문이다. 그래서 얼마나 멀어도 다양한 나라에서 오는 의뢰를 평등하게 받아야만 한다. 특정 국가의 의뢰만 받으면 안 된다는 규칙이 있다. 그래서 특급이 되면 접수처에서 처리해야 하는 업무량이 특히 더 폭발적으로 늘어난다고 한다. 무, 무서워라.

『하지만 보호 결계 마법을 펼치는 건 상당한 자금이 필요하잖아? 그렇지 않아도 완전히 복구하지 못했는데 손을 댈 수가 있겠어?』

『나라에서는 싫어하겠죠. 우선 부흥부터 해야 한다고 생각할지도 모릅니다.』

회의장에서는 계속해서 디에가 씨와 세자리오 씨가 의견을 냈다. 그렇구나, 자금. 세인슬레이는 가난하다고 했었지.

『맞아. 몇 번이나 제안은 했지만, 모조리 거절당하고 말았어. 이게 얼마나 중요한 일인지 이해하지 못하는 것도 아닐 텐데. 그래도 포기하지 않고 계속 협상한 덕분에 어떻게든 제안 자체는 긍정적이지만 실행은 보류한다는 수준까지 가져갔지. 하지만 이게 한계야……. 이대로는 언제가 될지 알 수 없어.』

의견을 들은 마라 씨가 한숨을 쉬며 그런 말을 했다. 분명 그런 모습조차 그림이 되겠지.

『자금 확보가 가장 중요한 사안이 된 것이군요.』

『아하, 그래서 무투대회인가.』

아돌 씨와 아빠의 목소리다. 그래, 무투대회로 손님을 불러 모아 한바탕 장사라도 해버리자는 건가. 그걸 자금으로 운용한다는 거지?

『특급 길드가 참가한다면 마대륙 전역에서 주목을 모을 수 있어. 세인슬레이에는 오락거리가 없으니까 국민들의 관심도 모이겠지. 그때 대회장에 보호 결계 마법을 펼치면 그 유용성도 널리 알릴 수 있을 거라고 봐.』

오오, 다양한 이득이 있구나! 유용성이 국가 측에도 전달되면 세인슬레이에도 도입하자며 상층부도 자금 확보를 재고해줄지도 모른다는 건가.

『슈톨은 아직 상급 길드니까 국외 활동은 금지되어 있어. 그래서 회장은 세인슬레이가 될 수밖에 없지만……. 부디 힘을 빌려줄 수 없을까?』

그러고 보면 나라를 초월해서 활동할 수 있는 건 특급 길드뿐이었지. 그래서 이렇게 협력을 요청하는 건가. 그림자새를 통해 들리는 목소리와 분위기로 마라 씨가 머리를 숙인 모습을 상상할 수 있었다. 마라 씨가 거기서 말을 끊자 현장에도 이 응접실에도 잠시 침묵이 흘렀다.

Welcome
to the
Special
Guild

5 각 특급 길드의 수장 공략

『……사정은 이해했어. 하지만 우리 애뉼러스는 바로 고개를 끄덕이진 못해.』

가장 먼저 입을 연 사람은 디에가 씨였다. 어? 어? 왜? 험상궂은 얼굴이어도 털털해 보이는 인상이라 영락없이 바로 받아들일 줄 알았는데.

『네, 애뉼러스의 의견에 동의합니다. 저희 스텔라도 마찬가지입니다.』

이어서 세자리오 씨도 그렇게 선언했다. 으어, 스텔라도?! 그럼 협력하는 건 오르투스 뿐이야? 그런 생각에 혼자 허둥거리는 나.

『뭐 그렇지. 그것만으로는 그렇게 될 만도 해. 마라, 우리 오르투스도 같은 의견이거든?』

억?! 아빠까지?! 이미 대회를 여는 게 확정된 듯한 기세로 진행하고 있었는데 어째서? 너무 놀라서 무심코 입 밖으로 나와버린 모양이었다. 옆에 있던 로니가 작게 웃는 기척을 느껴서 그쪽을 돌아보았다.

"메구, 괜찮아. 다들 협력하지 않는다고는, 안 했어."

"어, 어, 하지만……."

로니는 부드럽게 웃으며 내 머리를 쓰다듬었다. 무, 무슨 뜻이야? 주위를 보자 다른 사람들도 자상하게 웃으며 나를 바라보고 있었다. 자상하다고 해야 하나, 뜨뜻미지근하다고 해야 하나.

"지금 들은 이야기엔, 슈톨의 이득밖에, 없어. 협력하는, 특급 길드들과, 마왕성에, 이득이, 없으니까."

"아……. 그렇구나."

확실히 무투대회를 열고 싶은 이유도 금전적 측면도 전부 슈톨과 세인슬레이의 이득이었다. 한 나라에만 힘을 실어줄 수는 없는 데다, 하물며 특급 길드 셋과 마왕성까지 한꺼번에 그렇게 한다는 건 마대륙에선 큰 문제겠지. 즉 여기서부터는 마라 씨가 각 길드의 수장을 설득해야만 한다는 건가. 적절한 이유가 없으면 아무리 협력하고 싶어도 대놓고 협력할 수 없으니까……!

『그럼 그 너머의 이야기를 하기로 할까. 마라, 너라면 그것도 생각해 놨겠지?』

『……후후, 역시나. 맞아. 여기서부터 협상에 들어가야지. 들어줄래?』

회의실에서 아빠와 마라 씨가 씩 웃은 듯한 느낌이 드는 건 내 착각이 아닐 것이다.

『먼저 특급 길드 애뉼러스. 애뉼러스에는 무투대회 주변 숙박 시설과 노점, 그리고 이동 수단 정비 등의 수배를 부탁하고 싶어. 이런 종류는 역시 상업 길드에 맡기는 게 좋다고 보니까.』

그렇구나. 대회를 열면 멀리서 오는 사람도 있다는 거겠지. 세인슬레이 사람들이라면 오기 쉬울지도 모르지만, 타국에서 오는 경우는 아무래도 당일치기가 불가능해진다. 많이 몰려든다는 보장은 없어도 숙박시설을 증설하지 않으면 금방 다 차버리겠지.

『그에 필요한 인원은 세인슬레이에서도 제공할게. 그리고……
땅도. 시설을 세운 장소의 토지 권리는 애뉼러스에게 넘기는 걸
생각하고 있어.』

『뭐? 그런 걸 세인슬레이가 허락한다고?!』

『어머, 허락하게 해야지.』

놀라서 소리치는 디에가 씨를 향해 생긋 미소 짓는 마라 씨의
환각이 보인 느낌이 들었다. 이건 승리를 확신하고 있구나……!

『권리는 넘기지만 그곳이 어디까지나 세인슬레이의 땅이라는
건 변하지 않는걸. 그러니 종업원 등은 세인슬레이 사람이라는
식으로 제한은 생길 거야. 하지만 무투대회까지는 타국의 개입
도 허락해 달라고 해야지.』

『흠. 대회까지 기간 한정으로 우리 쪽에서 파견한 사람들에게
서 세인슬레이 사람도 상업 노하우를 배운다는 건가.』

『그런 타산이 있는 것도 맞지.』

토지 권리라. 상당히 크게 나왔구나. 그래도 마라 씨 쪽 이득
이 더 큰 느낌도 든다. 요컨대 대회 중에 세인슬레이 사람들은
장사 수완을 익힌다는 거잖아. 그것도 프로에게서 직접 배울 수
있다. 장기적으로 보자면 세인슬레이의 국력이 상승할 게 틀림
없다. 그건 디에가 씨도 알고 있을 것이다. 토지 권리라는 대가
만으로 세인슬레이 부흥에 협력한다? 애뉼러스는 고개를 끄덕
일까.

『나라에 허락을 받으러 가는 건 회의가 끝난 뒤인가?』

『그렇지. 하지만 승산은 있어.』

으음, 심지어 협상은 이제부터라. 아직 대가가 불확실하다면 마라 씨에게 불리하지 않을까……. 고민하면서 팔짱을 끼고 있었더니 옆에서 쿡 웃는 로니의 기척이 느껴졌다. 뭐, 뭔데.

『……그렇다면 그 협상에 나도 동행하게 해줘. 권리를 받는다는 거라면 오히려 우리가 협상 테이블에 앉아야지. 그쪽에서 멋대로 정해서 협상하는 것도 난감해.』

『서면으로 정리한 뒤 확인하고 쌍방이 동의한 뒤에 진행할 생각이긴 했는데?』

『최종적으로 계약서를 작성하는 건 당연한 거고, 그때까지 시시콜콜 편지로 오가는 건 시간이 너무 걸리잖아.』

『후후, 그래. 네가 소문으로 듣던 대로의 인물이라면 그렇게 말할 줄 알았어. 그래서 아직 협상하지 않았지.』

협상 자리에 동석한다는 건, 애뉼러스 측에 유리한 조건을 걸기 쉬워진다는 걸까. 애뉼러스는 그 방면의 프로니까 협상도 상당히 유리하게 진행할 수 있을 것 같고, 오히려 디에가 씨가 말하는 걸로 보아 그 이상을 요구할 마음으로 넘치는 것 같단 말이지. 당연하다면 당연하지만, 이번에는 세인슬레이가 괜찮은 건지 걱정이 되었다. 틀렸다. 나는 이런 수 싸움 같은 협상은 적성에 맞지 않는다. 알고는 있었지만.

『윽, 뭐야. 그쪽 예상대로냐고. 어차피 나라와 협상하는 귀찮은 역할도 우리에게 맡겨 버리려는 거지?』

『어머. 내가 어설프게 협상하는 것보다 훨씬 영양가가 있을 거라고 생각한 것뿐인데?』

고상하게 웃는 마라 씨에게 디에가 씨가 '이거 무서운 여자네'라며 유쾌하다는 듯한 중얼거림이 들렸다. 응? 어라? 이거 애뉼러스와는 협상이 잘 된 건가?

"애뉼러스는 그거면 되는 건가?"

그래서 무심코 그렇게 중얼거렸다. 아직 불확실한 제안인데도 받아들이려고 했으니까. 그러자 그 말을 들은 기르 씨가 설명해 주었다.

"원래 모든 길드가 세인슬레이와의 접점을 원했으니까."

"그랬어?"

기르 씨가 말하길, 세인슬레이는 기본적으로 단독주의라고 한다. 자국만으로 어떻게든 한다는 사고방식이 강하다나. 하이 엘프 마을처럼 주변의 간섭을 모조리 차단해 버리는 수준까지는 아니어도, 그런 경향이 있다고 한다. 그러면 아무리 특급 길드라고 해도 세인슬레이 쪽 일은 상당히 적어진다. 실제로 1년에 몇 번 정도밖에 오지 않는다나. 그건 세인슬레이에게도 손해가 아닌가 했는데, 40년 전까지는 특급 길드 네모가 국가의 의뢰를 거의 모두 맡아서 균형을 유지하고 있었다고 한다. 새삼스러운 이야기이긴 하지만, 그 점에서도 네모는 타국의 평가가 나빴다나 어쨌다나. 그, 그랬구나.

"하지만 지금 세인슬레이에는 특급 길드가 존재하지 않지. 슈톨이 특급이 되는 건 시간 문제라고 불리고 있지만, 여태까지 그랬던 것처럼 세인슬레이에만 가담해서야 세계 길드 연맹에서 그리 쉽게 허가하지 않을 거야.”

“으음, 그렇지. 세인슬레이 국왕도 오기를 부리는 감이 있을 거야. 이제 와서 타국에 의뢰할 수는 없다면서.”

사우라 씨와 케이 씨가 이야기를 이어받아 의견을 말해 주었다. 아, 그렇다는 건.

“무투대회를 열면 그걸 이유로 자연스럽게 타국과 이어질 수 있다? 세인슬레이에게도 기회구나…….”

“오, 메구. 똑똑하네. 바로 그거야.”

물론 애뉼러스에게도 판로가 확장되는 것이니 손해가 아니다. 심지어 세인슬레이의 토지를 자유롭게 사용할 수 있으니 어떻게 하는지에 따라서는 상당한 이익을 볼 수 있다.

“그래서 마라 씨도 승산은 있다고 했구나……. 와, 대다내라.”

마라 씨의 책략에 감탄의 한숨을 흘렸다. 깜빡 발음도 흘려버린 건 눈감아 달라.

『그럼 애뉼러스는 이 제안에 찬성한다고 이해해도 괜찮을까?』

『국왕과의 협상에 달려 있지. 뭐, 따낼 거지만.』

『든든하네.』

완전히 마라 씨의 의도대로 흘러가는 느낌이 안 드는 것도 아니지만, 모두에게 이득이 된다면 전부 오케이인가? ‘교묘하게 부려 먹히는 게 아니꼽기는 해’라며 분하다는 듯 말하는 디에가 씨였지만, 그 정도로 세인슬레이의 토지 권리는 애뉼러스에게 군침이 도는 이득이라는 거겠지. 국가 발전으로도 이어지니 말 그대로 윈윈. 나라에서도 경제 활성화를 위해 협력할 것이다.

『그럼 다음은 스텔라에게 부탁하고 싶은 걸 말할게.』

마라 씨가 그렇게 이야기를 꺼내자 루드 선생님이 긴 한숨을 쉬었다. 뭐지?

"스텔라는 쉽지 않을지도 모르겠어."

"어? 왜?"

작게 중얼거리는 루드 선생님의 말에 무심코 반응했다. 루드 선생님은 피식 쓴웃음을 짓고 입을 벌렸다.

"스텔라의 치프인 셰자리오도, 내 조카인 이자크도 꽉 막힌 구석이 있거든. 그리고……. 우리 오르투스에 라이벌 의식을 갖고 있기도 해."

"어? 사이가 안 좋은 건가?"

그런 이야기는 들어본 적 없는데……. 그런 생각에 놀랐지만 케이 씨가 쿡쿡 웃으면서 부정했다.

"사이는 양호해. 서로 돕기도 하고. 다만 두목의 성격과 셰자리오의 성격이 정반대라고 해야 할까."

"설렁설렁하고 호탕한 두목의 방식에 셰자리오는 짜증이 나겠지. 그런데 두목은 성과도 내니까……. 분명 열받는 놈이라고 생각하고 있을 걸."

아하. 서로 실력을 인정하고는 있지만 스텔라 측에서는 아무래도 오르투스와는 궁합이 안 맞는 거야. 주로 성격이. 관계는 양호하지만 친하게 지낼 수는 없다는 거네. 난해하구나.

"그리고 이자크는 특히 기르를 라이벌로 보는 경향이 있어."

"음."

"기르 씨를?"

루드 선생님이 기르 씨를 힐금 쳐다보며 말하자 기르 씨는 물론이고 나도 반응해 버렸다. 라이벌이라. 더 자세히!

"이자크의 실력은 특급 길드 전체에서 봐도 톱 레벨이지. 전투 기술은 물론이고 의뢰 달성률도. 다만 당연하게도 기르보다는 못해. 그게 본인은 마음에 들지 않는 모양이야."

"딱히 마음에 들지 않는다고 이상하게 시비를 거는 건 아니야. 기르를 보는 시선엔 가시가 돋쳐 있지만. 실력으로 뛰어넘기 위해 필사적으로 노력하는 자세는 긍정적이지."

그런 사정이 있었구나. 되게 의외다. 기르 씨는 정말 구름 위의 실력자라는 이미지가 있으니까, 설마 라이벌이라고 할 수 있는 사람이 있을 줄은 생각지도 못했어. 아무튼, 그런 이자크 씨를 기르 씨는 어떻게 생각하는 걸까? 궁금해서 고개를 들어 기르 씨를 쳐다보았다.

"……그랬었나."

몰랐냐고! 어안이 벙벙한 듯한 귀중한 얼굴을 보긴 했지만, 그게 아니지! 이자크 씨를 의식도 하지 않고 있었던 모양이다. 어째 불쌍하네.

"……뭐, 그런 것 같긴 했지만. 이자크에게는 말하지 않는 게 좋겠다."

"그러게. 뭐, 기르도 두목을 따라잡으려고 자기 계발에 필사적이었는걸. 다른 곳에 눈을 돌리지 못하는 건 어쩔 수 없지."

"기르난디오는 그렇지 않아도 타인에게는 그리 관심이 없으니까."

　조카를 생각하며 마음이 복잡해졌을 루드 선생님과 어깨를 살짝 으쓱하는 사우라 씨. 케이 씨마저 기르 씨니까 어쩔 수 없다는 듯 쓴웃음을 지었다. 뭐, 나도 이해가 가버렸지만.

　"딱히 타인에게 관심이 없는 건……."

　"두목이랑 메구는 빼고 말하자?"

　"아, 아니……. 그것만도 아니야."

　"메구가 온 뒤로는 전에 비하면 훨씬 우리에게도 시선을 주게 되었지."

　"음……."

　케이 씨가 나를 향해 웃으며 '메구 효과구나'라고 말했지만 나는 무언가를 한 기억도 없으니 뭐라고 반응하기 어려웠다. 아기 효과 같은 건가? 어린아이는 존재만으로도 힐링되니까. 하지만 그래서 기르 씨의 태도가 지금처럼 부드러워졌다고 한다면 조금 기쁘다.

　『스텔라에게는 각국과의 교두보 역할을 맡기고 싶어. 사실 무투대회에는 각국 대표도 와 주길 기대하고 있거든.』

　그림자새에서 들린 마라 씨의 목소리에 나는 다시 퍼뜩 정신을 차리고 귀를 기울였다. 어? 어? 그건 높으신 분들이 무투대회를 보러 온다는 거야? 규모가 점점 커지잖아……!

　『스텔라는 국가의 신뢰가 두텁지. 따지자면 오르투스나 애뉼러스도 그렇지만, 특히 스텔라가 신용이 두터워. 너희도 그렇게 생각하지?』

『또 직구를 던지는구나, 마라는.』

위축된 기색 없이 이야기하는 마라 씨의 말에 아빠가 어깨를 으쓱하는 듯한 분위기로 끼어들었다. 확실히 직구다. 심지어 이건 그렇다고 동의하기에도 조금 문제 되는 거 아닐까? 특급 길드가 특정 국가를 편애하는 걸 저어하는 것과 마찬가지로 국가가 특정 길드를 편애하는 것도 지양하니까. 그렇게 생각하면 세인슬레이는 국가 내부에 문제가 있는 느낌이 드네. 명백하게 네모를 우대했었으니까. 네모가 괴멸하고 특급 길드라는 강력한 카드가 사라졌으니까 태도를 홱 전환해서 협력해 달라고 하는 건 너무 뻔뻔하다고 할 수 있다.

『그런 건 아무래도 상관없습니다. 그래서요? 저희에게 이득이 될 만한 게 있습니까?』

세자리오 씨는 마라 씨의 직구에는 대답하지 않고 담담하게, 사무적으로 진행했다. 감정을 읽을 수 없는 목소리다. 쇼라면 알 수 있을 테지만.

『그래. 그 전에 확인할 게 있는데……. 스텔라의 방침은 마대륙의 평화와 안녕이 맞을까?』

『네. 저희는 그것을 신조로 내걸고 있습니다.』

마대륙의 평화와 안녕이라……. 뭔가 숭고한 느낌. 그래서 국가에서도 좋게 보는 거겠지. 오르투스처럼 마음이 움직였을 때, 같은 애매모호한 행동 이념과는 천지 차이다. 그건 그거대로 좋다고 보지만. 기본적으로 오르투스의 사람들도 정의감이 강하니까.

『그 목표는 완전히 달성했다고는 말할 수 없지?』

『무슨…….』

『얼버무리지 않아도 돼. 이 이야기를 나라에 보고할 마음은 전혀 없으니까. 대놓고 말해서, 세인슬레이의 방식이 스텔라의 목표를 방해하고 있어. 그렇지?』

적나라한 마라 씨의 발언에 숨을 삼키는 목소리가 들린 것 같았다. 저, 정곡인가? 마라 씨의 언동에 어째 내가 다 조마조마하다고! 분명 본인은 온화하게 웃으면서 우아한 분위기를 무너트리지 않고 있겠지만.

『나는 이 무투대회를 계기로 세인슬레이도 마대륙의 일부로서 제대로 녹아들게 하고 싶어. 하이 엘프 마을을 제외하면, 세인슬레이는 마대륙에서도 이질적인 존재잖아? 그 하이 엘프 마을조차 조금씩 밖으로 나오기 시작했는걸. 불가능한 건 없어.』

그 하이 엘프 마을조차. 하이 엘프 마을, 전 족장의 누나인 만큼 설득력이 장난 아니다.

『그러기 위해서는 세인슬레이 국왕의 의식 개혁이 필요해. 그건 알아. 하지만 그 국왕은 세상을 너무 몰라. 나라의 대표자끼리 더 많이 대화해야 해. 하지만 마땅한 자리를 마련할 수 없어. 스텔라의 협력이 필수야.』

의식 개혁이라고 쉽게 말하긴 했지만, 실제로는 그리 간단히 개선되진 못할 것이다. 오랫동안 축적된 생각을 바꾼다는 건 용기가 필요한 일이니까. 하지만 그 계기는 확실히 필요하다. 그게 없다면 시작조차 못 하니까. 즉 무투대회 회장을 그 계기를 만드는 자리로 쓰고 싶다는 거지? 갑작스럽게 격식을 차린 자리를 마련하는 건 어려워도 대회 관전이라는 목적이 있다면 끌어들이기도 쉽다. 그래서 각국의 왕도 부르자는 생각이구나.

『스텔라의 신조인 마대륙의 평화와 안녕. 이건 각국이 손을 잡아야만 간신히 달성할 수 있는 게 아닐까?』

상업 길드인 애뉼러스에는 명확한 대가를 제시하는 게 좋지만, 스텔라에게 같은 방식으로 접근해 봤자 분명 흔들리지 않았겠지. 아마 그런 건 원하지 않을 테고. 그렇기 때문에 스텔라의 특성을 찌른 훌륭한 교섭술이다. 신조로 내걸고 있는 이상 스텔라는 협력하지 않는다고 할 수 없잖아.

『하아. 당신의 제안은 이쪽의 약점을 잡은 것 같은 찜찜함이 남는군요.』

『어머, 약점 같은 게 있어? 있다면 꼭 가르쳐 줬으면 하는데.』

『있을 리 없잖습니까. 개인에게는 있을지도 모르나 길드 전체의 약점은 없습니다. 저희는 공사를 혼동하지 않으니까요.』

일은 일이라는 건가. 우와, 철저하네. 하지만 오르투스만큼 길드원끼리 사이가 좋지 않은 한 그게 편하다는 것도 확실하다. 오히려 오르투스가 특수하다는 걸 자꾸 잊어버린다니까.

『그래서, 받아들여 줄 거야? 이건 애뉼러스도, 그리고 오르투스도 할 수 없는 일인데.』

『……마지막 말은 사족입니다. 마치 저희가 다른 길드에게 대항심을 느끼는 것처럼 들리는군요.』

『어머, 미안해.』

마라 씨, 책사구나. '하아' 하는 큰 한숨이 들렸지만 저건 틀림없이 세자리오 씨일 거다. 그 기분은 이해하지 못하는 것도 아니다.

『……알겠습니다. 어디까지나 저희의 신조를 위해 협력하죠.』

『고마워. 무척 든든하네!』

가장 협상하기 어려울 것 같았던 스텔라가 함락……! 아니, 함락이라고 표현하는 건 좀 그런가. 아무튼 마라 씨, 무서운 사람이야!

"이 사람, 상당히 예전부터 계획을 진행했던 거구나……. 각 길드를 극도로 효율적으로 공략하고 있어."

공략이라니, 사우라 씨. 공부가 된다면서 메모하는 모습을 보자 내 얼굴 근육이 꿈틀거렸다. 무슨 공부인데?!

"스텔라는 체면을 신경 쓰니까. 그 점을 찌르면 의외로 쉽다는 건가."

그리고 자연스럽게 무서운 발언을 하는 루드 선생님도 보통 사람이 아니다. 아니, 원래도 그런 건 알고 있었지만.

"스텔라 길드원의 자존심을 건드리지 않고 추켜세우면서 협상한다는 게 포인트지. 불편하지만 불쾌하지 않은 수완! 그 미모도 한몫하고 있을 거야. ……슈리에라면 가능하겠는데."

확실히 가능할 것 같다고 생각한 건 비밀이다. 하지만! 그치만!! 슈리에 씨가 생글거리며 이쪽을 보고 있는걸! 저는 아무 말도 안 했습니다.

"남은 건 마왕성과 우리인가."

기르 씨의 한마디에 홱 돌아보았다. 이것으로 애뉼러스와 스텔라의 협력은 얻었지, 참.

"마왕성에는 어떤 제안을 할까?"

"그보다 우리지. 가장 어려운 건 오히려 우리일 거야."

기대된다는 듯 즐거워 보이는 사우라 씨. 케이 씨도 유쾌하다는 듯 말했다. 어? 오르투스가 가장 어렵다고? 왜?

"우리는 찬성 아니야……?"

무심코 그런 의문이 입 밖으로 나와버렸다. 그러자 어른들이 일제히 사악한 미소를 짓는 걸 보고 반사적으로 움찔했다. 로니의 팔에 매달린 것도 어쩔 수 없는 일이다. 로니도 표정이 꿈틀거리고 있으니 나와 같은 심경이겠지.

"당연히 찬성이지?"

"하지만 대가도 없이 움직일 순 없으니까."

생글생글 웃으며 대답하는 사우라 씨와 케이 씨.

"협력하고 싶은 마음은 당연히 있지만요. 이만한 규모의 의뢰를 수행하는데 대가가 변변치 않으면 특급 길드로서 조금 문제가 생깁니다."

"특급 길드 중에서 의뢰를 받는 조건이 가장 애매모호한 게 오르투스거든. 마라도 상당히 고민하지 않았을까."

마찬가지로 웃는 얼굴인 슈리에 씨와 살짝 쓴웃음을 짓는 루드 선생님. 아, 그렇구나. 우리는 마이웨이 집단 같은 거니까. 두목인 아빠가 기분 따라 정하는 타입이고.

"이해득실로 움직이는 상인이나 모범생보다 기분파가 더 다루기 까다롭지……."

즉 그런 거다. 마라 씨, 화이팅! 그런 생각에 한 말이었는데 어째서인지 사람들의 웃음 포인트를 찌른 모양이었다. 순간 눈을 동그랗게 뜨더니 누가 먼저랄 것 없이 웃음을 터트렸다.

"세상에! 너무 맞는 말이라서 깜짝 놀랐어!"

"아하하, 메구는 핵심을 찌르는 말을 하는구나."

눈물까지 맺혔다. 잠깐, 너무 웃는 거 아니야?!

"……큭."

"기르 씨마저?!"

문득 옆을 올려다보자 기르 씨도 어깨를 떨면서 나에게서 시선을 돌렸다. 아 좀! 그보다 이거 자기들 보고 웃는 거나 마찬가지거든?

"미안해, 후후. 하지만 마라가 그 기분파를 어떻게 다룰지 아주 궁금한걸."

"마왕성 측도 기분파이긴 하지만. 이번에는 대표가 리히토와 크론크비스트니까 그렇게까지 까다롭진 않을 거야."

맞다, 아직 회의는 안 끝났다. 생각해 보면 오르투스와 마왕성에게는 무투대회 개최에 어떤 이득이 있는 걸까? 땅을 원하는 것도 아니고, 국가와의 연줄이 필요한 것도 아니다. 숭고한 행동 이념이 있는 것도 아니다.

"애초에 보호 결계 마법을 마도구로 만든 게 저희니까요. 각국의 요청에 응해 정식으로 대가를 받고 사용을 허락했습니다. 세인슬레이의 의뢰가 없었다면 오르투스는 사용을 허락해 주지 못하니까요."

"슈리에 씨, 그 말은, 다른 길드나, 마왕성보다, 원래 난이도 가, 높다는……?"

"네, 로니. 바로 그런 뜻입니다."

아하, 사용 허락. 특허 같은 건지도 모르겠다. 정확하게는 아닐 수도 있지만. 그런 거라면 확실히 아무리 마라 씨나 슈톨에서 부탁해도 국가에서 의뢰하지 않는 한 허락할 수 없다는 거겠지. 으음, 정말로 어떻게 협상할 생각이지? 오르투스의 양심에 매달릴 수밖에 없는 느낌도 든다. 하지만 그것만으로는 분명 받아들일 수 없을 거야. 그런 생각을 하고 있었더니 때마침 그림자새를 통해 아빠의 목소리가 들렸다.

『자, 그럼 다음은 우리 차례인가? 마라, 나는 무투대회를 열고 싶어. 재밌어 보이거든! 그러니까……. 우리도 좀 즐기게 해 줘라?』

『……후우, 알고 있어. 너희를 상대하는 건 아주 힘들 거라고 예상했지.』

아빠는 기대하며 마라 씨를 도발했다. 성격 참 좋네!

『오르투스에는 대회 운영을 맡기고 싶어. 전에 오르투스 내부에서 무투대회를 연 적이 있다고 들은 적이 있으니까, 준비나 절차도 다른 길드보다 잘 알고 있을 것 같거든.』

우선 마라 씨는 오르투스에게 맡기고 싶은 일을 밝혔다. 여기까지는 다른 길드와 마찬가지다.

『대회 방법이나 형식, 우승상품 같은 것도 그쪽에서 원하는 대로 정해도 돼. 물론 확인은 할 거지만.』

『흠, 그러면 정하기 쉬워지니까 좋긴 한데.』

『그것만으로는 약하네요…….』

다른 길드와 상의하고 정하려면 회의를 해야만 하고, 이래저래 귀찮아진다. 의견을 요구하는 회의는 진행 속도도 느리니까. 그 점에서 확인만 한다면 서면으로 처리해도 문제없다. 이의가 있다면 또 달라지지만. 그러니 확실히 편하긴 한데, 그건 무투대회에 찬성한다는 전제에서 그렇다. 이쪽은 아직 찬성하기 위한 조건을 기다리는 중이니까 확실히 결정타가 부족하지.

『물론 알아. 그러니 너희들에게는 다른 방향으로 접근할 생각이야.』

다른 방향? 뜻밖의 단어에 무심코 옆에 있던 로니와 서로를 쳐다보았다. 다른 사람들도 팔짱을 끼고 뒷말을 기다렸다.

『이야기가 확 바뀌긴 하지만. 지금 다른 일로 조금 난처한 상황이거든.』

『다른 일로 난처하다고? 그게 무슨 관련이…….』

『하이 엘프 마을에서 싸움이 일어났어. 메구는 마을로 돌아와야 한다면서.』

『뭐?!』

응? 나? 생각지도 못한 흐름에 이해력이 따라잡지 못했다. 어안이 벙벙해 있었더니 기르 씨가 살며시 어깨를 끌어안았다.

『아, 착각할까 봐 하는 말인데 이 일에 셰르는 관여하지 않았어. 그 애는 이미 흥미를 잃어버렸거든. 하지만 이 싸움을 해결하려는 생각도 없어서……. 완전히 방관 상태야.』

셰르는 내 할아버지인 셰르멜호른을 말한다. 그렇구나, 그 사람이 또 무슨 말을 꺼낸 게 아니라 마을에 있는 다른 하이 엘프 내에서 그런 의견이 나왔다는 건가. 아니, 이제 와서 왜 그렇게 되는 건데?

『골치 아픈 건 그들은 완전히 선의에서 하는 말이라는 거야. 지금 메구는 하이 엘프 마을에서 요양해야 한다고. ……너라면 무슨 뜻인지 알지?』

『……큭, 요양이라. 그래.』

요양……? 내가? 무슨 소리지. 의아해하며 기르 씨의 얼굴을 올려다보자 심각한 눈빛으로 그림자새를 바라보고 있어서 어쩐지 불안해졌다. 아빠도 무언가 알아차린 것 같은데 이 반응을 보면 기르 씨도? 주위를 보자 다들 비슷하게 심각한 얼굴이었다. 어라? 나만 모르는 거야? 아니, 로니도 고개를 갸웃거리는 걸 보면 나 혼자만 모르는 건 아닌 모양이다.

"나, 어디 아파……?"

하지만 역시 신경 쓰인다. 내 일이니까. 그래서 물어봤는데, 불안함이 드러난 건지 목소리가 작아졌다. 그래도 다들 입을 다물고 있었던 덕에 내 목소리가 잘 들린 모양이었다.

"메구……."

내가 가만히 바라보고 있었다는 걸 지금 알아차린 건지 기르 씨는 난처한 듯 눈썹꼬리를 내렸다. 말하기 어려운 내용인가? 요양이라고 할 정도니까 어딘가 아픈 것 같으니 이번에는 전문

가인 루드 선생님에게 시선을 옮겼다. 루드 선생님은 나와 눈이 마주치자 난처한 듯 웃으며 나에게 다가왔다.

"저런 말을 들으면 걱정될 만하지. 미안해, 배려가 부족했구나. 기르, 저쪽에 전달해 줘. 메구도 듣고 있다고."

"……알았다."

안심시키려는 건지 루드 선생님은 부드러운 미소를 지으며 내 머리를 쓰다듬어 주었지만, 거기에 홀려서 안심하고 있을 때가 아니다. 나는 알고 싶으니까. 흐물흐물 풀려버릴 것 같은 얼굴을 꾹 참으며 계속 루드 선생님을 바라보았다.

"……속아주지 않는구나."

"당연하죠!"

쿡쿡 웃는 루드 선생님에게 항의했다. 빵빵하게 부풀린 뺨을 손가락이 찌르는 바람에 '뿌우' 하고 맥 빠지는 소리가 났다. 너무해.

"제대로 설명할게. 다만 지금은 회의 중이니까. 나중에 해도 될까?"

"으, 진짜로 가르쳐 줄 거죠……?"

"물론이지."

루드 선생님은 거짓말을 하지 않는다. 루드 선생님의 발언에 기르 씨나 다른 사람들은 무언가 할 말이 있다는 얼굴이었지만 끼어들진 않았다. 루드 선생님의 결단을 믿는 거겠지. 그런 거라면 나도 믿자. 나는 알겠다고 고개를 끄덕였다.

『뭐? 메구가 듣고 있어? 이런. 그렇게 됐으니 마라, 발언을 조심히 해줘.』

『메구가……. 미안해. 몰랐다고는 해도 무신경했어.』

궁금하다. 아아아아아주 궁금하지만 지금은 참자. 나는 이제 언니니까. 근질근질.

『아무튼 그들은 메구의 몸을 걱정해서 그렇게 말하는 거야. 이 문제는 나도 일리 있다고 봐. 물론 당사자나 보호자들의 의견을 들을 생각이긴 하지만.』

『하아, 나 원. 이 녀석이고 저 녀석이고 다 과보호한다니까.』

『누가 할 소릴.』

과보호하는 건 다들 마찬가지다. 그 점에선 마라 씨 말에 동의한다. 자세한 건 알 수 없지만, 나에게 지금 무언가 불안한 요소가 있고 그걸 제어하기 위해서도 하이 엘프 마을에 가는 게 좋다는 거겠지. 아마 이유는 그곳의 환경이 좋아서. 딱 봐도 휴양지였으니까. 공기도 마력도 맑고.

『하지만 그렇게 되면…… 메구 혼자 가게 되잖아.』

아빠가 싫다는 듯 중얼거렸다. 그렇, 지. 기본적으로 하이 엘프 마을은 동족이 아니면 받아들이지 않는다. 전에 쳐들어갔을 때와는 사정이 다르다. 요양이 목적이라면 당분간 거기서 살게 될 테니까, 잠깐 놀러 가는 거라면 모를까 계속 머무르는 건 어렵다. 참고로 여기에는 제대로 된 이유가 있다. 그냥 하이 엘프들이 타종족을 싫어해서가 아니다. 그 공간은 하이 엘프만 살기 때문에 청정한 공기와 마력이 유지된다. 다른 종족이 오기만 해도 그 균형이 무너진다고 한다. 실제로 전에 다 같이 간 뒤로 수십 년 정도 흐트러져있었다고 나중에 들었거든. 어째 죄송합니다……. 그렇다 보니 이것만큼은 어쩔 수 없다. 우리도 귀하고 신성한 장소를 잃고 싶은 건 아니니까.

『바로 그거야. 이번 일에 협력해 준다면 하이 엘프 마을에 메구의 동행자도 같이 머무를 수 있도록 할게.』

『뭐? 그런 게 가능해?』

『어떻게든 하려면 방법이야 있지.』

잠깐. 잠깐만. 잠깐. 그게 오르투스에게 주는 대가가 되는 거야? 그건 내 문제잖아? 그것만으로 오르투스가 움직이다니, 그런 건……!

"찬성이다."

"받아들여야겠네."

"메구를 위해서라면 즉답이지."

"문제없습니다."

기르 씨, 사우라 씨, 케이 씨, 여기에 슈리에 씨마저 진지한 얼굴로 단언했다. 어? 어? 의아해하며 주위를 둘러보자 다른 사람들도 고개를 끄덕이고 있다. 어어……?

"최고의, 교환 조건을, 제시했다고 봐."

"로니마저!"

심지어 옆에 있는 로니도 감탄했다는 듯 고개를 주억거렸다. 이상하다. 뭔가 이상해.

『그 부분을 어떻게 배려해 줄 건지 설명도 들을 수 있지?』

『물론이지. 네가 수긍할 때까지 설명할 거고, 정 뭐하면 그 방

법도 너에게만은 가르쳐 줄 수도 있어.』

『좋아. 받아들이겠어.』

벌써?! 너무 빠르지 않아?! 내가 아연해하는 사이에 응접실 내에서는 박수가 퍼졌다. 이상하다고 느끼는 건 나뿐인 거야? 상식이여 돌아와 줘……!

『……오르투스, 너네는 그걸로 괜찮은 거냐?』

『이렇게까지 노골적이면 오히려 시원스럽군요.』

상식이 있었습니다! 애뉼러스의 헤드 디에가 씨와 스텔라의 치프 세자리오 씨의 황당한 목소리를 듣고 어쩐지 안심한 나였다.

『그럼 마지막은 마왕성이네!』

『걱정하실 필요 없습니다.』

오르투스와는 협상이 끝났다는 듯 마라 씨가 의욕적인 목소리를 냈다. 거기에 바로 반응을 돌려준 사람은 아마도 크론 씨다. 이 담담하고 냉정한 목소리는 틀림없다. 무슨 뜻이지?

『무슨 소리야?』

『저희 마왕성에서는 무투대회에 출전하는 것만으로도 이득입니다. 자하리아슈 님께서 개최 하나만으로도 충분하다고 말씀하셨습니다. 게다가 들어보니 세인슬레이가 받은 피해의 원인은 자하리아슈 님께 있지 않습니까. 협력하지 않을 수 없습니다.』

그걸로 충분한 건가요, 아버지. 어느 의미 오르투스보다 더 헐렁하지 않아? 뭐, 확실히 마왕의 힘이 폭주했기 때문에 피해가 생긴 거긴 하지만, 그 이야기를 듣기 전에 결론을 내린 거잖아.

『하지만 그것만으로는 이쪽에서도 마음이 불편해. 피해가 컸던 건 세인슬레이의 자업자득이기도 하니까. 우선 조건만이라도 들어주지 않을래?』

마라 씨가 상식인이라 다행이다. 휴우 안도의 숨을 내쉬자 로니가 옆에서 입을 열었다.

"마족은, 마왕님 지상주의, 니까. 마왕님의 결정을, 따르는데, 별로 의문이 없다고, 들은 적 있어."

"그렇구나……. 확실히 크론 씨는 조금 그런 경향이 있는 것 같아."

우리의 대화를 듣고 있던 기르 씨가 옆에서 끼어들었다.

"하지만 크론은 상당히 나은 편이다. 마왕이 틀렸을 때는 반드시 지적하니까."

"그래?"

"그렇기에 선택받은 것이라고도 할 수 있지. 아니라면 마왕이라도…… 곤란하잖아?"

"아……."

마왕성에 갔을 때 어린이원에서 아이들에게 둘러싸였을 때를 떠올렸다. 다들 친절하고 호의적으로 대해 주었지만, 존경하는 시선으로 바라보기만 할 뿐 친구가 될 분위기는 아니었다. 그런 식으로 무슨 말이든 찬성! 같은 반응을 계속 받다 보면 확실히 좀, 고통스러울지도 모른다. 그래, 크론 씨는 진정한 의미로 아버지의 버팀목이 되어주고 있는 거구나.

『아, 그럼 그건 제가 듣겠습니다.』

그때 리히토의 목소리가 들렸다. 오오, 적임자가 있었네! 리히토는 마족이 아니니까 제대로 들을 수 있겠지. 그래서 이 두 사람이 회의에 온 건가. ……아니, 수긍할 뻔했지만 그렇게 따지면 크론 씨와 동행하는 게 아니어도 괜찮았을 텐데. 역시 아버지의 노림수다. 굿잡이라고 말하지 못할 건 아니지만, 조금 더 두 사람의 거리가 줄어들었을 때 유효한 수단이라고 보는데.

아무튼, 마라 씨가 제시한 마왕성 쪽 교환 조건은 상당히 머리를 쓴 내용이었다. 간단하게 말하자면 인재 파견. 그야 그렇겠지, 슈톨은 인재 파견 길드니까. 요컨대 마왕성에서 일할 사람을 슈톨이 엄선해서 보내겠다는 것이었다. 마왕성에서 일하는 사람들은 다들 마족이다. 즉 아까도 생각했듯 마왕님의 말씀에 절대복종하는 사람들이다. 그러니 그렇지 않은 아인을 파견해서 다소 격리된 경향이 있는 마왕성에 신선한 바람을 살짝 일으켜 보자는 거겠지. 으음, 근데 이건 어느 의미 도박 같은 거란 말이지. 마왕지상주의가 아닌 사람을 들이는 건 중요한 일이다. 하지만 그렇기에 싸울 요소도 증가한다. 그때 리히토에게서도 나와 같은 의견이 튀어나왔다. 역시 그렇지?

『그래, 그러니까 파견인 거야. 만약 제대로 녹아들지 못하면 돌려보내도 돼. 이쪽에서 보낸 거니까, 돌아온 사람들은 이쪽에서 책임지고 수습할게. 게다가 기간 한정으로 고용해도 괜찮고. 예를 들어 마왕님이 잠시 성을 비울 때 그동안만 업무를 보도록 고용해도 되지.』

오오, 그건 오히려 단기 아르바이트 같은 건지도 모른다. 단순히 인력만 필요한 거라면 그걸로 충분하지.

『이쪽에서 요구하는 인재인지 아닌지를 판단하기 위한 면접은 볼 겁니다.』

『괜찮아. 별로면 거부해도 돼. 다만 미리 말해주면 우리도 적절해 보이는 사람으로 골라서 파견할게.』

『파견된 사람에 문제가 있을 경우에는 어떻게 하실 겁니까?』

『그건 슈톨, 즉 소개한 내 책임이지. 바로 나서겠어.』

담담하게 확인하는 크론 씨에게 술술 대답하는 마라 씨. 문제가 생기면 수장인 자기 책임이라고 단언하는 마라 씨 멋있어! 슈톨은 정말 좋은 길드가 되었구나.

『어떤 장사도 그렇겠지만, 신뢰 관계가 가장 중요하잖아? 나는 슈톨의 대표가 될 때까지 그런 건 지식으로밖에 몰랐으니까. 아직 시행착오를 거듭하는 중이야. 하지만 최선의 성의를 보이고 싶어.』

그, 그러고 보면 마라 씨는 오랫동안, 정말 어마어마하게 긴 세월을 하이 엘프 마을 밖으로 나간 적이 없었지. 그 사실을 깜빡 잊고 있었다.

"……하이 엘프의 지식량은, 정말, 대단하구나."

"로니, 나도 하이 엘프지만 저렇게는 못 될걸……?"

보유한 지식만으로 한 번은 망한 길드를 이렇게까지 재건할 수 있을까. 아니, 절대로 그것만이 아니다. 마라 씨의 수완이나 노력이나 그런 것들의 산물이겠지.

"하지만 앞으로, 오래 살면서, 다양한 경험을 할 거야. 메구는, 마을에 틀어박힌 것도, 아니니까, 더 굉장해지겠지."

"으. 그러, 려나? 결국 나는 별로 변하지 않을 것 같은데."

게다가 방대한 지식을 다 기억할 자신도 없다. 마라 씨니까 기억할 수 있는 게 아닐까. ……다른 하이 엘프들이 어떤지는 모르지만. 종족 특성상 기억력이 좋다거나 하다면 나한테도 기회는 있다. 하지만 지금은 딱히 기억력이 좋다는 느낌은 없다. 으음, 너무 한참이 지난 미래 일이라 상상도 안 가.

Welcome
to the
Special
Guild

6 위화감

『정신 차려! 의식을 놓지 마!』

불쑥 소리치는 목소리가 들렸다. 이건 합동 회의? 아니, 아니야. 다른 사람들은 태도가 달라지지 않았으니까. 그렇다면……. 예지몽? 깨어있을 때 보는 예지몽이다.

『이대로는, 위험해……! 다들 협력해 줘!』

『큭, 어쩔 수 없지! 미안하――.』

머릿속에 목소리만이 계속 흐른다. 그 후에는 여러 개의 당황한 목소리가 뒤엉켜서 무슨 말을 하는지 알아들을 수 없다. 목소리도 들어본 적 있는 소리지만 어떤 게 누구의 목소리인지는 모른다. 딱 하나 알 수 있는 건, 누군가가 위기에 처했다는 것. 다들 그 사람을 구하기 위해 필사적으로 마법을 쓰고 있다. 그 누군가는 위험한 상황이구나……. 누구일까. 나도 무언가 할 수 있는 일이 있을까?

"메구?"

"……어?"

문득 옆을 보자 로니가 고개를 갸웃거리며 내 얼굴을 들여다보고 있었다. 아, 이런. 또 넋을 놓고 있었나?

"멍하니 있었나 봐. 괜찮아?"

역시나! 나는 당황해서 배가 좀 고팠던 것뿐이라고 얼버무렸다. 먹보냐고. 하지만 로니는 작게 웃고는 그 이상 물어보지 않았으니 넘어가자. 됐어. 먹보인 건 뭐 사실이니까. 그나저나 요즘 예지몽을 너무 자주 보는 거 아닌가? 빈도가 잦은 느낌이 든단 말이지. 마력이 많아져서 그런가. 아니면 무언가 정말로 위기가 닥치고 있거나. 어쩐지 후자일 것 같다. 연속으로 불길한 걸 보고 있으니까. 예지몽은 전부 다른 시점에 일어난 일일 테지만 왠지 다 이어진 것 같은……. 아무튼, 가슴이 술렁거린다. 요양과 뭔가 관계가 있는 걸까.

"자, 저쪽도 휴식에 들어갔으니 우리들도 쉬자! 그새 무투대회 개최는 거의 확정됐네. 분명 이 다음은 자세한 사항을 정하겠지."

짝짝 손뼉을 친 사우라 씨는 우리를 향해 그렇게 말한 뒤 혼자 중얼거리면서 손을 입가에 대고 생각에 잠겼다. 이미 무투대회에 관한 무언가 계획을 세우고 있는 것 같다. 역시 사우라 씨야.

"메구는 식사하고 나면 잘 시간이다. 회의 내용은 내일에라도 알려줄게."

"그렇구나, 늦어졌으니까. 알았어!"

여기선 순순히 기르 씨의 말을 따랐다. 낮잠은 자지 않게 되었지만 밤이 되면 금방 졸리니까 어쩔 수 없지. 뭐 어때! 잘 자야 잘 자란다고! 게다가 합동 회의의 분위기는 알았으니까. 응접실에 있는 우리는 차를 마시면서 한가롭게 즐기는 느낌이었지만, 그건 그거고.

"착하네."

그렇게 말하며 머리를 쓰다듬는 기르 씨는 좀 너무 멋있는 것 같습니다.

"나도 같이 먹어도 될까?"

"루드 선생님! 앉으세요!"

기르 씨와 로니까지 셋이서 식당에 가 자리에 앉자 루드 선생님이 말을 걸었기에 초고속으로 대답했다. 거절할 이유가 없고 말고요. 교대로 메뉴를 받으러 가서 모두 자리에 앉은 뒤 동시에 잘 먹겠습니다. 오늘은 크림 스튜다. 냄새부터 맛있다. 갓 구워낸 푹신한 빵과 토마토를 잔뜩 넣은 샐러드. 스튜 안에는 노릇노릇하게 구운 닭고기도 들어가서 씹는 맛도 일품이다. 데이지 않도록 후후 불면서 먹자 입안 가득 행복의 맛이 퍼져나갔다. 맛있어!

"언제 봐도 메구는 참 맛있다는 듯이 먹는구나."

"그치만 마시써."

"메구……. 삼킨 뒤에 말해."

아차, 식사 매너가 부족했다. 기르 씨의 지적에 쓴웃음. 거기 로니. 너무 웃잖아!

"로니는 후반 회의도 들으러 갈 거니?"

"아, 네. 어떤 식으로, 정해지는지, 알고 싶어요."

"음, 많은 걸 배울 수 있을 거야."

우물우물 닭고기를 씹으며 대화에 귀를 기울였다. 그렇구나, 로니는 이제 성인이니까. 어른이지. 좋겠다, 나도 빨리 어른이 되고 싶어.

"메구는 이만 잘 거지? 자기 전에 잠시 시간을 주겠어?"

"시간?"

이번에는 잘 삼킨 뒤에 루드 선생님의 말에 대답했다. 나도 학습을 한다.

"나중에 설명하겠다고 했잖아? 요양에 대해서."

"아……."

물론 잊었던 건 아니다. 하지만 이렇게 바로 말해줄 줄은 몰라서 놀랐다. 너무 시간을 많이 빼앗으면 후반 회의가 시작하기 전에 못 돌아갈 테니까.

"회의라면 신경 쓰지 않아도 돼. 나에게는 실이 있으니까. 길드 내부라면 그걸로 이야기를 들을 수 있어."

"어, 어라? 얼굴에 티났어요?"

"후후, 메구는 정말 알아보기 쉬워."

내 걱정거리를 정확하게 짚어내서 설명해 주니 뭐라 말할 수 없는 기분이 들었다. 그래, 루드 선생님은 투명실거미 아인. 실이 닿는 범위라면 움직임을 감지할 수 있다. 더불어 그 실을 따라 작은 거미를 보내면 근처에 있는 소리도 파악할 수 있다고 들은 적이 있다. 하지만 들으면서 설명하는 건 어렵지 않을까? 어렵지 않겠네요, 죄송합니다. 이 사람들은 보통 사람과는 능력이 너무 차이 나니까. 특히 오르투스의 중진들은 더욱!

"나도 같이 가지."

"기르 씨도? ……괜찮아?"

"불안하잖아?"

오오, 기르 씨는 다 알고 있다는 건가. 내가 알기 쉬운 것도 있을 테지만, 항상 내가 원하는 말이나 원하는 일을 간파해서 먼저 해준다. 못 당하게네. 그렇다면 내 대답은 하나.

"……응. 같이 와 주면 기뻐. 고마워, 기르 씨."

솔직해지는 것. 상당히 능숙해졌다고 본다. 옛날에는 여기서 자꾸 사양만 했는데, 그건 상대방을 슬프게 한다는 걸 깨달았거든. 봐봐, 기르 씨도 기쁘다는 듯이 웃잖아. 이런 반응을 보인다는 걸 나도 아니까 안심하고 기댈 수 있다. 아무에게나 어리광 부리는 거 아니거든? ……중진들에게는 하지만!

"메구. 나는, 잘 모르지만……. 다들, 있으니까, 괜찮아."

"로니…… 고마워!"

그리고 로니는 분명 자세히 듣지 못했다. 내가 내 입으로 말하지 않는 한 가만히 내버려 둘 것이다. 반대로 로니에게 무언가 큰일이 생겼다면 나는 궁금해서 못 견뎠을 것이다. 그래서 로니의 이런 점이 존경스럽다. 제대로 이야기를 듣고, 말해줄 수 있을 것 같다면 로니에게도 들어 달라고 해야지…….

저녁을 먹은 뒤 다들 한번 응접실에 간다고 해서 나는 혼자 대욕탕으로 서둘렀다. 목욕하고 나오면 기르 씨와 루드 선생님이 출구에서 기다려 준다나. 이야기를 먼저 들을 수도 있지만, 끝나면 바로 잘 수 있도록 하라며 반강제로 보내버렸다. 과보호라니까. 평소보다 서두르는 마음으로 욕실에서 나온 나는 따끈따끈한 상태로 기르 씨, 루드 선생님과 함께 내 방으로 향했다. 내부 카페에서 이야기할 줄 알았는데 이래저래 민감한 내용이라 남이 함부로 듣지 못하게, 그리고 이야기가 끝나면 내가 바로 잘 수 있게 고려했다고 한다. 역시 그랬군요. 감사합니다.

"여기가 입구인가. 의무실에서 이렇게 가까웠다니."

"루드 선생님은 제 방 어디인지 몰랐어요?"

"그래, 이 근방이라는 것까지는 들었어. 뭐, 알아도 안에 들어가는 방법은 몇 명밖에 모르지만."

그 몇 명이란 기르 씨, 사우라 씨, 아빠, 그리고 방에 고정 마법을 걸어준 미콜라슈 씨뿐이라고 들었다. 입구가 어디인지 아는 사람도 그리 많지 않으니까 내 방은 마치 환상의 방 같은 느낌으로 소문이 퍼져있다나. 그, 그 정도였어?

"메구의 입장상 방범 시설은 지나친 정도가 딱 좋아. 이건 메구만이 아니라 우리가 안심하기 위해서이기도 해."

"뭔가 고마운 듯 미안한 듯 복잡한 기분이에요……."

"아하하, 메구답네."

그런 대화를 하는 사이 기르 씨가 내 방의 문을 열었다. 내가 먼저 들어가고 루드 선생님이 따라 들어왔다. 마지막으로 기르 씨가 들어온 뒤 조용히 문을 닫았다.

"……귀여운 방이구나. 어린 여자아이의 방이라는 건."

"……나도 처음 봤을 때는, 그, 당황했다."

방에 들어오고 주위를 둘러보며 루드 선생님이 감상을 흘리자, 기르 씨도 조금 부끄럽다는 듯한 반응을 보였다. 어, 그랬어? 뭐, 이런 방에 익숙하다고 하면 그건 그거대로 상당히 놀랍지만.

"……인형이 늘어나지 않았나?"

기르 씨가 살짝 질린 듯한 표정으로 물었다. 그렇습니다. 점점 수집품이 늘어난단 말이지. 이 방의 주민이 되어 자리를 차지한 솜인형들은 지금 모두 여섯 개. 토끼, 고양이 등 귀여운 동물들이다. 참고로 제 돈으로 산 건 하나도 없습니다. 눈치채 줘……!

"다 귀여우니까 괜찮아! 하지만 가장 좋아하는 건 이거야!"

"음……."

바로 그림자독수리 인형이다! 이것만큼은 내가 이런 게 좋다고 요청해서 만들어 달라고 한 거라 특히 더 아끼고 있다. 처음 방에 놓은 솜인형이자 메어리라 씨와 함께 케이 씨에게서 받은 추억의 물건이기도 하고. 당연히 밤마다 껴안고 잔다.

"이거 그림자독수리잖아?"

"껴안는 맛이 아주 좋아요."

"그래, 항상 껴안고 자는구나."

"으……."

루드 선생님과 싱글벙글 대화하고 있었더니 기르 씨가 민망해 하며 뒤로 돌았다. 뭐, 자기가 모델인 솜인형이 있고, 심지어 어린아이가 그걸 껴안고 잔다는 이야기를 들으면 부끄러워질 만도 하지. 미안, 기르 씨. 하지만 안 껴안고 자진 않는다.

"아, 여기에 앉으세요! 의자도 꺼내와야지."

맞다, 여기에는 놀러 온 게 아니다. 평소에는 내가 쓸 의자 밖에 없으니까 두 사람이 앉을 의자도 수납 팔찌에서 꺼냈다.

……괜찮아. 평범한 디자인이거든. 차마 꽃무늬가 들어간 귀여운 의자에 앉힐 수는 없다.

"고마워. 그럼 바로 설명에 들어갈까."

"부, 부탁드립니다……!"

세 사람 모두 의자에 앉은 타이밍에 루드 선생님이 팔짱을 끼며 입을 뗐다. 두근거려라. 나도 모르게 힘이 들어가 버린 어깨에 기르 씨의 손이 가볍게 톡 올라오자 마음이 침착해졌다. 눈치가 끝내주신다.

"메구. 요즘 마력이 확 늘어났다고 느낀 적은 없어?"

"마력이요? 으음, 옛날에 비하면 상당히 늘어났다고는 생각하지만……."

정령들에게도 들었지만 내 마력은 상당히 많은 편이다. 몸 주인이었던 메구와 영혼인 하세가와 메구가 완전히 하나가 되었을 때 계단을 오르듯 한꺼번에 쭉 늘어났고, 거기서부터는 조금씩 늘어나고 있다. 그 후로 시간이 꽤 지났으니 총량이 상당하리라는 건 알지만 정확한 양은 모른다. 수치로 잴 수 있는 것도 아니고.

"최근에 확 늘었다는 느낌은 없는 것 같아요. 계속 서서히 늘어나는 것 같으니까 별로 실감이 안 나고……."

따라서 결국은 알 수 없다. 마법을 사용한 뒤에 지치지 않게 된 것도 제법 예전이라 그즈음부터는 아무 생각도 하지 않았다는 게 정답이다. 내 일인데도 이렇게 모르다니. 듣고 보니 더 나에 대해 알았어야 했다고 반성했다.

"그렇구나. ……메구. 너는 핏줄상 상당한 마력을 보유하게 될 거야. 그건 알지?"

핏줄. 마왕과 하이 엘프 사이에서 태어난 나. 그야 많아지겠지. 안다는 뜻을 담아 고개를 한 번 끄덕였다.

"우리도 그건 예상했어. 하지만 예상하지 못한 일이 일어났지. 메구는 이미 오르투스의 톱 클래스인 녀석들과 비슷한 마력을 보유하고 있어. 이건 지나치게 빠른 속도야."

"어……?"

루드 선생님은 침착하게 들어 달라고 덧붙였다. 이미 살짝 혼란 상태인데요?! 그, 그렇게 많았어? 내 마력…….

"그 나이에 그 마력량은 딱 잘라 말해서 이상해. 몸이 성장기니까 마력도 성장기야. 이대로 가면 메구는 장래에 지금 마왕보다도 많은 마력을 지니게 되겠지."

"그것만이 아니다. 마왕은 취임 후에는 한층 마력량이 폭증하지. 이대로 메구가 마왕이 된다면……. 그 총량은 채 가늠하지도 못할 정도야."

"히익……."

무심코 몸을 꽉 끌어안았다. 상상도 안 간다. 그렇게 커다란 힘을 가지게 된다니……. 두렵기만 하다. 뭔데. 이제 와서 사기 능력을 받는 거야? 그런 건 필요 없다고! 넘쳐나는 힘으로 하고 싶은 일을 마음대로! 같은 건 무리라니까! 틀림없이 감당 못한다. ……감당을 못해?

"아……. 그, 아버지는……."

내가 중얼거리자 두 사람은 동시에 미간을 찌푸렸다. 그렇구나. 알았다. 다들 뭘 걱정하는지. 루드 선생님이 무겁게 입을 열었다.

"……마력이 폭주하겠지. 그게 언제가 될지는 알 수 없지만."

그래. 아버지는 그 때문에 마력이 의사를 갖고 아주 난동을 부렸잖아. 마물이 폭주하고 마족도 공격적으로 변하고……. 대규모 전쟁이 일어났다. 암흑시대라고 불리는 나날이다. 긴 역사 속에서는 상당히 짧은 기간이긴 했지만, 그때를 살아간 사람들에게는 한없이 길게 느껴지는 시간이었겠지. 그게 반복된다고? 그것만은 싫다.

"다행이라고 해야 할지, 메구의 마왕 취임은 아직 멀었지. 폭발적으로 마력이 늘어나서 어느 날 갑자기 폭주하지는 않을 테지만……."

기르 씨도 심각한 얼굴로 머뭇거렸다.

"우리가 걱정하는 건 그 성장 속도야. 너무 빠르거든. 그 탓에 몸의 성장이 따라잡지 못하는 건 아닐까 의심돼."

즉 몸은 아직 어린아이인데 마력만 점점 늘어난다. 그래서 그 마력을 제어하지 못하고 폭주할지도 모른다는 거지? 음, 이해는 했다. 심장은 쿵쿵 뛰고 있지만! 그야 그렇잖아! 악몽이 재현될 가능성이 생겼는걸. 심지어 나 때문에! 하지만 괜찮다. 괜찮아. 어떻게든 할 자신이 있다. ……아니, 없다. 하나도 없어. 하지만…….

"하지만 뭔가, 방법이 있는 거지……?"

이 사람들이 아무런 대처도 하지 않을 리 없다. 나를 소중히 아껴준다는 걸 안다. 신뢰한다. 내가 아니라, 이 가족들을.

"……물론이지. 고마워, 메구. 우리를 믿어줘서."

그런 내 마음이 전해진 건지 루드 선생님도 기르 씨도 부드럽게 미소 지어 주었기에 나도 안심할 수 있었다. 덩달아 웃은 내 얼굴은 제대로 웃고 있었을지 알 수 없지만. 경직되는 건 용서해주시라.

"그래서 그 하이 엘프 마을이 나오는 거야. 마라 씨도 메구의 문제를 눈치채고 있었던 거겠지."

아, 요양 말이구나? 그래, 마라 씨도 눈치채고 있었구나. 어? 눈치챘던 거야? 요즘은 만나지도 않았는데 추리만으로 적중?! ……무, 무서운 사람이다. 루드 선생님도 쓴웃음을 짓고 있는 걸 보면 결국 그런 거겠지. 히이익.

"하이 엘프 마을은 이 세계에서 가장 맑고 아름다운 공기와 마력으로 충만한 장소야. 게다가 메구의 종족은 하이 엘프지. 고향의 공기가 안 맞을 리 없어."

"흐트러진 체내의 마력도 정돈될 거다. 그 장소에 있는 동안에는 폭주도 억누를 수 있을 것이라 보지만……."

그래, 나는 원래 하이 엘프지. 마을에서 나왔고 사상도 안 맞다 보니 나 자신은 그냥 엘프라고 생각하며 살지만. 공기가 맞을 것이라는 말도 이해는 간다. 폭주를 억누를 수 있을지도 모른다면 요양하러 가는 것도 나쁘지 않다.

"……그건, 당장 가지 않으면, 안 돼?"

하지만 지금 당장 가야만 하는 걸까. 모처럼 무투대회도 시작될 것 같은데 어쩐지 섭섭하다. 조금 전 회의 내용으로 보아 누군가가 같이 와준다는 것 같지만, 당연히 그동안은 일을 할 수 없게 되니 폐를 끼친다. 즉 마음이 불편하다. 쓸쓸하다. 마음만 놓고 본다면 가기 싫다. 떼쓰는 어린애야.

"아니, 지금 당장은 아니야. 하지만 마력이 억제되지 않는 징조가 보이면 가는 게 좋겠지."

그렇구나. 당장 가는 건 아니었어. 그 말에 안도했다. 하이 엘프 마을 사람들이 싫은 건 아니거든? 단순히 오르투스를 떠나있는 게 쓸쓸한 것뿐이지. 그래, 그것뿐이야. 그러니까 이렇게 미리 가르쳐 주는 건 고맙다. 마음의 준비를 할 수 있잖아. 소위 입원 같은 거다.

"그때는 나도 따라간다. 그러니까 걱정하지 마."

"기르 씨……. 응, 고마워."

괜찮아. 나에게는 도와주는 동료가 있다. 그 사실이 무척 든든하고 안심을 줘서…….

――그래서 나는 이때 이미 그 징조가 보이기 시작했다는 걸 눈치채지 못했다.

"그럼 나는 슬슬 응접실로 돌아갈게. 마침 지금 합동 회의도 재개한 모양이고."

"아, 맞다. 루드 선생님, 감사합니다!"

"괜찮아. 다만 메구, 노력해도 계속 신경 쓰인다면 바로 상담해줘. 누구든 상관없으니까."

"……응, 알았어요."

'기르는 어떻게 할래?'라는 루드 선생님의 질문에 기르 씨가
조금 더 여기에 남겠다고 대답했다. 그 말을 들은 루드 선생님
은 부드럽게 미소 지은 뒤 조용히 방에서 나갔다. 솔직히 감사
했다. 기르 씨가 남아준 게.

"……괜찮아?"

역시 나를 염려해준 모양이다. 그 목소리에 어떻게 해볼 수 없
을 만큼 안심을 느꼈다. 완전히 정신안정제다. 기르 씨의 든든
함은 천하제일!

"그야 이래저래 신경 쓰이지만……. 그래도 고민해 봤자 어쩔
수 없잖아."

"그건 그렇다만."

거기서 말을 끊은 기르 씨. 원래 말을 잘 안 하는 사람이니까.
그 후에 이어질 말을 찾는 것처럼 보였다. 고마워라. 친절해라.
그래서 나는 후후 작게 웃어 버렸다.

"……뭐야."

그걸 본 기르 씨가 미심쩍은 얼굴로 그렇게 말하는 바람에 더
웃어 버렸다. 악의는 없는데!

"미, 미안해. 하지만 기르 씨나 루드 선생님이 그렇게 걱정해
주는 게 기뻐서."

"끙……. 당연하지."

참으로 미묘한 표정이 된 기르 씨가 곁눈질로 이쪽을 내려다
보았다. 표정이 풍부한 기르 씨는 역시 귀중하다. 미묘한 표정

이어도 잘생긴 건 변함이 없다. 비겁하다.

"에헤헤, 고마워. 그리고 이런 말을 하면 이상한 애로 보일지도 모르지만……."

뭐, 그러거나 말거나 나는 이미 이상한 애일지도 모르지만. 그건 그거! 지금은 그런 건 제쳐놓고!

"내 일이고, 꽤 중대한 문제라고는 생각하거든? 하지만 기르 씨나 모두가 있으면 반드시 어떻게든 될 것 같아! 불안하고 무섭기도 하지만 분명 괜찮을 거야."

"메구……."

내가 생각하기에도 완전히 남에게 다 떠넘기는 발언이었다. 아, 아니, 스스로도 어떻게든 하고 싶긴 하거든? 노력할 수 있는 부분은 당연히 노력하고말고!

"훈련도 열심히 하고, 잘 먹고, 잘 잘 거야! 일도 제대로 하고, 말도 잘 듣고! 어, 어라? 뭔가 이야기가 딴 데로 샜나……?"

하지만 결국 내가 노력할 수 있는 부분은 그 정도란 말이지. 뭘 해야 하는지 알 수 없고. 나머지는 마음의 준비 정도? 그렇게 중얼거리고 있었더니 기르 씨가 웃음을 터트리는 소리가 들렸다.

"큭큭……. 미안하다. 메구는 메구구나."

"기르 씨, 너무 웃는다고."

내가 뺨을 부풀리며 항의하자 기르 씨는 더 크게 어깨를 떨며 웃었다. 저, 저기요? 하지만 평소에는 조용하니까 이 정도로 크게 웃으면 기쁜 것 같기도 하고. 아니, 잠깐. 날 보고 웃는 거잖아.

"저기, 기르 씨."

기르 씨가 진정했을 때를 노려 나는 조용히 말을 걸었다. 기르 씨는 '왜?'라고 한마디만 한 뒤 나를 보았다. 직전까지 웃었지만 제대로 경청하고자 자세를 고치는 게 이 사람이다.

"……가끔 괴로운 듯한 슬픈 듯한 눈으로 나를 봤던 건 이게 원인이었어?"

"……윽, 눈치채고 있었나."

"응. 알지. 기르 씨니까."

물론 기르 씨만이 아니다. 아빠도 루드 선생님도, 다른 사람들도 때때로 괴로워하는 표정을 지었다. 눈치챘다기보다는 지금 막 짐작이 갔다고 하는 게 정확한 건지도 모른다. 그때는 특별히 신경 쓰지 않았으니까. 어라? 지금 왠지 반응이 이상하지 않았나? 착각인가? 같은 식으로 넘겼지.

"내가 멍하니 있다가 정신 차린 뒤나, 그럴 때면 다들 걱정된다는 듯이 쳐다봤으니까. 음, 걱정해 주는 건 늘 그렇긴 한데. 뭔가 평소보다 훨씬 더 걱정하는 것처럼 보였어."

자만이라고 한다면 그런 건지도 모른다. 하지만 나라고 딱히 아무 생각 없이 하루하루를 지냈던 게 아니다. 제대로 주변 사람들을 보고 있다. 작은 변화가 생기면 아무래도 눈치챈다.

"잘 보고 있구나. ……불쾌했어?"

"그렇지 않아! 무슨 일이 있으면 언젠가 말해줄 거라고 믿었으니까 괜찮아!"

'실제로 이렇게 가르쳐 줬잖아?' 하고 웃자 기르 씨는 내 머리를 쓱쓱 쓰다듬었다. 평소보다 힘이 조금 강하다. 아얏, 머리카락이!

"메구에게 들키다니. 어른들도 한심하구나."

"무슨 소리야. 한심한 정도가 딱 좋다고! 다들 항상 무지무지 많이 일하고 있으니까!"

기르 씨가 면목 없다는 듯이 그런 말을 하길래 나는 검지를 척 세우고 선언했다. 뭐든 다 완벽한 건 피곤하고, 반대로 걱정된다. 동료 일에 감정을 드러내 주는 모두가 무척 사람다워서 안심된다. 한편 기르 씨는 순간적으로 어안이 벙벙한 듯한 표정을 짓고는 다시 어깨를 흔들며 웃기 시작했다. 기르 씨는 의외로 웃음의 허들이 낮구나…….

"한심한 정도가 딱 좋다라. ……후, 그래……!"

기르 씨의 웃음 포인트가 어디인지 잘 모르겠다. 너무 머리 나쁜 발언이었나? 바보라서 죄송합니다……!

"아무튼. 그러니까 뭔가 눈치챈 게 있으면 말해줘. 내가 멍하니 있을 때, 뭔가 평소랑 달랐다거나. 지금 이상하다거나. 왜냐하면……."

그래. 알아차렸다면 말해줘. 이렇게 설명을 들은 지금이라면 그걸 요구해도 괜찮겠지.

"아무것도 모르는 사이에 폭주해서 누군가를 다치게 만드는 건 싫단 말이야. 내가 한 일에 제대로 책임을 지고 싶어!"

몰랐다는 말로는 끝나지 않는다. 누군가에게 상처를 준 뒤에는 늦다. 어쩔 수 없다는 말로 넘어갈 수 없다며 지금도 계속 속죄하는 마왕 아버지의 의견에 전면 공감이다. 알고 있다면, 대책을 세울 수 있다면, 할 수 있는 일은 해놓지 않으면 나중에 죽도록 후회하니까.

"기르 씨, 부탁이야. 만약 내가 폭주하면 막아줘. 아무도 다치게 하지 못하게. 내가 폭주해 봤자 오르투스의 길드원이라면 괜찮을 테지만…… 그래도!"

그래서 부탁했다. 나 혼자서는 어떻게 할 수 없는 일이니까. 두 주먹을 꽉 쥐고 호소하자 기르 씨가 부드럽게 끌어안아 주었다. 흐아아, 따뜻해라. 점점 커지던 불안이 순식간에 쪼그라들었다.

"메구가 안심한다면, 약속하마. 내가 반드시 막겠어."

"주변 사람들을 지켜줄 거야?"

"그래. 메구도 지킬게."

기르 씨는 주저하는 기색도 보이지 않고 그렇게 단언했다. 이 사람이라면 반드시 해준다. 그런 확신이 있다. 그건 지금까지 같이 지내면서 쌓아온 신뢰이기도 하지만, 전적으로 기르 씨가 실력자이기 때문이다.

"다행이다……. 고마워, 기르……."

"메구?"

의외로 나는 많이 긴장했던 모양이다. 어쩐지 무척 안심이 되자 몸에서 힘이 단숨에 빠져버렸다. 아마 이건 졸음이다. 얌전히 몸을 맡긴 순간, 기르 씨의 '잘 자'라는 목소리를 들은 것 같은 느낌이 들었다.

Welcome
to the
Special
Guild

7 이어지는 꿈

　──꿈을 꾸고 있다.

　요즘들어 이렇게 바로 눈치채는 것도 익숙해졌다는 증거다. 이쯤 되니 감각으로 알아차린다. 미래에 관련된 무언가를 알 수 있을지도 모른다는 생각에 나는 새하얀 공간을 두리번두리번 둘러보았다.

　"아버지……?"

　저 멀리 머리를 부여잡고 고통스러워하는 듯한 아버지의 모습이 보였다. 어? 고통? 마왕인 아버지가 고통스러워한다니 엄청난 사건 아니야?! 이건 꿈이라는 걸 알면서도 가만히 있을 수 없었던 나는 허둥지둥 아버지에게 달려갔다.

　『큭, 이것, 은…… 꿈이 아니었단 말인가……?! 나는, 나는 실제로……!』

　신음을 흘리며 중얼거리는 아버지. 뭐가 어떻게 된 거지.

　『힘이, 멈추지 않고 치솟아……. 들어가…… 들어가라……! 이제 다시는, 백성을 다치게 할 순……!』

　그 순간 검은색의 커다란 용이 마을을 덮치는 광경이 뇌리에 떠올랐다. 갑작스러운 일이라 나는 작게 '힉' 하고 비명을 흘렸다. 가차 없이 마을을 파괴하는 검은 용. 분노에 미쳐버린 듯 난동을 부리는 그 용은 꼬리로 건물을 부수고 입에서도 새카만 불꽃을 뿜었다. 도망치는 사람들, 다쳐서 피를 흘리고 쓰러지는 사람들…… 흉포해진 마물들이 아수라장이 된 마을에 들어와 사람들을 쫓아다녔다.

"저건…… 아버지?"

이 검은 용은 본 적이 있다. 아버지의 마물형이다. 전신이 바들바들 떨렸다. 내 몸을 꽉 끌어안은 순간 머릿속 광경이 슥 사라지며 눈앞에는 인간형이 된 아버지가 나와 마찬가지로 자신의 몸을 껴안고 웅크리고 있었다.

『두렵다…… 내가 두려워……! 여기에 있으면 안 돼…… 또 사람들을 다치게 할 거야……!』

아버지가 떨고 있다. 두려워하고 있다. 괜찮아, 아버지. 괜찮아. 그건 제대로 해결되니까. 이미 극복한 과거니까. 살며시 손을 뻗어 아버지의 어깨에 닿은 순간 아버지의 모습이 순식간에 용으로 바뀌더니 귀를 찌를 듯한 포효를 질렀다──.

벌떡 힘차게 일어났다. 쿵쾅쿵쾅 심장이 크게 뛰었다. 내 심정과는 반대로 창문에서는 눈부신 햇살이 들어와서, 그 빛이 나를 조금씩 달래주었다.

"아침, 인가……."

아직 거친 호흡으로 숨을 쉬며 툭 중얼거렸다. 어쩐지 잠을 잔 것 같지가 않네……. 묘하게 피곤해지는 예지몽이었다. 그래, 예지몽. 하지만.

"……이번 그건 예지몽이 아니지?"

조금씩 침착함을 되찾은 머리로 생각했다. 생각을 정리하기 위해 중얼중얼 입밖으로도 냈다.

"그건, 분명 진짜 일어났던 일······."

암흑시대, 전쟁이 일어났을 때. 아빠가 아버지와 영혼을 나눈 덕분에 간신히 억누를 수 있었던 그 마력 폭주. 조금 전 꿈은 폭주해서 고뇌하는 아버지의 꿈이다.

"······아직 감각이 남아있어."

멍하니 내 손을 바라보았다. 한순간 닿았던 아버지의 어깨. 분명히 닿았던 감각을 기억한다. 묘하게 현실 같은 꿈이었다. 하지만, 그렇다면 내가 본 지금 그 꿈은———.

"과거몽······?"

내 특수 체질은 예지몽이 아니었던 건지도 모른다.

【자하리아슈】

"윽, 꿈, 인가······!"

오랜만에 꾼 그 꿈 때문에 조금 개운하지 못한 아침이었다. 최근에는 거의 꾸지 않게 되었기 때문에 방심했던 건지도 모르겠군. 불쾌함을 느낄 정도로 땀이 흥건했다.

"나의 죄는 사라지지 않는다는 것인가······."

아직 200년하고도 조금 전의 이야기이긴 하다. 나의 인생에서 가장 강렬하며 힘들고 고통스러운 시기였다. 물론 그 기간은 지금 돌아보면 아주 짧은 기간이긴 하였다만. 이제 와서 후회라는 단어로는 넘어갈 수 없다. 이미 평생 짊어지고 살아가겠노라고 결심하였으니까. 당시 일을 이렇게 꿈으로 꾸는 것도 익숙하

다. 빈도는 줄어들었으나 여상한 일이다.

하지만 지금 막 꾼 꿈은 여느 때와는 미세하게 다른 점이 있었다. 정말로, 의식하지 않으면 눈치채지 못했을 법한 사소한 변화가 있었다.

"그 손은 누구의 손이었을까……."

나의 어깨를 살며시 만졌던 그 손. 폭주하는 힘에 삼켜지기 직전, 인간형에서 마물형으로 변화하려던 순간 누군가가 어깨에 손을 올린 듯한 느낌이 들었다. 그 감각을 꿈에서 깨어난 지금도 기억하는 것으로 보아 역시 착각은 아니었으리라. 무의식중에 닿았던 부위에 손을 올렸다. 격려해 주는 듯한 느낌을 받았다. 이 고통은 오랫동안 이어지지 않으니 괜찮다는 생각이 들었다. 그것 또한 한순간이었으나.

"……이제 심장 소리는 안정을 되찾았군. 여느 때라면 조금 더 시간이 필요하거늘."

악몽을 꾸고 깨어난 아침은 당시의 공포가 되살아나서 움직일 수 있게 될 때까지 시간이 걸렸다. 한심한 이야기이긴 하나, 이것만큼은 어찌할 수 없다. 유진의 소개로 진찰해 준 루드비크라는 의사의 말로는 이것은 트라우마라고 하며, 마음의 병 같은 것이기에 무리도 아니라고 하였다. 스스로 어떻게든 하려고 하지 말고 진정될 때까지 시간이 필요하다면 그렇게 두어도 된다고. 그렇기에 매번 시간을 들여 마음을 정리하였으나, 이번에는 당장에라도 움직일 수 있을 것 같다. 악몽 자체가 오랜만이자 그로부터 제법 시간이 지났기 때문이라고 해석한다면 불가능할 것은 없지만……

　"분명 그 손이 나를 구원해준 것이겠지……."

　하나 이것은 그저 꿈이다. 여느 때와는 다른 무언가가 나타났다는 건 나의 마음에 변화가 일어났다고 할 수 있는 것인지도 모른다. 간신히 당시를 받아들이고 극복하려 하는 것이라면 좋은 일이다. 하지만 지금은 그 손의 주인에게 감사를 바치고 싶은 기분이다. 가볍게 눈을 감은 나는 누구인지도 알 수 없는 그 상대를 향해 살며시 감사의 말을 건넸다.

　어젯밤은 합동 회의 첫날이었다. 회의는 순조롭게 진행된 모양이었다. 하지만 아직 끝나는 분위기가 아닌 것은 대회에 관련된 상세한 회의가 남아있기 때문일 것이다. 나는 합동 회의에는 참석하지 않았으나 이렇게 창문을 통해 회의 장소인 스텔라 방향을 마력을 담아 바라보면 그 정도는 알 수 있다. 흠, 아직 이른 아침이기 때문인지 다들 각자 방에 있구나. 녀석들은 강자들이며 저마다 개성적이어서 마력의 질로 찾아내기 쉬웠다. 수색에 큰 고생이 없었던 만큼 그들의 감정 등을 알아내기 위하여 마력을 사용하니 어지간한 것은 파악할 수 있었다. 게다가 나의 반신인 유진이 회의에 참석했다. 녀석의 기척은 누구보다도 감지하기 쉽다. 순간 다소 당황한 듯한 감정이 전해졌으나, 그 또한 바로 가라앉았으니 문제는 없을 것이다. 자세한 이야기는 크론과 리히토가 돌아온 뒤에 들으면 될 터. 그 두 사람은 조금은 대화를 나누었을까. 노파심 같은 간섭이었을지도 모르나 조금은 힘을 실어주어도 괜찮을 것이라는 판단에 억지로 보냈다. ……
악화하지 않았기를 기도한다. 이것만큼은 두 사람이 아니면 어
떻게 할 수 없는 노릇이니. 나 원, 리히토는 우직하니 됐고, 크
론만 조금 더 솔직해진다면 괜찮을 텐데. 참으로 난해한 심리로
다. 하나 크론의 마음도 이해한다. 한 걸음을 떼지 못하는 까닭
은 훗날에 받을 상처를 알기에 방어기제가 발동한 것. 그것도
어찌할 수 없는 일이다. 크론은 아인이지만 리히토는 인간. 인
간의 시간은 무시무시하게 짧다. 실제로 리히토는 이미 같은 종
족으로서 환산하면 크론보다도 연상이 되고 말았다. 고작 몇 번
눈을 깜빡이는 사이로도 느껴질 만큼 짧은 기간에 순식간에 나
이를 먹는다. 하루하루 성장하는 리히토를 가까이서 보며 크론
도 두려움을 느꼈으리라.

　진지한 감정이기에 더욱.

　그렇기에 빨리 마음을 전하면 좋을 것을. 크론은 이대로 계속
마음속에 숨겨둘 생각인가. ……그래, 감정이란 복잡하지. 크론
을 지켜볼 수밖에 없다. 어떠한 것이 최선인지는 크론만이 정할
수 있는 일이니까. 그것은 리히토에게도 해당된다. 언제 말할
지, 그 또한 선택이다.

　"때가 오면 또 생각도 바뀔 터이지."

　만사에는 적절한 시기라는 것이 있다. 손을 대고 싶으나 지금
은 참아야만 한다. 내가 할 수 있는 일은 천천히 마주 볼 시간을
주는 것뿐. 둘이서 회의에 참석하라고 말했을 때 크론의 보낸
싸늘한 시선도 무섭지 않다. ……조금, 진심으로 일하도록 할

까. 돌아왔을 때 일처리가 늦어져 있다간 앞으로 더욱 업무량이 늘어날 것이다.

"마왕님."

"음, 토르슈인가."

집무 책상에 앉으려고 한 바로 그때, 현 재상인 토르슈가 말을 걸었다. 그녀는 전 재상인 휴드리히의 반려이다. 휴드리히가 죽고 십수 년이 지난 지금, 그녀는 훌륭히 그 직무를 완수하고 있었다.

"……아아, 오늘은 휴가를 받고 싶다고 했었지."

"네, 면목이 없습니다. 크론 님과 리히토 님께서도 자리를 비운 시기에."

그녀의 오른손을 잡고 있는 아직 한참은 어린 아이. 이제 막 말을 익혔을 남자아이가 어리둥절한 얼굴로 나를 보고 있었다. 휴드리히와 토르슈가 늘그막에 얻은 아이이다. 아버지로서 아이의 성장을 더 보고 싶었을 터인데. 하나 그는 아이가 생긴 그때부터 각오하였다. 아이가 태어난 뒤로 후회하지 않도록 전력을 다해 귀애하던 그 모습도 어제 일처럼 떠올릴 수 있다.

"무슨 말인가. 휴가는 이전부터 정해져 있던 일이지 않으냐. 괜찮다. 아이와 함께 보내주어라."

"감사합니다."

아이는 아직 어리다. 어린이원이 있다고 하나 친부모와 교류하는 것은 무척 중요한 일이다. 마음의 성장을 위해서도 이러한 휴가는 최대한 자주 받아 가도록 하고 있다.

"로델리히, 였던가."

"! 네……."

나가려고 하는 두 사람의 등을 바라보며 살며시 아이의 이름을 불렀다. 휴드리히를 닮은 이름에 무심코 표정이 부드러워졌다.

"어머니의 말씀을 잘 듣고 즐거운 시간을 보내거라."

"……네!"

"마왕님……. 감사합니다."

긴장하던 얼굴이 꽃이 피어나듯 활짝 밝아졌다. 음, 착한 아이구나. 이대로 솔직하게 잘 자라주기를 기도했다. 그리고 바라건대 미래의 재상으로서 성장해 주기를.

"실례합니다."

"지금 막 돌아왔습니다, 자하리아슈 님."

리히토와 크론이 돌아온 것은 해가 완전히 저문 뒤였다. 음, 어느새 이렇게 시간이 흘러버렸구나. 일에 집중했었기 때문인지 전혀 눈치채지 못했다. 흠, 나도 하면 되는군.

"이렇게나 일을 끝내셨다니……. 하면 되시지 않습니까."

하나 크론, 네가 그렇게 말하면 영 기분이 복잡해지는구나. 나는 눈썹을 찌푸리며 의자에서 일어난 뒤 두 사람에게 걸어갔다.

"바로 보고할 생각인가? 조금 휴식한 뒤에 해도 괜찮다."

"음……. 이동에도 제법 시간이 걸렸으니 먼저 쉬어도 괜찮겠습니까."

예상대로 두 사람은 마왕성에 돌아오자마자 곧장 이곳으로 온 모양이었다. 내가 보고하라고 지시하면 당장에라도 해줄 테지만 무리시킬 때는 아니다. 잠시 휴식하게 한 후 안정된 상태에서 보고를 들으면 된다.

"그럼 실례합니다."

그렇게 말한 뒤 크론은 바로 퇴실했다. 그녀는 항상 행동이 빠르다. 망설임이 거의 없다. 익숙한 일이다만.

"……그럼 이 기회에 제가 먼저. 괜찮죠?"

"……무언가 일이 있었군?"

리히토가 크론이 나가길 기다렸다가 조용히 말했다. 그렇다는 건 그리 알려지고 싶지 않은 이야기일 것이다. 나는 바로 눈치를 채고 리히토를 재촉했다.

"네. ……아무래도 메구도 회의 내용을 들었던 것 같은데요."

"메구가? ……아아, 오르투스의 그림자독수리의 능력이겠지. 신기한 일은 아니다만."

원거리에서 회의 상황을 파악할 수 있는 오르투스는 역시나 범상치 않은 기술을 보유하고 있다. 다른 특급 길드와는 확연히 다른 점이 바로 그 부분이며, 그것이야말로 오르투스의 강점이기도 하다.

"슈톨의 수장인 하이 엘프 마라 씨가 깜빡 말실수를 해버렸거든요. ……메구에게 요양이 필요하다고."

"뭣……. 그 사실을 알고 있는 마라 또한 보통은 아니로군."

하나 그걸 메구가 들어버렸다는 것은 오산이었을 터. 설마 들고 있을 줄은 몰랐을 것이다. 이것은 사고다. 별수 없다.

"그래서 아마 오르투스가 메구에게 무언가 설명을 할 거예요."

"그렇군……."

하지만 요양이라. 그래, 하이 엘프 마을에 머무르게 한다는 것이겠지. 확실히 그 땅에 있다면 메구의 몸에 실리는 부담도 경감될 것이다. 생각이 다 있군.

"메구를 만났을 때도 느꼈던 건데……. 마력이 꽤 새고 있었잖아요."

"그래, 그랬지. 멍하니 넋을 놓기도 하고. 그것은 마력 누수가 원인이라고 보아도 틀림없을 것이다."

메구의 마력 증가 속도는 비정상적이다. 언젠가는 그렇게 되리라고 예상하고 나름대로 준비는 하였으나……. 너무나도 빠르다. 요양이라, 좋은 수단이긴 하군.

"하다못해 대회가 끝날 때까지는 버텨주었으면 좋겠다만."

대책이 성공할지 아닐지는 아직 알 수 없다. 하나 할 수밖에 없을 테지. 그리 머지않은 미래에.

메구. 안심하거라. 절대로 나와 같은 전철을 밟지 않게 하겠다. 나는 주먹을 세게 쥐고 멀리 오르투스에 있는 나의 딸을 마음에 그렸다.

새
정령을 맞자

구사할 수 있는 자연 마법을 늘리고 싶다.

그건 얼마 전에 일어난 작은 사건이 계기였다. 작은 사건이라고 했다간 보호자 일동이 그건 대사건이었다고 입을 모아 지적할 테지만, 그걸 신경 썼다간 수습이 끝이 없으니 미뤄놓고. 아, 하지만 생각해 보면 유괴 미수니까 큰일이긴 한가.

그렇다. 사실 나는 이 마을에서 유괴당할 뻔했다. 물론 지금 이렇게 잘 지내고 있으니까 별일은 아니었지. 드디어 마을을 혼자 걸어 다녀도 된다는 허락을 받고 돌아다니던 도중 이상한 사람들이 말을 걸더니 강제로 끌고 가려고 했다. 하지만 잠깐만, 들어봐. 나는 제대로 직접 그 변태들을 격퇴했다고! 한 번 더 말하겠다. 직접! 변태를 격퇴했다! 칭찬해 줘! 하지만 반성할 점도 있었다.

"그때는 필사적이었다고 해도……. 길을 태워 버리고 벽을 파괴한 건 정말 미안했지."

뭐가 고민이냐면 바로 이것이다. 자연 마법으로 변태들을 격퇴한 것까지는 좋지만, 조금만 더 손속을 두어야 했다고 반성도 하고 있거든……. 그 뭐냐, 그러니까 즉, 좀 지나쳤다. 에헤헤. 아니, 내가 위기에 빠졌다면서 정령들이 엄청나게 파워를 발휘한 것이기도 하니까 자랑스럽기도 하다. 그렇긴 한데, 호무라는 너무 힘을 내서 변태의 옷을 모조리 불사른 데다 살짝 화상도 입히고 심지어 길도 태워버렸다. 후우는 변태 중 한 명을 바람으로 힘껏 날려버렸는데, 날아간 변태가 벽에 격돌하자 벽 일부에 금이 가버렸다. 그리고 시즈쿠는 변태를 물로 공격하려다 그

근방을 침수시켜 버렸다. 아무튼, 그곳에 사는 사람들에게 폐를 끼쳐버린 걸 나는 아주아주 후회하고 있다.

『그건 정당방위라고 하는 거야. 주인님은 너무 신경 쓰지 않아도 돼!』

내가 끙끙 고민하는 마음의 소리를 들은 쇼가 허리에 두 손을 올리고 흥흥 화를 내며 두둔해주었다.

『맞아! 전부 주인님에게 위해를 끼치는 그 녀석들 잘못이야.』

『나도 후회는 전혀 안 해!』

『음, 더 해줬어도 괜찮았다고 본다만.』

그리고는 쇼에게 찬동하듯 후우, 호무라, 시즈쿠도 잇달아 그렇게 말했다. 아아, 귀여워라. 나를 위해서 노력해 준 너희는 정말로 다정하고 착한 아이들이야. 너무 좋아! 사건 당일에도 물론 칭찬했고 지금도 고마움으로 가득하다. 게다가 나도 어느 정도는 그렇게 생각한다. 하지만 그거랑 이거는 좀 다르거든.

"다들 고마워. 하지만 내가 할 수 있는 일이 더 있다면 해두고 싶어. 조금 더 주변에 피해가 가지 않는 방법이 있다면 배우고 싶거든."

어쩔 수 없다고 끝내버리면 발전이 없다. 거기서 끝내지 말고, 그렇다면 다음은 어떻게 할지 고민해야 한다고 본다. 그렇게 자주 유괴범을 마주칠 것 같지는 않긴 하지만, 대책은 많을수록 좋지. 무엇보다 이걸 계기로 모처럼 허락이 떨어진 혼자 외출하기가 금지당하는 건 더 싫어! 앗, 넵. 이게 진심의 대부분을 차지하고 있습니다. 죄송합니다. 하지만! 내가 직접 격퇴했으니까 지금도 혼자 다닐 수 있게 해주고 있지만, 그때 내가 속수무책으로 끌려갔다면 지금쯤 길드에 꽁꽁 갇혀있었을 것 같다고……! 역시 메구에게 혼자 외출하는 건 일렀다고 할 게 뻔해! 게다가 오르투스의 규칙에도 있잖아? 성장을 멈추지 말라고. 늘 향상심을 가져야지. 그러면 나도 더 안전해지고, 보호자들도 안심하고 나를 보낼 수 있게 될 테니까! 그렇게 고민한 끝에 적을 포박할 수 있는 마법이나 순식간에 의식을 빼앗을 수 있는 마법이 필요하다는 결론에 도달했다.

결론이 나왔으면 바로 행동. 자연 마법 구사자인 내가 새 마법을 쓰고 싶다면 새 정령과 계약할 필요가 있다. 생활 마법으로는 부족하니까. 아무튼 그러려면 정령이 있을 법한 장소에 가야 하는데, 그건 대부분 마을 밖이다. 그럼 혼자서는 갈 수 없으니 누군가의 협력을 받아야만 한다는 겁니다. 이럴 때 적임자는 한 명. 내 마법 스승인 슈리에 씨 말고는 없지! 정령도 보이고, 무엇보다 자연 마법은 전부 슈리에 씨에게 배우고 있으니까. 따라서 나는 바로 이 문제를 상의하기 위해 접수처에 가서 슈리에 씨에게 전언을 남겼다. 항상 일 때문에 바쁜 사람이니까 언제든 상관없다는 추신도 덧붙였다. 개인적인 부탁이니까 너무 떼를 쓸 수는 없지. 대답만으로도 2, 3일 걸릴 거라고 예상하고 느긋하게 있었는데 그날 오후가 되자마자 접수처에서 대답이 돌아왔다. 빨라! 심지어 오늘 저녁에 시간을 내겠다고 했다. 어? 너무 빠른데?! 진짜 유능한 사람이다. 무리하게 만든 건 아닌지 걱정하면서도 빨리 상담할 수 있게 된 것에 감사하며 저녁을 기다렸다.

슈리에 씨의 전언대로 저녁에 홀에 있는 카페에서 기다리고 있었더니 몇 분도 지나지 않아 슈리에 씨가 왔다. 나를 발견하고 바로 평소처럼 아름다운 미소를 보여주시는 게 대단히 황홀합니다. 자기에게 부탁한 게 기뻐서 서둘러 일을 끝냈다나. 무, 무리한 건 아니지? 괜찮을 테지만 본래대로라면 이미 자유시간일 시간을 받았으니 바로 본론으로 들어갔다.

"새로 계약할 정령을 찾고 싶다고요?"

"네! 그, 슈리에 씨의 일정이 빌 때면 되는데……. 안 될까요?"

결국 정령을 찾으러 가려면 이번에는 슈리에 씨의 시간을 더 많이 가져가게 된단 말이지. 그게 조금 마음이 불편하다. 개인적인 일이니까 일로 처리되지 않으니 쉬는 날에 할 생각이었고, 그러면 귀중한 휴일을 쓰게 만들게 되잖아. 조마조마한 마음으로 대답을 기다리자 슈리에 씨는 턱에 손을 짚고 조금 놀란 듯 질문했다.

"아뇨, 안 되는 건 아니지만……. 왜 갑자기 새 정령이죠? 그 나이에 정령을 넷이나 계약하고 있는 것만으로도 충분히 대단한 일입니다. 그러니 이유를 물어도 될까요?"

지당한 의견이다. 이 나이치고는 계약 정령이 상당히 많단 말이지. 이쪽에서 부탁하는 이상 여기서는 제대로 설명해야 한다. 사실은 그 사건 일을 별로 상기시키고 싶지 않았지만. 특히 슈리에 씨는 겉보기와 다르게 누구보다 다혈질이니까. 하지만 수단을 가릴 때는 아니다. 나는 시선을 이리저리 배회하면서 최대한 포장해 가며 이유를 설명했다. 아니나 다를까, 설명하는 사이에 그 미소에서 시커먼 아우라가 흘러나온 느낌이 들었지만 제대로 끝까지 들어주었다. 심지어 딱히 그 사건을 언급하지도 않고, 표정 한 번 구기지 않고 흔쾌히 승낙해 주었기에 진심으로 안심했다. 하아, 다행이다.

"그런 거라면 최대한 빠른 게 좋겠군요. 안전과 직결되는 셈이니까요. 어디 보자…… 사흘 뒤 오전은 어떻습니까?"

"네?! 그렇게 빨리요? 괜찮은 거예요?"

사흘 뒤는 휴일이고 오후에만 일정이 있으니 괜찮다는 대답이. 정말일까? 무리해서 일정을 비운 건 아닐까? 이 사람은 그런 부분을 숨기는 것도 능숙할 것 같으니까. 하지만 이건 호의다. 만약 그렇다고 해도 슈리에 씨가 나를 위해 해준 말이니까 순순히 고마워하는 게 정답이지! 아, 내 일정? 내 일은 융통성이 넘쳐나거든요. 절대 나는 있어도 없어도 상관없다거나 하는 게 아니다. 절대로.

"그, 그럼 그날로 부탁드려요!"

"네, 기대하고 있겠습니다."

장소는 슈리에 씨가 가끔 간다는, 정령이 잘 모여드는 호수. 평소 피크닉하러 가는 꽃밭도 좋지만 모처럼 가는 거니까 다른 장소는 어떻냐고 슈리에 씨가 제안해 주었다. 겸사겸사 도시락을 들고 가자고 하길래 기꺼이 채용. 후후후, 기대된다. ……어라? 피크닉 아니, 지? 아차차. 위험해라. 본래의 목적을 잊어버리면 안 되지. 하지만 새 동료가 늘어날지도 모르는 셈이니까 그것도 포함해서 무척 기대된다!

이렇게 나는 사흘 뒤의 일정을 대비해 일하는 도중에 도서관에서 조사하거나, 내 계약 정령들에게 어떤 정령이 좋은지 상의하면서 지냈다. 어느 정도 속성 후보는 좁혔으니 당일은 그 속성 정령을 만날 수 있길 기도했다. 물론 후보가 아닌 정령이어도 상성이 맞으면 데려오고 싶다. 하지만 조심하지 않으면 얘도, 쟤도 하면서 욕심을 낼 것 같으니 제대로 골라야지. 많은 정령과 친해지고 싶긴 하지만 계약을 한다면 마법도 엮이니까 안이하게 정할 수 없다. 부디 나와 상성이 맞는 아이를 만날 수 있기를.

자! 피크닉 당일이 왔습니다! 아니, 아니지. 정령 찾기 날이다. 위험해라. 치오 언니에게 부탁해서 도시락도 만들어 달라고 했고 디저트까지 받았으니 준비는 완벽하다. ……아니, 그러니까 피크닉이 아니라고. 나 너무 들떴잖아.

"좋은 아침입니다, 메구. 준비는 다 됐나요?"

"좋은 아침입니다, 슈리엘레치노 씨! 완벽해요!"

슈리에 씨의 이름도 제대로 발음했고, 오늘도 컨디션은 최상이다. 이름을 똑바로 부르자 슈리에 씨는 조금 부끄럽다는 듯 웃고는 머리를 살며시 쓰다듬어 주었다. 후후후, 이름을 부르기만 했는데 칭찬 획득!

"그런데 오늘은 어떻게 이동할 거예요?"

바로 길드 밖으로 나온 우리. 걸으면서 궁금하던 걸 질문하자 슈리에 씨는 생긋 웃으며 터무니없는 제안을 했다.

"메구, 하늘을 날아가는 건 어떨까요? 자연 마법을 써서."

"오오, 하늘을……. 네?! 저, 저도 마법으로요?!"

장난을 떠올린 듯한 미소가 조금 귀여워 보였지만, 말하는 내용은 상당히 스파르타였다. 화, 확실히 지금의 나는 마력량이 상당히 늘었으니까 후우의 자연 마법을 써서 하늘을 이동할 수는 있다. 하지만 아직 익숙하지 않기도 하고 조금 떨어진 목적지까지 제대로 날 수 있냐고 묻는다면 자신이 없다. 혼자 허둥대고 있었더니 슈리에 씨가 쿡쿡 웃었다. 조금 놀림 받은 기분이 드는데.

"물론 제가 보조할 거예요. 제 첫 계약 정령은 바람이니까요. 호수까지라면 문제없습니다."

'당신이 혼자서 하늘을 날아 이동하는 연습도 되겠죠?'라는 말까지 들으면 거절할 이유는 없지! 수행도 되는 거니까. 할 수 있는 일을 더 많이 늘리고 싶다. 게다가 실패해도 이렇게 든든한 스승이 함께라면 아무런 걱정도 없다. 오히려 나는 연습을 할 빅 찬스다.

"부, 부탁드립니다!"

"네. 맡겨주세요."

의욕이 솟아난다! 나는 바로 후우에게 말을 걸었다. 네 하고 대답하며 나타난 황록색의 작은 새, 후우와 함께 쇼도 내 주변을 둥실 날았다. 역시 첫 계약 정령. 내가 뭐라고 하지 않아도 이미 해야 할 일을 숙지하고 있는 건지 맡겨달라는 든든한 말을 해주었다. 쇼, 사랑해!

"좋아, 갑니다!"

그리고 드디어 마을 밖으로 나온 순간 기다렸다는 양 후우가 내 몸을 바람으로 감쌌다. 부드럽게 둥실 떠오른 내 몸은 그대로 점점 고도를 올리더니 순식간에 오르투스가 있는 마을을 내려다볼 수 있는 높이에 도달했다.

"무섭지는 않나요?"

이미 내 옆을 날며 바람의 자연 마법으로 도와주던 슈리에 씨가 걱정된다는 듯 물었다. 무섭다라. 그야 물론.

"괜찮아요! 여태까지도 기르 씨가 날라주거나 쥬마 오빠가 점프하거나 해서 하늘을 나는 건 익숙하거든요!"

그렇다. 이게 의외로 전혀 무섭지 않았다. 잡을 게 아무것도 없는 상황에서 나는 건 무서우려나 했는데, 후우가 바람으로 내 몸을 띄우는 건 몇 번 경험해 보기도 했기에 무섭다는 감각은 전혀 없었다. 정령들도 슈리에 씨도 믿으니까 더욱 안심하는 건지도 모른다.

"다행입니다. 그럼 갈까요. 이동은 제가 바람으로 유도할 테니 몸을 맡겨주세요. 메구는 나는 것에 집중하는 거예요."

"알겠습니다! 와, 기분 좋아!"

내가 신이 난 걸 보고 슈리에 씨가 난처한 듯 웃는 게 보인 듯한 느낌이 들었지만, 부디 그대로 따뜻하게 지켜봐 주세요……. 그치만 즐겁단 말이야!

그 후 자유로운 하늘 여행을 만끽하길 체감 30분 정도. 슈리에 씨와 정령들 덕분에 문제없이 목적지에 도착했습니다! 어떤 장소인지는 도착한 뒤에 기대해달라고 했었는데……. 이거 대단하네.

"예쁘다……! 호수가 하늘의 거울 같아!"

그랬다. 크기 자체는 그렇게까지 크진 않지만, 아무튼 투명도가 장난 아니다. 조금 떨어진 위치에서 보자 수면이 하늘을 깨끗하게 비춰내는데, 그 아름다움에 빨려 들어갈 것 같다. 공기도 맑아서 맛있고, 기슭에는 작은 꽃도 피어있어서 마음이 치유되는 듯한 장소였다.

『정령들도 많이 있어!』

"그러게. 어쩐지 즐거워 보여. 다들 마음대로 놀다 와."

『와아!! 다녀올게!』

쇼도 그렇고 다들 들뜬 마음을 숨기지 못하는 게 정말로 귀엽다. 다녀오라고 말하자 다들 환호성을 지르며 날아갔다. 아아, 귀여워라.

"이 장소에는 환경에 상관없이 다양한 속성의 정령이 모입니다. 호수인데 불의 정령이 있기도 할 정도죠."

"네? 아, 진짜다. 굉장히 컬러풀한 빛으로 가득해!"

다양한 색의 빛이 모여있다는 건 그만큼 다양한 속성의 정령이 모여있다는 뜻이기도 하다. 이 호수가 내뿜는 마력이 정령과 상성이 좋다나. 엘프 마을이나 하이 엘프 마을의 샘 같은 효과가 있을지도 모르겠다. 막연히 비슷한 마력이 느껴지니까.

"메구도 자유롭게 걸어 다녀 보세요. 마음이 가는 대로 따라 가면 당신에게 맞는 정령과 만날 테니까요."

슈리에 씨가 웃으며 내 등을 살짝 밀어주었다. 혹시 정령 찾기에 집중할 수 있도록 나를 혼자 있게 해주려는 건가? 그 배려는 고맙다. 하지만……. 나는 슈리에 씨의 옷을 꽉 붙잡았다.

"저기, 슈리에 씨도 같이 가면, 안 돼요? 모처럼 왔으니까 같이 걷고 싶은데……. 그, 요즘은 바빠 보여서 대화도 별로 못했 잖아요?"

모처럼 이렇게 예쁜 장소에 왔는걸. 혼자 걷는 것보다 같이 걷 는 게 즐겁잖아. 물론 목적을 잊은 건 아니고! 하지만, 그 뭐냐. 오랜만에 슈리에 씨와 한가롭게 보내고 싶기도 하거든. 우물쭈 물하며 슈리에 씨의 반응을 힐끔 확인해 봤다.

"……그렇게 귀여운 부탁을 거절할 이유가 없네요. 네. 메구 만 괜찮다면 같이 가게 해주세요."

슈리에 씨는 극상의 미소를 짓고 있었습니다. 어, 얼굴 천 재……! 심지어 살짝 몸을 숙여서 오른손을 가슴에 올리고 왼손 을 슥 내미는 그 모습은 정령계의 왕자님이라고 해도 믿어버릴 정도로 아름다웠다. 누, 눈부셔! 얼굴에 열이 모이는 걸 느끼면 서 옷을 잡고 있던 손을 놓고 조심조심 슈리에 씨의 손을 잡았 다. '갈까요' 하며 웃는 슈리에 씨에게 제대로 대답을 했는지 못 했는지 자신이 없다. 흐아아아. 진심 미남 파워를 발휘한 슈리 에 씨, 무시무시해라!

어쨌거나, 일단 걷기 시작하면 기분도 룰루랄라. 단순하다고? 압니다. 하지만 모처럼 예쁜 장소에 왔는걸. 즐기지 않으면 손해지!

"그런데 어떤 속성의 정령과 계약할지는 어느 정도 정해 놓았나요?"

걸으면서 날아온 질문에 나는 바로 대답했다. 후후, 제대로 조사했거든!

"으음, 번개나 풀이 좋을 것 같아요. 번개는 마력량만 조심해서 조절하면 순식간에 의식을 빼앗을 수 있을 테니까. 그리고 풀이면 발을 잡을 수 있을 것 같고."

그래도 엉뚱한 소리였다면 창피하니까 조마조마했다. 하지만 내 대답을 들은 슈리에 씨는 제법 좋은 아이디어라며 칭찬해줬습니다. 만세!

"그렇다면 번개는 노란색 빛을, 풀은 녹색 계통의 빛을 찾으면 좋겠군요. 다만 색만으로는 판별할 수 없으니 제대로 마음을 통한 뒤에 정체 맞추기 의식을 하세요."

"알겠습니다!"

노란색과 녹색이라. 좋아. 하지만 여기는 정말 정령으로 가득해서 그 두 종류의 빛을 찾는 것만으로도 힘들 것 같은데. 어떻게 할지 고민하고 있었더니 놀러 갔던 쇼가 돌아왔다.

"무슨 일이야?"

『주인님이 조금 난감해하고 있는 것 같아서 돌아왔는데?』

대, 대단해라. 정확해! 첫 계약 정령이기 때문에 눈치채 준 건

가. 하지만 모처럼 놀고 있었는데 미안해.

『주인님에게 도움이 되는 게 더 중요해! 응? 내가 도와줄게!』

우리 애가 세상에서 제일 귀여워! 아니, 감격하고 있을 때가
아니지. 모처럼 도와준다고 하니 부탁하기로 할까.

"그게. 전에 상담했었지? 어떤 속성을 동료로 데려올지. 그래
서 후보를 찾고 싶은데…… 보다시피. 너무 많이 있어서 어디서
부터 손을 대야 할지 고민이야."

솔직하게 쇼에게 상담하자 '뭐야, 그런 거였어?'라며 쇼가 즐
겁다는 듯 빙글빙글 날았다.

『그럼 나는 그 애들을 모아올게!』

"모아온, 다고? 어? 앗, 가 버렸어."

내 주변을 돌던 쇼는 그 말을 끝으로 정령들이 모여있는 방향
으로 슝 날아갔다. 뭘 할 생각이지? 으음, 모르겠지만 의욕이
넘쳤으니 잠시 지켜보기로 할까.

"메구의 목소리의 정령은 항상 열심히 하는군요."

얌전히 기다리고 있었더니 슈리에 씨가 쿡쿡 웃으며 그렇게
말했다. 맞아요. 쇼는 많이많이 노력하는 아이예요! 그게 장점
이고, 그리고…….

『기다렸지? 봐봐! 많이 데려왔어!』

"조, 조, 조오오오금, 너무 많이, 데려온 듯……?"

가끔 헛발질을 합니다. 나에게 돌아온 쇼는 노란색과 녹색 빛
을 많이, 아주 그냥 왕창 데려오고 말았다. 눈앞이 노란색과 녹
색으로 가득 차버렸다. 슈리에 씨도 입꼬리가 꿈틀거리잖아! 귀

중한 모습이다……!

쇼가 말하길, 그냥 말을 걸기만 했다고 하지만 그것만으로 이렇게 많이 모이나? 나는 고개를 갸웃거렸다.

"대체 뭐라고 말했어?"

『어? 마왕의 딸인 주인님과 계약하고 싶은 번개나 풀은 따라오라고 했지!』

으음, 평범하다. 딱히 문제는 없어 보이지만, 옆에서 그걸 듣고 있던 슈리에 씨가 성대하게 한숨을 쉬었다.

"메구가 마왕의 딸이자 하이 엘프라는 건 정령들 사이에서도 유명합니다. 그런 아이와 계약할 수 있을지도 모른다면 이만큼 모일 만도 하죠."

어? 그래? 그렇게 유명했구나. 그건가. 연예인 2세 같은 신기함인 건지도 모른다. 하지만 이만큼 모였어도 계약할 수 있는 정령은 많아야 둘. 모여준 건 고맙지만 대부분 원래 있던 곳으로 돌아가야 한단 말이지. 정작 모아온 쇼는 '주인님은 인기가 많구나!' 하면서 기뻐 보이는지라 차마 말하기 어렵다. 으윽.

"메구, 괜찮다면 힘을 조금 빌려드릴까요?"

"어? 그건 감사합니다. 하지만 어떻게요……?"

내가 팔짱을 끼고 고민하고 있었더니 슈리에 씨가 생긋 웃으며 도움의 손길을 내밀었다. 그건 대단히 고맙지만 이 상황을 어떻게 할 생각이지?

"괜찮습니다. 잘되면 쇼의 자존심도 지켜지고 메구와 정말로 계약하고 싶은 정령만 여기에 남게 될 테니까요."

그렇게 말하며 윙크한 슈리에 씨는 바로 나에게 검지를 세우라고 지시했다. 뭐, 뭐가 시작되는 거지?!

"네가 지금부터 이 주위에 마력을 방출하겠습니다. 진심으로 계약하고 싶은 게 아닌 한 바로 떠나갈 거예요."

『에이! 모처럼 많이 데려왔는데!』

슈리에 씨의 말에 쇼는 아니나 다를까 뺨을 부풀리며 항의했다. 하지만 슈리에 씨는 목소리를 낮추고 쇼에게 추가로 설명했다.

"당신의 소중한 주인님을 섬길 정령이잖아요? 적절한 개체를 골라야만 하지 않나요?"

『헉! 그건 그래. 진심이라면 분명 주인님에게서 떨어지지 않을 거야!』

바로 설득당한 쇼. 아, 그거면 되는 거였니? 나와 정말로 상성이 좋은 아이를 찾아내고 싶은 거구나.

"메구는 이정표로서 검지 끝에 마력을 아주 조금만 방출해 주세요."

"이정표?"

잘 이해는 못했지만 슈리에 씨의 말이니까 얌전히 시키는 대로 하자. 두근두근 심장이 뛰는 걸 느끼면서도 하라는 대로 검지를 세우고 아주 조금 마력을 방출했다. 그러자 그 마력에 빨려들듯 수많은 빛이 모여들었다. 으아아, 너무 많아서 앞이 안 보여!

"제가 마력을 방출한 뒤에도 당신의 손가락에 머물러있는 빛이 있다면 그 아이가 상성이 좋은 정령일 거예요."

그, 그렇구나. 슈리에 씨의 커다란 마력에 끌려가지 않고 남은 아이가 상성이 좋은 아이라는 거지? 긴장된다. 누가 남아줄까? '그럼 갑니다' 하는 슈리에 씨의 말에 고개를 한 번 끄덕인 나는 두근거리는 마음으로 그 순간을 기다렸다. 그러자 바로 슈리에 씨를 중심으로 마력이 화아악 퍼져나가는 걸 느꼈다. 그러자 모여있던 정령들이 꺄아악 하면서 날아갔다. 앗, 무섭게 했나? 조금 불안해졌지만 굳이 따지자면 다들 신이 난 듯 마력을 타고 가는 것처럼 보인다.

"후후, 저도 정령들을 좋아하니까 걱정하지 않아도 저 아이들에게 겁을 주진 않습니다."

역시 슈리에 씨다. 그렇지, 이런 일로 정령들이 무서운 경험을 하게 만들 수는 없다.

"여기에 모인 건 메구와 계약하고 싶다고 바라는 정령들. 재미있어 보이는 것이나 다른 이의 마력에 마음을 빼앗겨서야 운명의 상대는 아니라는 겁니다."

그, 그렇구나. 헉! 그렇다면? 지금 남아있는 아이들은 다들 즐거워하는데도 불구하고 그걸 꾹 참고 나와 계약하고 싶어 한다는 거야? 그거 너무 사랑스럽지 않나?! 아니, 내 옆에 남아준 아이가 있긴 한가? 나는 급하게 내 검지로 시선을 내렸다. 그곳에는…….

"와아……. 남아주었구나."

작은 노란색 빛과 녹색 빛이 내 검지에 딱 달라붙어 있었다.

이것이 나와 새 정령, 라이와 료쿠와의 만남이었다.

스승으로서 할 수 있는 일

"새로 계약할 정령을 찾고 싶다고요?"

"네! 그, 슈리에 씨의 일정이 빌 때면 되는데……. 안 될까요?"

어느 날 오후, 한 번 오르투스에 돌아왔을 때 접수처에서 메구가 할 말이 있다는 전언을 받은 저는 서둘러 일을 마치고 그날 내에 메구와 만날 시간을 만들었습니다. 당연하잖아요? 메구가 제게 부탁이라니, 무엇보다 우선시해야죠. 차를 마시면서 바로 용건을 물어보자 메구에게서 뜻밖의 부탁이 돌아와 놀랐습니다. 이미 첫 계약 정령을 포함해 네 명의 정령과 계약했으면서 또 계약하고 싶다고 할 줄은 생각지도 못했으니까요.

"아뇨, 안 되는 건 아니지만……. 왜 갑자기 새 정령이죠?"

메구는 아직 어린아이임에도 불구하고 네 명이나 되는 정령과 계약했습니다. 더불어 각자 양호한 관계를 구축하여 교묘한 자연 마법을 구사할 수 있죠. 성인조차 힘들어하는 일을 어렵지 않게 해내고 있습니다. 요컨대, 지금 나이에선 넘칠 정도로 강한 능력을 보유하고 있다는 뜻입니다. 그래도 원하는 걸 보면 무언가 이유가 있는 게 아닐까요. 메구는 똑똑한 아이이니 생각도 없이 말을 꺼내진 않을 것이라고 판단했습니다.

"그, 그게. 지난번 유괴 미수 사건 일은, 들으셨, 죠……?"

아니나 다를까, 메구에게는 제대로 된 이유가 있었습니다. 어딘가 눈을 이리저리 배회하며 조심스럽게 설명하기 시작하는 바람에 걱정했다니까요. 하지만 내용을 듣고 이해했습니다. 그 변태들이 계기로군요. 그자들에게는 동정의 여지가 없는데도 어딘가 면목 없다는 듯, 이쪽에 필요 이상으로 걱정 끼치지 않도록 말을 고르면서 설명하는 모습은 무척이나 사랑스러워서 감동했습니다. 그날 메구에게 손을 대려고 했던, 굴러다니는 쓰레기보다도 못한 작자들은 저를 포함한 오르투스의 상위권 화력에 깜빡 숯덩이가 되어버릴 뻔했습니다. 메구를 안아 들고 아름다운 머리카락이나 귀여운 얼굴을 더러운 손으로 만졌다고 하잖아요. 재도 남기지 않고 타버려도 항의하지 못할 겁니다. 뭐, 간발의 차이로 경비대에게 잡혀갔지만, 그때 이미 숨이 간신히 붙어있던 상태였던가요. ……아아, 안 되겠군요. 그 일을 떠올리기만 해도 무심코 살기가 새어나갈 것 같습니다. 지금은 메구의 상담을 듣고 있으니 진정해야죠.

하지만 메구가 혼자서 격퇴했다고 들었을 때는 무척 놀랐습니다. 자연 마법의 스승으로서 기쁘기도 하고, 아쉽기도 하다는 복잡한 감정을 느꼈죠. 이 아이가 그저 보호받기만 했던 아주 어린 시절부터 알던 몸으로서는 감개무량하기도 합니다.

"그런 거라면 물론 기꺼이 돕겠습니다."

"괜찮은 거예요? 와아! 슈리에 씨, 고마워요!"

"후후, 괜찮습니다."

……아니, 아니죠. 그렇게 약한 존재였던 시절에도 메구는 자기가 할 수 있는 일을 찾아서 노력하는 아이였습니다. 그 노력이 조금씩 체화된 것뿐이겠죠. 게다가 이번에는 격퇴할 때 마을 사람들에게 폐를 끼쳤으니 새 마법을 배우고 싶다고 합니다. 아아, 어쩜 이렇게 배려심도 많은 다정한 아이일까요. 위험한 일을 겪고도 향후 대책을 직접 생각하다니. 아직 어린아이이면서

도 향상심을 잊지 않는 모습. 오르투스의 길드원으로서 자랑스럽습니다. 그리고 이렇게 저를 의지해 준 것이 무척 기쁩니다. 뜻밖에 메구와 둘이서 외출하는 일정이 생기자 저도 마음이 들뜨는 걸 느낍니다. 후후, 이렇게 설레는 마음도 메구가 오르투스에 오고 처음으로 알게 되었죠. 역시 무척 좋은 감각입니다. 이만한 행복을 가르쳐 준 메구를 위해서도 꼭 새 정령과 만나게 해주고 싶군요. 바로 정령 착지에 적절한 장소를 머릿속으로 검색했습니다. ……흐음, 그 장소가 좋을지도 모르겠군요. 이동 방법에도 조금 도전시켜 보는 것도 좋은 경험이 될 테죠. 지금부터 메구의 반응이 기대됩니다.

그렇게 드디어 당일. 메구는 아침부터 기대하는 기색을 숨기지 못하고 계속 눈을 빛내며 무척 사랑스러운 모습을 보여주었습니다. 자연 마법을 사용해 처음으로 하늘을 날아 기동하게 된다고 듣고는 눈이 동그래지고, 호수를 보고는 환하게 웃는 메구의 모습에 제 마음이 치유되는 기분이었죠. 정말, 제 예상대로 반응해 주는 것이 저도 무척 기쁩니다. 하지만 오늘은 그저 놀러 온 게 아닙니다. 메구의 새 계약 정령을 찾아야만 하죠. 순조롭게 잘 찾을 수 있다는 보장도 없지만, 정령들에게 사랑받는 메구이니 바로 좋은 인연을 만날 것이라며 그리 걱정은 하지 않았습니다. 하지만 정령들을 찾으려면 혼자 걷는 게 좋겠죠. 그렇게 생각해서 마음이 가는 대로 둘러보라고 했는데…….

"저기, 슈리에 씨도 같이 가면, 안 돼요?"

놀랍게도 메구는 저와 같이 가고 싶다고 요청했습니다. 그런 말을 해주는 사람은 달리 없었기에 무척 놀랐습니다. 뭐, 있다고 해도 메구가 아니었다면 귀찮음만 느꼈겠지만요. 이 아이의 배려심과 기특함이 가슴에 깊이 박히네요. 아아, 안 되죠. 자꾸만 얼굴이 풀어지려 하네요. '기꺼이'라고 말하며 손을 내밀자 부끄럽다는 듯 손을 잡아주는 메구. 마음에 따뜻한 감각이 퍼져 나갑니다. 오늘은 무척 좋은 휴일이네요.

걸으면서 메구에게 어떤 속성의 정령을 원하는지 물어보자 번개와 풀을 생각하고 있다고 대답해주었습니다. 그렇군요, 오늘을 위해 잘 고민한 모양이에요. 원하는 속성이 정해져 있다면 찾기 쉬워지긴 하지만……. 이렇게 많은 정령이 있으면 아무래도 찾는 것만으로도 고생할 것 같습니다. 이건 예상하지 못했네요. 사실 평소에는 이렇게까지 많은 정령이 날아다니지 않습니다. 나름대로 잘 모여드는 장소이기는 하지만, 이 정도로 모여 있는 일은 없죠. 평소의 세 배, 아니, 네 배는 모여있는 느낌입니다. 아마도 정령들 사이에서 오늘 메구가 여기에 온다는 소문이 퍼진 모양입니다. 정말, 이 아이는 정령들에게서 너무 사랑받아 놀랍다니까요.

어쨌거나 어떻게 해야 할지 고민하는 메구를 보고 있었더니 조금 미안한 마음이 드네요. 도와주고 싶은 마음은 있지만 지금은 조금 더 상황을 지켜보기로 했습니다. 메구는 자신의 성장을 원합니다. 여기서 제가 손을 내미는 건 간단하지만 그랬다간 이 아이의 성장 기회를 없애버리게 되니까요. 꼭 참고서 메구가 어떻게 대처할지 지켜봐야죠. 스승으로서 제자의 성장을 지켜보는 건 무척 중요한 일이니까요.

"무슨 일이야?"

『주인님이 조금 난감해하고 있는 것 같아서 돌아왔는데?』

상황을 지켜보자 메구의 첫 계약 정령이 걱정하며 돌아온 모양입니다. 사정을 들은 목소리의 정령은 그대로 무언가 떠오른 듯 다시 힘차게 날아갔습니다. 그 모습에 그만 웃음이 나왔습니다.

"메구의 목소리의 정령은 항상 열심히 하는군요."

정령은 주인을 첫번째로 생각하며 행동하는데, 이건 기본적으로 어떤 계약 정령도 마찬가지입니다. 하지만 그건 부탁하면 최선을 다해 들어주는 것에 불과하죠. 걱정해서 먼저 말을 걸거나 같이 잡담하는 정도라면 당연히 있지만, 이렇게까지 주인을 위해 자주적으로 움직이는 개체는 거의 없습니다. 더욱 놀라운 건 메구의 경우 첫 계약 정령만 그런 게 아니라는 점이죠. 다른 계약 정령들도 메구를 위해서 스스로 생각하며 움직이려고 합니다. 보통은 말이 되지 않는 일이지만 메구는 인품과 마력의 질, 그리고 목소리의 정령이 메구의 마음의 소리까지 일일이 정령들에게 전달해 주기 때문일 것입니다. 다양한 요소가 결합되어 정령들이 주인을 위해 일하고 싶다고 느끼게 만드는 거죠. 이건 타고난 재능이라고 할 수 있습니다. 메구 본인의 힘. 정령에게 상담해서 목적을 달성한다는 건 얼핏 자신의 힘이 아닌 것처럼 보이기 쉽지만, 틀림없는 메구의 힘입니다. 무척 든든하군요.

……하지만.

"조, 조, 조오오오금, 너무 많이, 데려온 듯……?"

조금 과했던 모양입니다. 메구가 난처해하며 목소리의 정령에게 미소 지었습니다. 뭐, 어쩔 수 없죠. 정령의 자주적인 행동이니까요. 저 아이들에게 우리와 같은 기준을 이해시키는 건 어렵습니다. 그렇다고 해도 어마어마한 수의 정령들을 보니 한숨이 나와버렸지만요. 메구도 선의니까 돌려보내고 오라고는 말하지 못하는 모양입니다. 여기서는 제가 조금 도와줘야겠네요.

"메구, 괜찮다면 힘을 조금 빌려드릴까요?"

물론 만약을 위해 허락부터. 메구는 부탁한다며 바로 도움을 받아들였습니다. 그리고는 대체 어떻게 할 생각이냐며 고개를 갸웃거렸죠. 후후, 귀여워라. 뭐, 할 일은 단순합니다. 제가 여기에서 마력을 바람에 실어 방출하면 정령들은 순식간에 이 자리에서 날아갈 겁니다. 자연 마법을 다루는 제 마력은 정령들에게 기분 좋은 느낌을 주니까요. 그건 메구의 마력도 마찬가지지만, 더 큰 마력이 방출되면 그쪽으로 마음이 가는 건 당연한 일입니다. 그런 와중에도 메구 곁에 남은 개체가 있다면 그 아이들은 진정으로 메구와 계약하고 싶어한다는 걸 알 수 있죠.

제가 바람 마법을 방출하자 아니나 다를까 정령들은 대부분 즐거워하며 하늘로 뿔뿔이 흩어졌습니다. 바람을 타고 퍼지는 마력은 그것만으로도 정령들의 놀이터. 자유로운 성질을 지닌 정령들이니 재미있어 보이는 쪽에 정신이 팔려서 본래의 목적을 잊어버리는 것도 어쩔 수 없습니다. 하지만 정말로 메구와 계약하고 싶다면 메구의 손끝에서 미미하게 방출된 마력에 끌려갈 터. ……아아, 역시나 남아있었군요. 그것도 둘이나. 역시 메구입니다.

"슈리에 씨, 이, 이거……!"

"네. 그 아이들은 진정으로 당신과 계약을 맺고 싶어 하는 겁니다. 자, 정체 맞추기 의식을."

"네, 넵!"

뺨을 살짝 붉히며 기쁨을 숨기지 못하는 메구는 그 기쁨을 그대로 남은 정령들에게 말을 걸기 시작했습니다. 이 솔직함이 사랑받는 이유 중 하나이기도 하겠죠. 자, 제 도움은 여기까지. 이제 메구의 계약을 조금 떨어진 곳에서 지켜보기로 할까요.

"노란 아이는 역시 번개의 정령님일까?"

정체가 드러난 번개의 정령은 한순간 강하게 빛났으니 본래의 모습으로 변화한 거겠죠. 번개의 정령은 귀가 길고 몸이 자그마한 동물인 라비리의 모습이 많으니 분명 저 아이도 노란색 라비리형일 겁니다. 나중에 소개받는 게 기대되네요.

"녹색 아이는 풀의 정령님? 어, 어라? 아니야? 미안해, 그럼 꽃인가? 앗, 나무? 어라?"

한편 녹색 쪽은 좀처럼 맞추지 못하는 모양입니다. 식물계 정령은 파생도 많으니까요. 맞추는 게 어려운 편이긴 합니다. 마력의 질을 찬찬히 살펴보면 알 수 있지만요. 여기선 조언을 하나 해주도록 하죠.

"메구. 조급해하지 말고 마력을 더듬어 보세요. 식물계 정령은 파생이 많습니다. 조금 알아보기 어려울 뿐이니까 틀려도 너무 신경 쓰지 마세요. 잘 관찰하면 분명 알 수 있을 겁니다."

"아하, 파생이 있구나…… 네, 해볼게요!"

아무래도 파생이 있다는 걸 몰랐던 모양이군요. 그런 거라면 바로 알아볼 수 없는 것도 당연합니다. 하지만 제 힌트를 듣고 메구는 바로 녹색 빛에 집중하기 시작했습니다. 정말로 배움이 바르네요. 가르치는 보람이 있는 제자입니다.

"……! 아, 알았다! 너는 덩굴의 정령님이지?"

잠시 후 알아차린 메구는 자신만만하게 정령을 불렀습니다. 정답이었나 보네요. 곧바로 녹색 빛이 밝게 빛나더니 기쁘다는 듯 메구 주변을 날아다녔습니다. 그나저나 덩굴이라. 특이하군요. 덩굴이 있는 식물밖에 조종할 수 없고, 조금 다루기 까다로울지도 모르지만…… 저 목소리의 정령을 첫 계약 정령으로 선택한 메구이니 분명 이 아이도 메구에게 사랑받으면서 뜻밖의 힘을 발휘해 줄 테니까 걱정할 필요 없겠군요.

"슈리에 씨! 계약 성공했어요!"

일단락된 건지 메구가 싱글벙글한 얼굴로 달려왔습니다. 소개하고 싶다고 하기에 저도 두 정령의 정체를 맞추자 본래의 모습을 확인할 수 있게 되었습니다. 상상했던 대로 노란색의 라비리형과 녹색의…… 이건 프루그 모습이군요. 본래 프루그라는 생물은 녹색이 많으니 평범한 프루그와 분간하기 어렵습니다.

"노란 토끼가 라이고, 녹색 개구리가 료쿠예요!"

토끼? 개구리? 낯선 단어에 순간 당황했지만 아마도 메구와 두목의 고향에서 쓰이던 명칭임을 짐작하고 이해했습니다. 번개가 라이, 덩굴이 료쿠로군요. 메구의 작명은 전부 짧아서 부르기 편한 게 많네요. 무언가 의미를 담아서 붙이는 건지, 발음을 따져서 붙이는 건지는 모르지만 메구답고 무척 좋은 이름입니다.

『나는 계속 메구 님을 지켜봤어! 언젠가는 계약하는 게 꿈이었지!』

라이는 아무튼 씩씩하다는 인상입니다. 말투의 억양이 특징적이지만, 계속 메구와 계약하는 게 꿈이었다고 하니 걱정할 필요는 없겠죠. 다만 메구의 계약 정령들에게 벌써 적극적으로 말을 붙이는 걸 보면 조금 많이 활발한 것 같군요. 그리고 성격이 드세 보입니다. 호전적이지 않으면 좋겠지만, 다른 정령들이나 메구라면 고삐를 잘 쥘 수 있겠죠. 그렇게 믿을 수밖에 없습니다.

『나느은, 메구 님 손가락의 마력이 너어무 기분 좋아서어. 하도 편안해져서, 졸음, 졸…….』

그리고 료쿠 쪽은 마력 상성이 아주 잘 맞는 모양입니다. 말투로 보아 느긋한 성격인 게 보였는데, 메구의 손 위에서 순식간에 잠들어 버렸습니다. 정령이 낮잠이라니 별일이네요. 즐거운 일이나 이리저리 돌아다니는 걸 선호하는 개체가 많으니까 더욱 그런 느낌이지만, 이것도 개성일까요. 메구를 잘 지켜줄 힘이 있는 건지 다소 걱정되긴 하지만, 마력 상성이 맞으니 이쪽도 그리 걱정하지 않아도 될 것 같습니다.

"후후, 둘 다 오늘부터 잘 부탁해. 나도 열심히 할게."

무엇보다 메구가 무척 기뻐 보이니까요. 그것이 가장 중요합니다. 무사히 오늘의 목적이 달성되어 저도 안도하며 가슴을 쓸어내렸습니다. 앞으로 메구와 마법 훈련을 할 때는 이 둘을 중심으로 한 메뉴를 고안해야겠군요.

"슈리에 씨, 오늘은 여기에 데리고 와 주셔서 정말로 감사합니다! 덕분에 이렇게 귀여운 아이들과 만나서 너무 기뻐요!"

제가 앞으로 어떻게 할지 생각하고 있었더니 메구가 제 손을 잡고 이쪽을 올려다보며 인사했습니다. 정말로 착실하고 예의 바른 아이네요.

"메구에게 도움이 되어서 저도 기쁩니다. 저는 당신의 스승이니까요. 제자의 성장이 기쁘지 않을 리가 없죠."

제가 그렇게 말하자 한순간 놀란 표정을 지은 메구는 바로 웃음꽃을 피우더니 '네! 슈리에 선생님!' 하고 씩씩하게 오른손을 들었습니다. ……슈리에 선생님이라. 나쁘지 않은 울림이네요. 또 불러주면 좋겠는데요.

그리고는 제 시간이 허락하는 한 호숫가에서 시간을 보냈습니다. 가져온 점심을 디저트까지 먹고, 메구의 새 정령이나 제 다른 계약 정령과도 교류를 다졌습니다. 저는 열두 명의 정령과 계약하고 있으니 전부 다 소개하지는 못했지만요. 그 숫자에 메구가 눈을 동그랗게 뜨고 놀라는 모습에는 무심코 웃어버렸습니다. 메구도 장래에는 이만큼, 아니, 더 많은 정령과 계약할 테죠. 하지만 그걸 말해 버리면 그래야만 한다는 인식이 박혀 버리니 말하지 않았습니다. 이 아이에게는 이 아이의 방식이나 스타일을 스스로 찾아내길 바라니까요.

즐거운 시간이란 순식간에 흘러가는 법입니다. 하지만 메구와 보낸 행복한 시간은 앞으로 평생 잊을 수 없는 소중한 추억으로서 제 안에 남을 테죠.

며칠 뒤 여느 때처럼 하루 일을 마치고 오르투스에 돌아와 홀에 들어선 저를 메구가 불러세웠습니다. 이쪽으로 달려오는 사랑스러운 모습에 입가에는 자연스럽게 미소가 번졌습니다.

"일하느라 고생하셨습니다, 슈리에 씨!"

"네, 감사합니다. 무슨 일인가요?"

제가 그렇게 묻자 메구는 기쁘다는 듯 웃으며 며칠 전 계약한 두 정령을 불러냈습니다. 이름이…… 라이와 료쿠였죠. 제가 먼저 말을 걸자 두 정령은 인사를 돌려주면서도 어쩐지 가슴을 펴고 있는 것처럼 보였습니다.

"사실은 아까 마을에서 돌아올 때 또 이상한 사람이 붙잡았거든요. 그때 라이랑 료쿠가 바로 대활약했어요! 덕분에 마을을 부수거나 더럽히지 않고 범인들을 잡은 게 너무 기뻐서요!"

『메구 님이이 던져준 씨앗으로오, 내가 범인들의 발을 걸었는데에.』

『이어서 내가 범인들에게 찌릿찌릿한 번개 비를 내려줬어! 태우진 않았고! 하지만 다들 순식간에 잠들어 버렸지!』

흥분해서 말하는 메구와 정령들. ……그렇군요. 새 정령들은 기대했던 것보다 더 잘 일해준 모양입니다. 그날 내에 정령을 찾으러 가길 정말 잘했군요. 하지만.

"메구?"

"어? 앗, 네."

메구는 나쁘지 않습니다. 네, 전혀요. 아무런 잘못도 없습니다. 오히려 반성점을 살려서 다음에는 더 원활하게 대응하고자 노력한 것이 실전에서 도움이 되었습니다. 이건 칭찬해야 할 일이죠.

"그자들을 만난 걸 다른 사람에게 말했나요?"

"앗……. 그, 그게. 경비대에서 바로 와 줘서요. 하지만, 저기, 오르투스에서는, 그게, 아직, 이요…….."

따라서 그만 미소에 뒤숭숭한 기척이 섞여버리는 것도 전부 그 어리석은 자들 때문입니다. 메구는 횡설수설하며 눈을 이리저리 굴렸습니다. 제 분노를 감지해버린 모양이네요. 안 되죠. 우선은 진정해야겠어요.

"메구, 당신은 무척 훌륭하게 대처했습니다. 스승으로서 아주 자랑스럽습니다. 다만 확인만 하게 해주세요. 다친 곳은 없나요? 나쁜 일을 당하진 않았나요?"

"다친 데 없어요! 나쁜 일은…….."

제가 칭찬하자 먼저 메구는 기쁘다는 듯 얼굴이 풀어졌습니다. 하지만 이어지는 두 번째 질문에는 머뭇거렸습니다. 무슨 일이 있었군요. 메구는 착한 아이니까요. 솔직하게 말하면 괜히 더 걱정 끼친다고 주저하는 거겠죠. 저나 다른 길드원이 분노하며 경비대에 쳐들어가는 게 아니냐는 걱정도 하고 있을지도 모르고요. 이미 신변이 넘어간 뒤일 터이니 손을 댈 수 없지만, 사태의 경중에 따라서는 쳐들어가는 것도 불사할 생각이니 정확한 예상이라고 할 수 있습니다.

"메구. 불쾌했던 감정은 말하는 게 낫습니다. 마음에 담아두었다가 메구가 힘들어지는 건 원하지 않아요. 제게 말하기 어렵다면 다른 사람이라도 괜찮습니다."

이런 심리적인 치료를 소홀히 하면 나중에 트라우마가 되기도 하니까요. 결코 호들갑이 아닙니다. 하지만 이건 본래 의료부문의 담당이니 저도 억지로 캐물을 마음은 없습니다. 메구가 말하기 쉬운 상대, 두목이나 기르나 혹은 여성이 좋다고 한다면 그래도 괜찮으니까, 아무튼 누군가에게 상담해 달라고 전했습니다. 그러자 메구는 생각에 잠기듯 잠시 고민하는 모양이었습니다. 여기까지 말해도 이 아이가 고민하는 이유는 대충 압니다. 아마도 저희가 분노하며 움직이는 걸 피하고 싶은 거겠죠. 소중한 오르투스의 딸인 메구이니 다들 아무래도 평소보다 끓는점이 낮아진단 말이죠. 저도 마찬가지입니다. 이래서야 언젠가 미움받을지도 모르겠네요. 저희도 조금만 더 마음을 넓게…….

"……요."

"네?"

마음을 달래려고 눈을 감고 있던 때였습니다. 무척이나 작은 목소리였기에 처음에는 알아듣지 못하고 고개를 갸웃거리며 메구의 말을 기다렸습니다.

"그, 치, 치마를, 들춘 것뿐이니까요!"

기세를 빌려서 말하려고 한 건지 두 번째 목소리는 생각보다 더 커서 홀을 오가는 사람들이 모조리 움직임을 멈췄습니다. 큰 목소리였다고 해도 그렇게까지 크지는 않았지만, 메구의 높고 낭랑한 목소리가 유난히 크게 울리며 귀에 꽂혔거든요.

  "그, 그게 다니까, 그, 다친 곳도 없고, 괜찮아요…… 응? 어라?"

  어지간히 부끄럽고 불쾌한 기억이었던 모양입니다. 메구의 얼굴은 새빨갛게 물들었고 몸도 부들부들 떨렸습니다. ……아아. 이건 안 되겠네요. 아웃입니다.

  "긴급 소집!! 기르, 있지? 멍청이들이 어디 있는지 찾아내 줘. 쥬마! 너도 가도 돼."

  "이미 찾았다."

  "좋았어! 갈래, 갈 거야!!"

  그 순간 접수처 쪽에서 엄하면서도 쩌렁쩌렁한 사우라의 목소리가 날아왔습니다. 메구의 그림자에서 슥 모습을 드러낸 기르와 우연히 주변에 있던 쥬마라. 오버 킬이 될 것 같군요. 뭐, 아무리 해도 부족한 수준이니 상관없겠죠. 그나저나 사우라는 판단이 빠릅니다. 역시 총괄이에요. 기르의 처리 속도에도 감탄했습니다.

  "으아, 어, 어라? 기르 씨?! 어, 어느새! 아니 그보다, 긴급 소집이라니 뭔데?!"

  "케이, 슈리에와 함께 메구를 루드에게 데려가. 니카! 홀에 있는 길드원들의 살기를 어떻게든 가라앉혀!"

"어, 저기, 잠깐만 케이 씨, 슈리에 씨! 니카 씨도! 아아 진짜, 기르 씨이! 쥬마 오빠도! 가지 마아아!"

평화로웠던 하루는 끝. 오르투스의 홀에는 길드원들의 살기와 노성이 울려 퍼졌습니다. 메구가 안색을 바꾸며 막았기에 이 아이를 위해 다들 일시적으로 그 분노를 거두었지만……. 뭐, 용서할 수 없죠. 본래 메구가 오기 전까지 오르투스는 이 정도의 싸움은 일상다반사였으니까요. 다만 그걸 이 아이에게 알릴 필요는 없습니다. 오늘 밤 오랜만에 크게 한바탕 한다는 것도. 메구는 어른의 사고방식과 기억을 지녔다고 하지만 여기서는 아직 어린아이인걸요. 더러운 세계는 조금 더 나중에 알아도 괜찮겠죠.

하지만 그 전에, 지금은 아주 열심히 한 메구를 잔뜩 칭찬해 주는 일에 전념하기로 할까요. 저는 메구의 손을 잡고 함께 식당으로 향했습니다. 이 아이가 웃으면서 보내는 나날이 조금이라도 많기를 바라면서.

Welcome
to the
Special
Guild

후기

여러분, 안녕하세요. 후기에 어서 오세요! 아이 리이아입니다.

덕분에 무려 7권이 발매되었습니다. 어린이 기간이 끝나고 소녀편으로 돌입한 이번 7권에서는 메구와 인물들의 성장을 느끼셨을까요? 아직 인간으로 따지면 7살밖에 안 된 어린아이이긴 하지만, 제 안에서 '초등학생부터는 소녀'이기 때문에 그 정의를 따라 분류했습니다. 글을 쓰는 저도 메구의 성장이 기쁘기도 하고 쓸쓸하기도 한 기분이지만 본인도 말했듯 살아있는 건 성장하는 법이니까 따뜻하게 지켜봐 주시면 좋겠습니다.

지난번 후기에서 주인공 메구는 어린이인 채로 완결 날 예정이었고, 소녀편을 쓰게 될 줄은 예상하지 못했다는 이야기를 했습니다. 그렇지만 응원해 주신 분들의 성원 덕분에 성장할 수 있었다고요. 7권을 작업할 때도 그걸 절절히 느꼈습니다. 그리고 저는 깨달았습니다. 즉 독자님들 덕분에 메구가 성장할 수 있다고 말해도 과언이 아니라고!

그리고 현재, WEB 연재판에서는 한층 더 성장해서 언젠가 어른이 되는 부분까지 쓰게 되겠죠. 그러니 여기서 한 번 더, 여러

분께 메구의 부모로서 감사 인사를 드리고 싶습니다.

　메구를, 그리고 다른 캐릭터들의 성장을 쓸 수 있게 해주셔서 정말로 감사합니다.

　지금도 아직 미숙하지만, 작가로서도 조금씩 성장하고 있다고 느낍니다. 물론 앞으로도 이야기와 함께 성장하고 싶습니다. 하루하루 공부 중입니다. 끝나지 않는 공부와 발견의 나날은 힘들고 버거울 때도 있지만 매일 즐겁습니다. 여기에 응원해 주시는 말씀이 들리면 끝없이 노력할 수 있으니, 저도 참 단순하죠. 창작 재미있어요!

　마지막으로 이번 7권도 출판에 힘을 써 주신 TO북스님을 비롯해 담당자님들, 그리고 매번 무척 예쁜 일러스트를 담당해주시는 니모시 님, 협력해주신 모든 분께 진심으로 감사드립니다. 그리고 특급 길드를 기대해주시는 독자 여러분들의 존재가 제게 큰 격려가 되고 있습니다. 항상 정말로 감사드립니다.

　특급 길드의 이야기가 아주 조금이라도 여러분의 마음을 치유해드리고 활력을 드릴 수 있기를.

보너스 만화

만화판 제8화

만화 : 이치 코토코

원작 : 아이 리이아
캐릭터 원안 : 니모시

※일본과의 제책 방식 차이로 인하여
이 페이지부터는 우측에서 좌측으로(←) 읽어주시기 바랍니다.

Welcome to
the Special Guild

물썩

으응
....

......안녕히
주무셔써요.

좋은
냄새가
나…

마실래?

네.
허브티예요?

레키가 타준
허브티의
향기에
눈을 뜨자

공부가
시작되었다.

…어.

...스에 대해
...기
...건데.

오르투스는 '심부름센터'.

어떤 의뢰든 받아줄 가능성이 있는 길드지.

어떤 의뢰든……?

특급이 되려면 소속국가뿐만 아니라 타국에도 인정을 받아야 해.

문제를 일으키면 책임이 중대해지지. 즉 타국에서 활동할 수 있게 되지만

수상한 건 조사 담당이 사전에 조사하기도 해.

그 전에 접수 업무를 담당하는 사람들이 의뢰를 걸러내고

받을지 말지는 길드원에게 달렸지만.

이게 기본적인 흐름이야.

즉 길드에는 크게 나눠서 두 종류의 일이 있어.

길드 내부를 운영하는 사람과 의뢰를 받는 사람.

접수처에서 문제없다고 판단하면 그제야 해당 의뢰를 받을 수 있지.

통과한 의뢰는 의뢰판에 붙이는데

각자 자기 역량에 맞는 의뢰서를 접수처로 가져가.

다음으로
배운 건

융통성이
없는 구석은
있지만
성실함.

나라에서 주는
의뢰를
주로 받지만
일반 의뢰도
접수하지.

우선은 스텔라.
여기는
정통파 길드야.

오르투스
말고
다른
특급 길드에
대해서였다.

어느 의미로는
필요한 자세라고
할 수 있겠네.

다음으로
애뉼러스
여기는 완전
상업 길드야

우리도
자주 신세를 지니까
좋은 관계를
구축하고 있어.

상업에만
힘을 쏟는다는
거구나.

대형 상회는
거의
여기 소속이지.

그런 곳도
확실히
필요해!

능력만이 아니라
사람 자체를
빌려주는 길드지.

네모는
간단하게 말하자면
인재파견 길드야.
단 네모가
다루는 건
말 그대로 사람.

어째서요?

마지막으로
네모
여기는…

이름이 들리면
우선 너는
엮이지 않는 게
좋아.

사람
자체……?

사우라 씨나 나를 포함한 의료 담당은 전자.

케이 씨나 슈리에 씨, 멍청한 오니는 후자인 거지.

우선은 내가 그 두 가지 중 어디로 갈지 정해야만 하는 모양이다.

네 소속은 조금 더 지난 뒤에 정해지겠지.

내가 참견할 일도 아니고.

애초에 내 업무도 아니고.

흥

꿀꺽‥

......너 같은 땅꼬마가 의뢰를 받을 수 있을 리 없으니까

당연히 전자가 되겠지.

자기 업무가 아니라니...... 마치 파견사원처럼.

그럴 것 같앙.

엄청 애매해.
빠져나갈 구멍은
얼마든지
만들 수
있겠어.

즉 네모라는
길드는….

......
뒷세계에서는
처우가
엉망인 노예가
지금도
매매되고 있지.

노예제도는
금지되어 있지만
아직
남아있는 나라도
많아.

노예를
곱게 대한다는
규칙이 있는
곳이라면
그나마 낫지만

모는
자적으로
재를
으고 있지만,
러모로
상해.

역겨운
이야기이긴
하지만

네모라는 길드도
세계에는
요한 건지도
르겠어..!

하지만
빌려준다는 체제를
취하고 있기 때문에
끌어낼 수도 없고

무엇보다
증거를
잘 숨기고
있다더라.

안좋은 일을
당한다고 해도
밥은 먹을 수
있으니까.

적어도

어느새
벌써 저녁이
되어
있었다.

……그 기준은
거의 돌파한 것
같지만.

이렇게
공부가
끝났다.

아아.

?
?

중얼

쓰담
쓰담

마음이
정화되는
기분이에요
……

사우라 씨가
전언을
잘 전달해준
건지

슈리에 씨는
서둘러
일을 마치고
돌아와주었다.

적은 거예요?

특급 길드치고는 인원수도 적고.

동료가 곤경에 처하면 돕는다.

드 규칙에 로를 배신하지 는다가 는 이상 을 수 없는 녀석은 어오지 못하거든.

그, 그건 즉 나도!

미리 말해두는데, 아무나 쉽게 가입할 수 있는 길드가 아니야.

아무것도 안 하는 것처럼 보여도 신입은 온갖 방면에서 점수가 매겨지지.

그렇겠죠.

너무 착각하지 마!

너는 아직 어린아이니까 여기저기에서 돌봐주는 것뿐이야.

우리 길드는 강한 유대로도 유명해.

흥

됐으니까
빨리
대화나 해.

앗.

달그락

그렇게
슈리에 씨
에게

오늘
레키랑
길드 2층을
탐험해떠니

목소리의
정령과
나눈 대화를
처음부터
설명했다.

신경 쓰이는
정령님이
있어써요.

꿀꺽...

결론부터
말하겠습니다.

와, 벌써
찾으셨어요?

메구는 분명
그 목소리의
정령에게
운명을
느낀 거예요.

다른
자연을 다루는
정령보다

마법의 위력도
그리 강하지
않거든요.

그래서

가능하다면
위력이 강하고
메구를 지켜주는 정령이
적절하다고 생각해요.

다른 정령과도
계약을 맺을 수는
있으니까
마법을 쓸 수는
있지만

첫 정령만큼
정령의 힘을
끌어내기는
어렵다고 한다.

자신을
가지세요,
메구.

제가
참견은 하겠지만
그건 어디까지나
이상론입니다.

스윽...

서로 꼭
이 상대와
계약하고 싶다고
강하게 바라는
것이랍니다.

하자
가장 중요
것
메구
정령
마음
통하

메구는 아마
이 가장 중요한
관문을
클리어한 거예요.

이상대로
할 수 있는 사람은
거의 없죠.

메구의
첫 정령이
될 가능성이
가장 높다고
할 수 있죠.

역시
그랬구나.

마음이
시키는 대로
따랐을 때부터
대충 그럴 것
같았지만.

꼬옥

그렇지는
않아요.

메구.
제 의견을
말하자면

소리의 정령을
구의 첫 정령으로
는 건 조금
안하다는 게
직한 심정입니다.

하지만
정령님은
시러할지도
몰라요······.

그 목소리의 정령님이랑 치내지고 싶어요!

발견하면 또 말을 걸어볼까요?

망설임이 사라지고 해야 할 일이 보였다.

네! 알겠슴미다!

그때가 오면 알려주세요

다음에 보면 주저하지 말고 팍팍 말을 걸자.

메구, 레키의 안내는 어땠어?

둘 다 수고했어.

네. 하디만 그전에요.

타 다

닷

레키는 간호사가 되려는 거죠?

응, 그래.

그러면,

?

대화 끝났어?

그,

땅콩은 슬슬 잘 시간인데.

자신감 없는 목소리의 정령에게.

알겠습니다. 푹 주무세요.

레키도 치워주셔서 감사합니다.

또 무슨 일이 있으면 접수처에 전언을 남기시면 됩니다.

에엣

반드시 그날 내로 대답해 드릴게요.

화끈

아니…….

후후

네! 감사함미다!

안녕히 주무세요.

레키에게
나쁜 평가가
내려지는 건
막고 싶으니까

그렇다고
태도가 나쁜 건
거짓말하고 싶지도
않았고.

필사적이었다.

저, 전해져리

메구,
레키를
잘 관찰했잖아.

충분해,
고마워.

그런가요
......?

그렇구나.

혼자 할 수
있슴미다!

…도와줄까?

그럼
목욕 준비는
다 해놨으니까
목욕하고 와.

아니면…

첫 임무를
제대로
소화했다고
보고할게

턱

큭,
속았다!

위압감을 주는 태도는 문제라고 생각함미다.

그래서

좀 아까워요.

깎다고?

두—둥

꼼꼼하고, 질문에도 바로 대답해줘써요!

길드 설명도 이해하기 쉬워써요.

열심히 전달하기 위해 노력했다.

쪼끔도 안 아팠어요!

게다가 중간에 제가 너머져쓸 때도 바로 치로해주고 …….

태도는 쌀쌀마자서 무서웠지만

목욕물이
따끈따끈!

나도 모르게
노래가 나오네.

일식에 이어
욕조 문화까지
있다니….

!

목욕물이
따끈따끈!

생글 생글
생글 생글

아무리 그래도
어린애 혼자
목욕하게 해주지는
않았지만.

생글 생글

길드원↗

가 버렸나......?

조금만 더 대화하고 싶었는데.

역시 무리야!

아, 기다려.

으으으...

...조금 너무 오래 있었나...

이건 좋은 경향이야!

하지만 그 아이 쪽에서 먼저 다가와 줬어.

긍정적!!!

첨

메구.

물속에 오래 있었어?

휙
휙

휙

애프리수다!

맛있어

꿀꺽
꿀꺽

레키,
데려다 줘.

네.

......가자.

양치질을 한 뒤
마무리
양치질까지
받고

그 후
침대로
갈 무렵엔
뜨겁던 몸도
많이 식은
느낌이 든다.

그럼 잘 자
메구.

쓱
쓱

오늘은
레키도 아침까지
있을 거야.

생활 마법으로
찬물을
만들어 마시고

둥실

쓰아

바람으로
식혔는데
말이지

머어엉

뺨이
새빨간데.

이리 와.
머리카락을
말리자.

쑥

......자.

조금
민망한
기분….

어이잉~

앗.

감사함미다!

몸은
피곤할 거다.

알았으니까
그만 자.

네.

레키의 설명
이해하기
쉬워써요.

오늘은
감사했슴미다.

목욕하는 동안에
루드 선생님에게
무슨 말을
듣기라도
한 걸까.

꾸벅…

꾸벅…

계속
삐죽삐죽하던
분위기가

조금
사라진 것
같다.

안녕히
주무세요…….

가슴이
따뜻해지는 걸
느끼며

기쁜 마음으로
잠들었다.

머리카락을
살살
쓰다듬어주는
듯한 느낌이
들었지만

ㅅㅇㄹ

레키니까

착각이었을지도
모른다.

Welcome
to the
Special
Guild

Tokkyuu Guild he youkoso! 7 ~kanbanmusume no aisare elf ha minna no kokorowo nagomaseru~
by Riia Ai

Copyright © 2021 by Riia Ai
Original Japanese edition published by TO Books, Inc.
Korean translation rights arranged with TO Books, Inc.
Korean translation rights © 2023 by Somy Media, Inc.

특급 길드에 어서 오세요! 7 ~사랑받는 마스코트 엘프는 모두의 마음을 치유한다~

2023년 09월 15일 1판 1쇄 발행

저 　 　 자 아이 리이아
일 러 스 트 니모시
옮 긴 이 현노을
발 행 인 유재욱
본 부 장 조병권
담 당 편 집 정지원
편 집 1 팀 김준균 김혜연
편 집 2 팀 정영길 조찬희 박치우 정지원
편 집 3 팀 오준영 이해빈 이소의
편 집 4 팀 전태영 박소연
디 자 인 김보라 박민솔
라 이 츠 김정미 맹미영 이윤서
디 지 털 박상섭 김지연 윤희진
인쇄제작처 코리아피앤피
발 행 처 (주)소미미디어
등 　 　 록 제2015-000008호
주 　 　 소 서울시 마포구 토정로 222, 403호(신수동, 한국출판콘텐츠센터)
판 　 　 매 (주)소미미디어
마 케 팅 최원석 최정연 박수진
영 　 　 업 박종욱
물 　 　 류 허석용
전 　 　 화 편집부 (070)4164-3962, 3963 기획실 (02)567-3388
　 　 　 　 판매 및 마케팅 (070)4165-6888, Fax (02)322-7665
ISBN 979-11-384-7990-5 (04830)
ISBN 979-11-6611-270-6 (세트)